T0285494

Turín no es Buenos Aires

GIORGIO BALLARIO

Turín no es Buenos Aires

Traducción de Alberto Díaz-Villaseñor

ALMUZARA

Primera edición: febrero de 2023

Editorial Almuzara · Colección Tapa Negra
Director editorial: Antonio Cuesta
Edición de Javier Ortega

www.editorialalmuzara.com
pedidos@almuzaralibros.com - info@almuzaralibros.com
@AlmuzaraLibros

Editorial Almuzara
Parque Logístico de Córdoba. Ctra. Palma del Río, km 4
C/8, Nave L2, nº 3. 14005, Córdoba

Imprime: Gráficas La Paz
ISBN: 978-84-11312-28-8
Depósito Legal: CO-2064-2022
Hecho e impreso en España - *Made and printed in Spain*

Índice

Capítulo 1

Una apuesta fallida

Diablero coronó la recta en cabeza por un par de colas. Ágil y poderoso, trotaba a toda pastilla como si tuviera un higo chumbo bajo la cola. El conductor de la carreta no había tenido ni siquiera la necesidad de usar la fusta, se limitaba a sostenerla en la mano derecha mientras arreaba al caballo lanzando grititos de mariquita histérico que se oían hasta en la tribuna. Quizás era realmente un poco marica, el tal Raniero Cortopassi. Pero también era bueno, y cuando asentaba sus posaderas en el *sulky* a nadie le importaban sus preferencias sexuales. E incluso los colegas de la profesión que se las daban de mujeriegos empedernidos hacía tiempo que habían dejado de cotillear sobre él.

Le pedí los prismáticos al hombretón sentado a mi derecha, un carnicero de Mirafiori que perdía regularmente la recaudación del día apostando por el trotón más lento, y observé cómo Diablero embocaba audazmente la última curva. Siempre en cabeza. Aparté los anteojos y eché incrédulo una ojeada al boleto que había sacado del bolsillo del chaquetón: cien euros a Diablero ganador se pagaban a 11,5 que en caso de victoria habrían supuesto 1.150 euros. Un buen pellizco para mis asfixiadas finanzas. ¿Ves, me dije, cómo esta vez el chivatazo de Marquesini era bueno? Pues sería la primera vez.

Atisbé de nuevo hacia la pista. A mitad de la curva, mi campeón todavía iba primero, pero por detrás estaba remontando Diamond Jim y del grupo de perseguidores se había despegado Duchessa. El carnicero me pidió que le devolviera el artilugio, pero antes de dárselo miré de nuevo a través de las lentes Zeiss y lo que vi no me gustó nada. Diablero había ralentizado la marcha y su boca atenazada por el bocado estaba cubierta por una espuma grisácea. Además, Duchessa había adelantado a Diamond Jim y se le había echado encima.

—Este zorro de Raniero lo está refrenando para soltarlo luego en la recta final —dije guiñándole un ojo al carnicero, que no podía dejar de maldecir porque había apostado por Dufour y su jamelgo navegaba en penúltima posición, excluido del esprint final.

Traté de convencerme de que se trataba de una táctica, pero me daba cuenta de que Duchessa se aproximaba metro a metro y que Diablero avanzaba cada vez más despacio como si tuviera lastre pegado en el culo. Y quizás lo tenía porque, aunque seguía gritando como un pavo y volteaba la fusta como una honda, Cortopassi casi daba la impresión de que frenaba el trote de su caballo. Un gesto imperceptible, que habría pasado desapercibido para la mayoría de la gente. Pero no para el que suscribe, de carreras trucadas y conductores tramposos los había visto a centenares desde cuando, todavía siendo chico, frecuentaba el hipódromo de Palermo, en Buenos Aires. Ese *maricón*[1] a mí no me la daba.

—¡Mueve el culo, Raniero! —grité lleno de rabia.

—¡Dale con la fusta, cabeza hueca! —soltó otro, que también había apostado y perdía con Diablero.

A treinta metros de la meta sucedió lo inevitable. Duchessa flanqueó a mi caballo y Diamond Jim se acercó a medio cuerpo. Cansado y mal dirigido por su conductor, el pobre Diablero comenzó a perder fuelle y poco faltó para que quebrase el trote haciéndose descalificar. Duchessa lo superó

1 En español en el original (N. del T.)

con el aire angelical de quien está dando un paseo por el parque y a cinco metros de la llegada se le puso delante incluso aquella alma de cántaro de Diamond Jim. Arrugué el boleto, que apretujaba en la mano como un amuleto. Cien euros tirados por el desagüe.

El carnicero de Mirafiori, que había perdido mucho más, esbozó una sonrisa de conmiseración; mientras Carlìn *l'avucàt*[2] —otro de los anónimos habituales del hipódromo— me lanzaba una mirada de desprecio, exultante por la colocación final de su propio favorito. Quien, por otra parte, ni siquiera era abogado, Carlìn: había hecho tres años de Jurisprudencia, habiéndose examinado cuatro veces en total, y al final se había empleado en una agencia de seguros. Pero ese apodo ya no se lo quitaba nadie y él lo llevaba incluso con orgullo. Hasta había quien le pedía consejo para evitar un desahucio o recurrir una multa. Aunque él, en plan honesto, se escudaba en que había estudiado con el Código antiguo y sacaba rápidamente de la chaqueta la tarjeta de visita de un compañero de curso que había conseguido graduarse. Al parecer éste le largaba cincuenta euros por cada cliente que le mandaba. Dinero que todas las semanas, con inflexible regularidad, acababa engullido en el totalizador de apuestas del hipódromo. Esta vez, sin embargo, se había salvado. Gracias a la guarrada de Cortopassi, Carlìn terminó poco más o menos a su par.

Mientras la emprendía a patadas con los periódicos hípicos abandonados en la grada, vi a Raniero recorriendo la pista dirigiéndose hacia los boxes. No pude contenerme.

—¡*Maricón, hijo de puta*![3] ¿Cuánto te han dado por frenar a Diablero?

El cabronazo me miró sonriendo, frunciendo los labios como quien manda un beso de lejos.

---

2 «El abogado», aunque es una palabra en dialecto chialambertés del Valle de Lanzo, en el Piamonte, no es infrecuente su uso en general (N. del T.)

3 En español en el original (N. del T.)

—No te lo tomes así, Héctor. Ya sabes cómo funcionan las carreras de caballos: a veces se gana, a veces se pierde.

—Sí, pero lo normal es que quien conduce un caballo no trate de perder. Y no me vengas con que no, porque sabes que entiendo de esto. De caballos y de sinvergüenzas como tú.

—¡Déjalo ya! No sigas. Ven la próxima semana y verás cómo te hago recuperar lo que has perdido, con intereses.

Le hice un gesto con la mano, como diciéndole «Vete al carajo», y me dirigí a la salida. No hacía frío todavía, pero en esta zona había siempre humedad, y en ese final de octubre al caer la tarde, en el campo alrededor de la ciudad ya habían aparecido las primeras nieblas.

Me monté en el Alfa 147 de segunda mano comprado a plazos a un vendedor de coches de la avenida Moncalieri, y arranqué pensando que la jugarreta de Raniero me había costado la mitad de uno de los plazos. Y puesto que me había ventilado otros cien euros la semana anterior, aquel mes tendría dificultades para pagar mis deudas. Enfadado, dejé atrás el hipódromo y luego los campos de entrenamiento de la Juventus. Estaba oscureciendo y, mientras me dirigía hacia el pabellón de caza de Stupinigi, flanqueando el bosque, vi a una media docena de prostitutas africanas esperando clientes en las explanadas al lado de la carretera.

Despreciando los primeros rigores otoñales, subidas en unos botines negros con tacones altísimos, exhibían escotes como para ser excomulgadas y minifaldas que las hacían dignas de ser detenidas en flagrante delito. Y puesto que la publicidad es el alma del comercio, ofrecían a los coches que pasaban un anticipo de lo que podrían conseguir por unas pocas decenas de euros. Una se había sacado las tetas del top amarillo y las balanceaba al ritmo de quién sabe qué danza tribal, otra estaba inclinada noventa grados y mostraba su generoso trasero, surcado solamente por la fina tira del tanga. Reían con descaro e intentaban parar a los conductores con un gesto de la mano.

Me vinieron a la cabeza dos chicas africanas, asesinadas cerca de allí hacía algunos años. Hacían la carrera en una carretera provincial, pero quizás no tenían la autorización de la mafia nigeriana. Las habían degollado a sangre fría, sin ni siquiera darles tiempo para intentar escapar. La policía había seguido inmediatamente la pista de un ajuste de cuentas entre proxenetas extracomunitarios, pero no habían conseguido ir más allá. Los policías habían logrado apenas dar con el nombre de las dos desgraciadas, que habían entrado en Italia clandestinamente pocos meses antes.

Los periódicos habían cubierto el asunto durante un par de días, repitiendo la historia habitual de esas chicas traídas a Italia con el engaño de un empleo honrado y después prostituidas a la fuerza sobre una acera. Pura mercancía. Mi amigo Caputo, inspector de la Brigada de trata de seres humanos[4], me había explicado que la mayoría de las jóvenes nigerianas o ghanesas que acaban haciendo la calle saben muy bien qué tipo de trabajo tendrán que hacer una vez en Europa. Más aún, muchas de ellas vienen ya rodadas por años de prostitución en los suburbios de Lagos o Benin City, donde, claro está, ganan una centésima parte de lo que esperan obtener aquí.

En definitiva, cuentan ya con que van a hacinarse cinco en una pequeña habitación, con que se arriesgan a la expulsión cualquier día, con tener que pagar un soborno a la *madame* y con atrapar un resfriado en minifalda en cualquier arcén de carretera. Aparte de que pueda darles una paliza el primero que se presente con un billetito de cincuenta euros en la mano, claro está. Porque si el juego se desarrolla sin problemas, en pocos años se lo montan para el resto de su vida. Lo que no tienen en cuenta es que pueden acabar siendo asesinadas a cuchilladas, quizás por haberse dejado caer en el lugar equivocado. O acabar encerradas en un ataúd anónimo pagado por la Beneficencia, bajo una lápida sin nombre y apellidos. Y lejos para siempre del sol africano.

Pero la muchacha en *short* rojo y botas altas que movía el culo a dos pasos de la residencia de los Saboya no parecía

---

4 En italiano «ispettore alla Buoncostume», inspector de la sección de *Buenas costumbres*. Correspondería en otros países a la brigada Antivicio. (N. del T.)

agobiada por pensamientos de muerte. Sonreía, dejando a la vista unos dientes blanquísimos y señalando con la mano los generosos dones de la Madre Naturaleza, que exhibía sin prestar mucha atención al clima ni a la moral pública. Me abordó mientras estaba parado en el semáforo.

—Hola, guapo. ¿Querer demos una vuelta? Sólo treinta euros con goma, cincuenta sin.

—Lo siento. No tengo ni los treinta ni los cincuenta. He perdido todo en el hipódromo.

—Naaaaa... yo no creer. Tú hombre importante, coche bonito. Imposible no tener dinero.

Eché una ojeada, perplejo, al salpicadero del Alfa 147 de doce años de antigüedad.

—Coche viejo y comprado a plazos, tesoro. Y hombre importante estar sin blanca. Te prometo que en cuanto junte unos pocos euros vengo a buscarte.

Se echó a reír, divertida, y unos segundos más tarde ya estaba tocando a la ventanilla del coche de al lado. Cuando se puso en verde, embragué la primera y pisé el acelerador, dejando atrás a la exótica belleza callejera. Casi había oscurecido. Enfilé hacia Turín, integrándome en la serpiente luminosa de vehículos que se arrastraba, ruidosa y maloliente por las arterias de la ciudad. Emboqué por la avenida de la Unión Soviética: Turín seguía siendo quizás la única ciudad del mundo, con La Habana y Pyongyang, que homenajeaba en el callejero a una dictadura comunista que se había derrumbado treinta años atrás.

A la altura de la fábrica FIAT Mirafiori me sonó el móvil. Que obviamente me había dejado en el bolsillo del chaquetón. La voz de Milva cantando *Don't cry for me Argentina* resonó en el habitáculo algunos segundos, mientras con la mano derecha trataba de encontrar el aparato y con la izquierda evitaba chocar frontalmente con el autobús 63. Finalmente encontré el móvil, en la pantalla aparecía un número que me era desconocido, que no estaba memorizado en la tarjeta. «Quién será el inoportuno», pensé mientras apretaba la teclita verde.

—¡Dígame!

—¿... el señor Perazzo? ¿Héctor Perazzo el investigador?[5]

Era una voz de mujer. Un poco insegura. Hablaba español con acento sudamericano, pero no argentino, podría ser peruana o ecuatoriana. Le respondí en castellano. Dijo que se llamaba Pilar y, en efecto, era peruana, amiga de doña[6] Rigoberta, la asistenta que dos veces en semana venía a poner en orden mi pequeña oficina.

Era a última hora de la tarde del sábado, la agencia estaba cerrada y tenía que correr a casa para darme una ducha ya que tenía una cita galante: una peluquera de la ciudad vecina de Settimo Torinese que recalaba en el centro comercial. Pero no podía mandar a la peruana a freír espárragos, al contrario, adopté un tono profesional.

—Dígame, señora, ¿qué puedo hacer por usted?

—Es por mi hija Linda, ha desaparecido.

—Desaparecida, dice. ¿Pero qué edad tiene?

—Diecinueve. No volvió a casa ayer por la noche, tampoco llamó y su teléfono móvil está apagado.

—Perdone, señora, pero su hija no es una niña: es mayor de edad, puede ir donde quiera. Quizás esté por ahí con una amiga... o un amigo. Es joven, compréndalo.

—No, es imposible. No la ha visto ni su novio, lo conozco, es un buen chaval. Y su mejor amiga no la ve desde ayer por la mañana.

—¿Ha probado a llamar a los hospitales?

—Sí, pero no está ingresada. Tampoco en los de la provincia.

—¿Se ha dirigido a la policía?

—No, mire, señor Perazzo, Linda es clandestina. Yo tengo el permiso de residencia, pero ella se vino para estar conmigo hace dos años y aquí se quedó. Hace algunos trabajillos de vez en cuando, lo que le sale, en negro.

---

5 En español en el original (N. del T.)

6 *Doña* siempre aparecerá en español en el original (N. del T.)

—Comprendo.

—A la policía es mejor no decirle nada por ahora. Porque si la encuentran la devuelven al Perú, ¿comprende?

—Absolutamente. Así que usted querría que yo me ocupara de manera privada.

—Sí, se lo ruego. Después de todo usted es argentino, habla español, podría indagar más fácilmente.

—Está bien, pase por la agencia mañana por la mañana, hacia las diez. Mejor no, quedamos a las once delante de la iglesia de la Gran Madre, es preferible. Ah, por favor, traiga una foto de su hija.

Pensé que si el ligue con la peluquera terminaba bien, trasnocharía. Y no quería arriesgarme a un madrugón inútil a causa de la historia banal de una muchachita que no había vuelto a casa.

Capítulo 2

Una vida en juego

Allí estaba plantada como una estatua en la explanada de la iglesia de la Gran Madre de Dios y la reconocí al primer vistazo. Inconfundible, aunque nunca la había visto antes. El rostro moreno enmarcado por cabellos negrísimos, y los duros rasgos de india que parecían esculpidos con un cincel. Pómulos sobresalientes, nariz afilada, finos labios y dos ojos muy grandes en continuo movimiento buscando al hombre que iba a seguir el rastro de su hija. Tendría unos cuarenta años, pero las ropas modestas de mercadillo no conseguían ocultar un cuerpo rechoncho y sin forma, aplastado por el peso de fatigas atávicas y la repetida maternidad.

En resumen, no precisamente una belleza. Sobre todo, comparada con la peluquera de Settimo Torinese que acababa de dejar en mi cama diez minutos antes. A pesar de que tenía pocos años menos que Pilar, ésta parecía su hija. Lógico, por la pequeña conversación que mantuvimos antes de deslizarnos hacia la cama, adiviné que se dejaba más de la mitad de su sueldo entre gimnasio, esteticién, cremas de belleza y lámparas de bronceado. Para el peinado no, al ser de la profesión las colegas le arreglaban gratis el pelo. Una gran chica, por Dios. Pero después de media hora de cháchara delante de una copa yo sólo tenía ganas de saltarme las tres o cuatro horas que me esperaban todavía entre restaurante y discoteca. E ir al grano. Y menos mal que me había salido esa providencial cita de trabajo, de lo contrario habría tenido que aguantar a la reina de la belleza también en el desayuno.

Le hice un gesto desde lejos a mi nueva cliente y me acerqué sonriendo.

—Buenos días, señora Pilar. ¿Qué me dice de ir a tomar un café antes de hablar de su problema? ¿Sabe?, no he tenido tiempo de desayunar.

La llevé al Gran Bar, ya repleto de elegantes señoras de la colina[7] que tomaban su expreso antes de misa y de los habituales playboys en desguace, que adelantaban el rito del aperitivo dominical. Un amigo les llamaba Los Irreductibles, porque desde hacía veinte años repetían estoicamente el mismo ceremonial, como misioneros enviados a convertir a pueblos lejanos: llegaban a bordo de coches deportivos, que abandonaban con despreocupación en doble fila, se ponían la camisa con tres botones abiertos cuando nevaba y ostentaban el bronceado de rigor. Fumaban siempre, con las gafas de sol sobre la frente y el vaso de Martini o Campari firmemente empuñado en la mano derecha. Y reían intercambiando comentarios sobre la última conquista o el reciente fin de semana en la Costa Azul.

Todo había cambiado a su alrededor. Craxi, Amato, Berlusconi, Prodi, Berlusconi bis, Renzi, Salvini, Conte, los de Cinco Estrellas. Murallas que caen, Torres Gemelas que se derrumban. Lira, euro, dólar. Las Bolsas que se hunden. También el propietario del bar se había ido y el histórico barman ya no estaba tampoco. Pero ellos, Los Irreductibles, resistían. Siempre al pie del cañón, aferrándose al mostrador de los aperitivos. Atrincherados tras veladores cubiertos de vasos vacíos. Cigarrillos entre los labios, arrugas ocultas tras

7 La «collina» (colina) y la «precollina» (al pie de la colina) son zonas elegantes y caras de Turín, cerca del río Po y del centro de la ciudad. (N. del T.)

las gafas oscuras, la vida que se escapa en silencio. Pero el aperitivo en el Gran Bar era su certeza, un bote salvavidas en el cual permanecer a resguardo en los momentos buenos y malos de la existencia.

Aquel domingo por la mañana, de Los Irreductibles sólo había un par de ellos, confundidos entre las señoronas emperifolladas con pieles y los burguesotes del pie de la colina que hojeaban *La Stampa* y el *Tuttosport.* Me abrí paso y pedí dos cafés, acaparando uno de los últimos cruasanes con mermelada.

—¿Todavía ninguna novedad? ¿Su hija sigue sin dar señales de vida?

—No, don Héctor. No ha llamado y ninguno de sus amigos ha tenido noticias suyas. Estoy preocupada, nunca había pasado ni una noche fuera de casa y ahora ya lleva dos.

—¡Vamos, Pilar! No es cuestión de darle vueltas a la cabeza antes de tiempo. Los jóvenes son imprevisibles y a veces hacen tonterías que los adultos no llegan a comprender, pero la mayor parte de las veces todo se resuelve bien.

—Espero que usted tenga razón. Pero Linda ha sido siempre una chica muy madura, nunca me ha dado problemas. Mientras estuvo en Lima se ocupó siempre de sus hermanitos pequeños junto con mi madre. Después quiso venirse a Italia para labrarse un futuro mejor.

Salimos del bar y atravesamos la plaza derechos hacia la agencia. Investigaciones Baires[8] estaba situada a dos pasos del río Po en una vieja casa de patio de vecinos que cien años antes había sido habitada por familias de pescadores. Después los peces desaparecieron del río y los pescadores también. Y el antiguo barrio popular se había transformado en un distrito de lujo, a medio camino entre el centro histórico y los chalets de los ricos en la parte alta de la colina. Las calles se habían llenado de tiendas elegantes y de SUV

---

8 «Baires» es una de las maneras en que los porteños llaman a Buenos Aires (N. del T.)

todoterreno aparcados sobre las aceras, pero en algunos recovecos de la zona de Borgo Po resistían ciertas callejuelas apenas afectadas por el tiempo y casitas que no se habían transformado todavía en *lofts* de lujo.

En una de ésas, en una tercera planta sin ascensor, tenía alquilado desde hacía muchos años el apartamento de dos habitaciones con baño que usaba como oficina. La señora Pelissero me lo había dejado a un precio asequible sólo porque le había sabido encontrar en veinticuatro horas a Fufi, su caniche, que se había escapado de casa. Cada día rogaba a Dios que le concediera larga vida, de otro modo sabía muy bien que los herederos lo habrían vendido a precio de oro y en poco tiempo el viejo caserón de patio de vecinos se habría convertido en un edificio de apartamentos para ricos. Pero, como suele decirse, mientras hay vida hay esperanza. Y la señora Pelissero parecía gozar todavía de una salud discreta.

Hice que la peruana se acomodara ante el escritorio, abrí los postigos y dejé que entraran los rayos del tibio sol otoñal. Encendí el primer cigarrillo de la jornada y me volví hacia mi nueva cliente.

—Entonces, cuénteme cuándo vio por última vez a su hija y qué sucedió después. Ah, ¿me ha traído la fotografía?

Pilar, de apellido Ramírez Montoya, nacida en Lima en 1979, separada, de profesión asistenta de hogar, me acercó una instantánea tomada en primavera en el parque del Valentino. Se distinguía a lo lejos el barrio Medieval, con sus almenas y torres falsas y sus cuidados jardines rebosantes de flores. En primer plano estaba Linda. Con toda probabilidad en un par de décadas se habría puesto oronda como la madre, pero de momento tenía el aspecto de una guapa y sana muchacha de veinte años, con unos rasgos más suaves, un físico más delgado, una sonrisa de anuncio y unos ojos grandes y negros, ligeramente almendrados.

—El viernes por la tarde salió de casa sobre las tres —comenzó diciendo la mujer—. Me dio un toque al teléfono porque yo estaba en el trabajo, en una casa allá arriba en la colina. Dijo que tenía que ver a una amiga y que quizás no volvería para la cena.

—¿Nada más?

—No. Sólo añadió: «Si llego cuando ya estés dormida, nos vemos por la mañana».

—¿Sabe usted quién pudiera ser la amiga con la que tenía que verse?

—No me lo dijo. Imaginaba que era Raquel, una compatriota que vive cerca de nosotros y tiene su misma edad. O bien Giuliana, una italiana que tiene un bar en el barrio y de vez en cuando le da trabajo en su local.

—¿Les ha preguntado?

—Claro. Ayer por la mañana, en cuanto me di cuenta de que Linda no había vuelto, llamé a las dos. Me dijeron que no la veían desde hacía un par de días y no tenían ni la más remota idea de dónde pudiera haber ido.

—Cuando usted me llamó ayer por la noche mencionó a un novio.

—Nelson. Es un chico ecuatoriano que también vive en el barrio de San Salvario y trabaja de pintor con su padre y su hermano. Un buen chico.

—¿Su hija se relaciona con él desde hace mucho?

—Seis, siete meses. No se trata exactamente de un noviazgo oficial como los de nuestro país. Ya sabe cómo son los jóvenes aquí en Italia... Pero Linda siempre me ha asegurado que es una relación seria.

Eché de nuevo una ojeada a la foto de la peruana desaparecida. Esta vez me pareció apreciar una mirada melancólica. ¿Qué se ocultaba tras esa expresión? Hay quien dice que los ojos son el espejo del alma, en tal caso, ¿qué escondía aquel velo de tristeza? La instantánea pretendía transmitir una imagen de felicidad, quizás destinada a los parientes lejanos: el castillo, el parque florido, los vaqueros de marca, la sonrisa en los labios. Pero advertí un trasfondo de infelicidad pintado en el rostro de la chica, que iba más allá de una adolescencia difícil inmersa en la miseria y suspendida entre dos mundos alejados, separados por algo más grande que un océano.

—Cuénteme de su hija. ¿Sabe si por casualidad tiene problemas?

—No sabría decirle, no me ha hablado nunca de ellos.

—¿Se encuentra bien en Italia?

—Está contenta de estar aquí, pero no es fácil adaptarse a vivir en un país extranjero. Especialmente por su condición de clandestina todo es más complicado: buscar un trabajo, entablar relaciones con los de su edad.

—¿Tiene muchos amigos?

—No, no muchos. Un par de compatriotas, la señora del bar que ya le he dicho, los amigos de Nelson. Gran parte del día lo pasa en casa, cuando no hace de canguro por horas o echa una mano a Giuliana.

—¿Ha tenido alguna vez la impresión de que tuviese dificultades de tipo personal? Drogas, alcohol, malas compañías…

—¡Qué va! ¡Qué cosas dice! Linda es una muchacha tranquila, sin pájaros en la cabeza. Su único deseo es regularizarse con documentos, encontrar un trabajo decente y formar una familia. Nunca he pensado en esas cosas que usted dice.

—Tenga paciencia, mi trabajo a menudo es antipático porque debo husmear en los asuntos ajenos. Pero es algo necesario. Para encontrar a una persona desaparecida primero tengo que reconstruir su vida, incluso en sus aspectos más íntimos.

Por primera vez la vi vacilar, abandonar la máscara de india impasible. Y noté que sus ojos brillaban. Me levanté y fui hacia la ventana, incómodo como cada vez que me ponía a violar secretos ajenos. No era una sensación agradable, aunque lo hiciera a la fuerza. Miré a hurtadillas por los cristales, descubriendo sobre los tejados los árboles de la colina ya amarilleando. Encendí otro cigarrillo y volví al escritorio. Pilar se estaba secando las lágrimas con un clínex.

—¿Se le ha venido a la cabeza alguna cosa?

—Sí, don Héctor. Tuvo algún problema, pero en Perú.

—Cuéntemelo, tal vez pueda servirme.

—Yo llevaba ya en Italia un par de años y ella todavía era una niña. Lo supe por mi madre, que vivía con ella y sus otros hermanitos.

—Vamos, valor, cuénteme qué pasó.

—Mi exmarido siempre fue un mal tipo, un borracho. Se destrozó la vida y nos la destrozó a todos nosotros, sobre todo a Linda. En suma, con Linda no se comportaba como un padre.

—¿Abusó de ella?

Asintió, estallando de nuevo en lágrimas. Cogió otro clínex y se secó los ojos, pero esta vez un pañuelo no fue suficiente. Necesitó otros dos para recobrar un aspecto decente. Medio minuto después ya tenía de nuevo la expresión dura de la mujer que ha visto demasiado en su vida.

—En cuanto lo supe mandé a mi madre a denunciarlo a la policía, pero ya imagina usted cómo son las cosas allí. No basta el testimonio de una chiquilla. Por suerte intervino un vecino, le dio una paliza a mi exmarido y le amenazó con una pistola, diciéndole que lo mataría si continuaba molestando a la niña. Fue más efectivo que la denuncia.

—¿Y Linda?

—Sufrió mucho, pero no lo ha dicho nunca. Sin embargo, una vez, en Lima, intentó suicidarse. Fue entonces cuando me decidí a hacerla venir a Turín.

—¿Y aquí? ¿Le parece que está mejor?

—Sí, estoy convencida. Nunca hablamos de aquella fea experiencia, pero tengo la impresión de que ya la haya casi olvidado.

Ojalá, pensé. Ciertos traumas sin embargo no se olvidan jamás. No le dije nada, pero la noticia de que Linda había sido agredida por el padre y que ella había intentado ya acabar con su vida me dejó preocupado. Yo ya había visto demasiadas historias parecidas. Misteriosas desapariciones que habían terminado en las turbias aguas de un canal o colgando de la rama de un árbol.

Tomé nota de la dirección de la casa de la familia Ramírez y de los números de teléfono de las amigas de Linda y del novio ecuatoriano, prometiéndole a Pilar que me pondría en marcha al día siguiente. Era una época de vacas flacas y no tenía muchos encargos entre manos. Sólo el caso de una empleada doméstica filipina sospechosa de sisar un poco de dinero en casa de su patrona y un topógrafo que probablemente le ponía los cuernos a la mujer con la secretaria, se trataba sólo de pillarlo con las manos en la masa, o sea, metidas bajo la falda de la chica.

Con los demás clientes, llegado a este punto, ponía una bonita sonrisa y pedía un anticipo, pero esta vez no me apetecía pedirle dinero a aquella pobre mujer. Fue Pilar la que me sacó del apuro. Sacó del bolso una cartera desgastada y se puso a contar algunos billetes de diez y veinte euros.

—Señora, no es momento. Podemos ajustarlo más adelante, a fin de cuentas, todavía no he hecho nada.

—No, don Héctor. Le he preguntado a doña Rigoberta cómo debía comportarme y ella me ha dicho que los investigadores privados siempre toman un anticipo cuando aceptan un encargo. ¿Está bien con quinientos euros?

—Cogí diez billetes de veinte euros y le devolví el resto.

—Para los primeros gastos así está bien. Me temo que necesitaré varios días, siempre que Linda no dé señales de vida por sí misma. De todos modos, le aseguro que la mantendré informada sobre cualquier novedad.

La miré salir de la agencia, curvada bajo el peso de la angustia y de una existencia nefasta. Y no pude por menos que preguntarme si vería más a su hija.

Capítulo 3

San Salvario Blues

Como dos armarios. De los grandes, de los de dos puertas. Un metro noventa y cinco centímetros de bíceps y cuádriceps bien marcados y entrenados. Un quintal de músculos color ébano, y un par de kilos más entre collares y brazaletes de oro. Mucho peso. Me miraban de arriba abajo, con los brazos cruzados y el pie derecho apoyado en la pared del viejo edificio de San Salvario, que ciertamente había vivido tiempos mejores pero que se había acostumbrado desde hacía un siglo por lo menos a servir de telón de fondo de matones de toda calaña. Los dos negratas fumaban cigarrillos caros y vestían ropa de firma: vista la joyería que llevaban encima, era lógico pensar que la vestimenta no era falsa. En la mano, *smartphones* de última generación.

—¿A dónde vas?

—He quedado con un amigo. ¿Por qué?

—Aquí los extranjeros no son bienvenidos.

Estuve a punto de responderle que en el bolsillo tenía los papeles de ciudadano italiano, y que, quizás, si alguien no era bienvenido era la gente como ellos. Pero las migajas de sensatez que me quedaban en la pelota me retuvieron. Me tragué el comentario insolente y esbocé una sonrisa.

—Eh, amigo, que yo también soy extranjero. Soy sudamericano, tengo que encontrarme con Nelson, el chico ecuatoriano que vive en el cuarto.

Me marcaron con la mirada de nuevo, con un poco de asco. Luego me hicieron un gesto con la cabeza, como diciendo «Por esta vez, pasa». Subí los escalones, envuelto en olores de cocina que nunca había olido, quizás a causa de exóticas especias africanas, y en la segunda planta comprendí el porqué de la presencia de los dos cancerberos de la entrada. Un apartamento acababa de ser clausurado por la policía, como reportaba la crónica local de *La Stampa*: el nigeriano que lo tenía alquilado a una dueña italiana había metido dentro a una media docena de compatriotas, chicas en situación irregular que practicaban el oficio más antiguo del mundo. En el interior los agentes habían encontrado siete catres, un único retrete en condiciones lamentables, comida amontonada en la cocina y cientos de cajas de preservativos. Él, el chulo, vivía como un pachá en su harén. Además de dinero, parecía que de sus realquiladas obtenía un poco de diversión por turnos.

Como sucede habitualmente, el detalle más sustancioso estaba escondido entre las últimas líneas del artículo: el casanova negro, un grandullón fornido de unos 25 años, tenía permiso de residencia porque constaba como casado con una italiana cincuentona que vivía por la región de Padua. Un auténtico matrimonio por amor. Ahora el chuloputas ya era huésped de Le Vallette[9], las chicas habían recibido una improbable orden de expulsión y el alojamiento había sido precintado. Pero los amigos del pachá vigilaban, quizás es que no querían que los policías o los periodistas curiosearan demasiado. Por eso hacían de seguratas en la puerta.

Cuando toqué el timbre y Nelson abrió la puerta, se me ocurrió pensar que doña Pilar debía tener un concepto muy personal de lo que era «un buen chico». El pavo parecía sacado de una de esas películas de bandas hispanas de Los

9 Le Vallette: barrio periférico de Turín donde se encuentra la cárcel.

Ángeles, donde hordas de pandilleros puestos hasta el culo de crack se matan entre sí empuñando Kalashnikovs y metralletas Skorpion. El pintor ecuatoriano llevaba el cráneo rapado al cero, un par de *piercings* en la nariz y los labios, y tatuajes que se veían por cada abertura de la camisa. Y, a pesar de su edad, ya se le notaba una discreta panza de bebedor de cerveza. Me dije que al fin y al cabo el hábito no hace al monje y le pedí que me dejara pasar. Tras un cuarto de hora de coloquio ya estuve seguro de que, aparte del singular concepto de «buen chico», la asistenta peruana tenía una extraña opinión sobre las relaciones interpersonales entre jóvenes. Lo que para ella era un noviazgo, incluso «no precisamente oficial», para Nelson se parecía más que otra cosa a una variante de «la del pato, una y si te he visto no me acuerdo». En el sentido de que su relación con Linda, según él, era del tipo «dos o tres, y si te he visto no me acuerdo».

—Sí, nos vemos de vez en cuando; salimos juntos, vamos a bailar. Algunas veces viene a mi casa cuando no está mi familia. Pero nada más.

—¿Y no te ha preocupado el no saber de ella ni el sábado ni el domingo?

—Pues no, porque no es que nos estemos telefoneando todos los días. A veces nos encontramos por ahí en la calle, y cuando tenemos ganas de vernos nos damos un toque o nos mandamos un *whatsapp*.

—¿Sabes si Linda tiene otros… amigos como tú?

—Puede ser; ya sabes, no es mi mujer, así que no voy detrás de ella. Pero nunca me ha hablado de otros hombres.

—¿Según tú, podría haberse ido de casa voluntariamente?

—¿Quién puede asegurarlo? A lo mejor ha encontrado un tío que le ha hecho perder la cabeza. Aunque sí es raro que no haya avisado a su madre, está muy unida a ella.

Me di cuenta de que no iba a conseguir nada de aquel guaperas. Y si mentía, entonces es que era un alumno aventajado del Actor's Studio. Le dejé mis números de teléfono, le hice prometer que me llamaría en caso de alguna novedad y me largué sin hacerme demasiadas ilusiones. Volví a pasar delante de los dos mandingos y decidí tomarme una revanchita.

—Perdona, ¿la tapioca de tarapia en la supercazuela prematura con válvula de escape a la derecha?[10]

—¿Eh?

—No, que decía que la supercazuela prematura, con válvula de escape a la derecha, como antaño[11].

—¿Eh? ¿Qué coño dices? No entender.

—Vamos a ver, chicos, aprended italiano. Encartelados para dos, incluso un poquito antaño[12]... ¡Siempre puede ser útil!

Me alejé rápidamente y, antes de que los dos energúmenos pudieran reaccionar, me deslicé entre el gentío del mercado de la plaza Madama Cristina, enviando un emotivo pensamiento al buenazo de Ugo Tognazzi, alias el conde Mascetti.

También la conversación con Raquel, la amiga de Linda, fue poco fructífera. La chica no tenía la más mínima idea de dónde pudiera haberse metido la peruana, ni tampoco la había visto el día que desapareció. En todo caso se mostraba más preocupada por el «novio» porque, siempre en su opinión, no era normal que la hija de Pilar se ausentara de casa sin decir nada a su madre, sin telefonear o dejar algún mensaje.

Aunque me la habían hecho pasar por su mejor amiga, en realidad Raquel no sabía gran cosa de la vida de Linda. Más bien, a decir verdad, me pareció un bicho raro, que daba la impresión de vivir en su mundo. Trabajaba cuidando a una anciana y su poco tiempo libre lo empleaba en patearse los mercadillos buscando vestiditos sexys para exhibirse en las discotecas latinoamericanas que frecuentaba asiduamente. La amistad con Linda, por lo que parecía, se limitaba a incursiones en la pista al ritmo de merengue, bachata o reguetón,

10 Frase sin sentido extraída de la película «Amici miei» (traducida en España como «Habitación para cuatro»), en la cual los protagonistas, entre ellos Ugo Tognazzi en el papel del conde Mascetti, usaban ésta y otras frases absurdas parecidas para burlarse de la gente. (N. del T.)

11 Como la anterior.

12 Como la anterior.

pero en realidad no sabía casi nada de ella. Empecé a convencerme de que la muchacha desaparecida se encontraba demasiado sola, y que, si no fuera porque la madre se dio cuenta, seguramente nadie más habría denunciado la desaparición. Volví a pensar en la foto, en su mirada melancólica. Y me sentí de golpe frustrado e insatisfecho con el mundo. «De un modo u otro te traeré a casa», murmuré entre dientes.

Giuliana llevaba junto a su madre un bar cerca de la estación de Porta Nuova. Un pequeño local que parecía haber pasado del estatus de antigua cantina de borrachos al de tasca multiétnica sin lograr, ni por asomo, cierta condición de normalidad. La vieja barra de formica y acero y las mesitas de mármol contrastaban con un par de deslumbrantes máquinas tragaperras y carteles desvaídos que anunciaban a cantantes nigerianos y fiestas en discotecas rumanas. Como suele decirse, pasado y presente convivían sin molestarse.

Ella era una pelirroja no precisamente de primer nivel, todo lo contrario que una fotomodelo, pero fascinante a su manera. Gestionaba el negocio con mano firme, mientras la madre estaba en la cocina y una chica joven de aspecto eslavo servía las mesas. Linda ya había sido sustituida, al parecer. En la mesa del rincón un vejete leía el *Tuttosport* delante de un tubo de tinto, mientras un par de jovenzuelas de color con aspecto de quien se conoce cada centímetro de acera cacareaban felices tomando un capuchino. Un albañil con el mono manchado de cal y con duros rasgos balcánicos estaba solo, de pie ante la barra, vaciando en silencio una botella de Peroni. En poco tiempo el local se llenaría para el almuerzo: la vitrina refrigerada sólo ofrecía bocadillos y porciones de pizza, pero una pizarra colgada a espaldas de la encargada ofrecía media docena de platos calientes del día.

Miré a mi alrededor. Me sentía como Maigret cuando investiga en los bistrós de la periferia, pero no iban conmigo ni Lucas ni el pequeño Lapointe, y en vez de un oloroso vino blanco del Loira la dueña me puso un vaso de *frizzante* disipado de barril. Abordé a la pelirroja con indiferencia, explicándole que estaba buscando pistas sobre Linda.

—La señora Pilar me ha dicho que tienen buenas relaciones y que de vez en cuando trabaja aquí en su negocio.

—Sí, intento echarle una mano, por no tener los papeles en regla es difícil encontrarle un empleo digno.

—¿Entonces, no viene siempre aquí al bar?

—No, sólo las tardes cuando hay más gente e Irina, la chica moldava, no puede sola.

—¿Irina sí tiene el permiso de residencia?

—¿Pero usted es un detective privado o un agente de Hacienda?

—Sólo preguntaba por curiosidad.

—No me gusta que la gente meta la nariz en mis asuntos.

—Tiene razón. Volvamos a Linda. ¿Tampoco usted la ha visto desde el viernes pasado?

—No. Déjeme pensar. La última vez vino aquí… la tarde del miércoles. Había concierto y la llamé para ayudar con las mesas.

—No sabía que se tocase música en vivo en este local.

—De manera improvisada, de vez en cuando algún chico africano agarra una guitarra, el bongó u otros instrumentos tradicionales y se pone a tocar. El bar se llena, hacemos un buen negocio.

Me observaba un poco recelosa, mientras seguía lavando las tacitas de café y secando los vasos. En la parte trasera, en la cocina, se oía a la madre trasteando con ollas y sartenes.

Volví a la carga.

—¿Tiene idea de si Linda tenía algún motivo para irse de casa? No sé, ¿amistades raras de las cuales la madre no tuviera conocimiento?

—¿Ha probado ya a hablar con un tal Nelson, el ecuatoriano?

—Sí. Dice que no la ve desde hace algunos días y que lo suyo no es propiamente un noviazgo.

—Creo que es cierto. Linda no me habla casi nunca de él.

—¿Tiene otros amigos? Me refiero a hombres.

—Mire, tenemos buenas relaciones, pero no como para

que Linda me haga muchas confidencias sobre su vida privada. No sabría decirle. Aunque sí, pensándolo bien…

—Dígame, cualquier detalle podría ser importante para localizarla.

—Bueno, desde hace un par de semanas había estado recibiendo llamadas muy privadas. Lo digo porque a menudo se alejaba para hablar, o sea, que tenía toda la pinta de ser un ligue.

—¿Y cómo sabe que no era Nelson quien la llamaba? ¿O una amiga?

—¡Ay, alma de cántaro, nosotras las mujeres tenemos nuestros trucos! Me di cuenta de que hablaba en italiano y no en español como hace siempre con Nelson. Y además se veía por su expresión que estaba charlando con un hombre. Y un hombre que le gustaba.

—¡Caramba! Debería tomarla como ayudante en mi agencia.

Me dedicó una sonrisa asesina, acompañada de una mirada maliciosa. Parecía derretirse y quizás yo le gustaba un poco. Cuando quiero tengo un discreto éxito con las mujeres, a pesar de ese par de kilitos de más y demasiados cabellos que empiezan a blanquear. A menudo hace su efecto la cicatriz del cuello, que sale de la camisa como un tatuaje maorí: es el recuerdo de una carroña que se me puso por delante cuando era todavía policía en Buenos Aires. Había tomado de rehén a un niño de ocho años durante un atraco al Banco Comercial en la Recoleta[13]. El niño es hoy día ingeniero de minas, su madre me manda todavía felicitaciones de Navidad. La carroña, por el contrario, acabó como alimento para los gusanos. En la sala exhibí con orgullo las marcas de mi cuchillada en la garganta y el juez dijo que era un caso claro de legítima defensa. Fui absuelto sin problema. Otros tiempos, otra vida.

La muy picarona correspondió a la galantería.

13 Barrio residencial elegante de Buenos Aires. (N. del T.)

—Quizás sea yo quien debiera contratarlo a usted, como guardaespaldas. Ya sabe, a veces aquí entra gente verdaderamente poco recomendable.

—¡No me diga! Creía que este bar era frecuentado únicamente por socios del Círculo del Whist[14].

Sonrió.

—Curiosamente, para ser un poli eres simpático —dijo, pasando al tuteo.

—Y tú no tienes pinta de ser la muchachita que se deja asustar por cuatro capullos.

—Tienes razón. Y además tengo ya mi *security* privada.

Señaló con los ojos a un par de negratas estacionados en la acera, merodeando ante la cristalera del café. Dos grandullones que parecían la copia de los armarios con los que me había topado en casa de Nelson.

—¿Amigos tuyos? —pregunté.

—No precisamente. Digamos que buenos vecinos. Pueden realizar tranquilamente sus trapicheos sin temor a que les moleste. Y además saben que, si aparece cualquier curioso de uniforme, pueden evaporarse pasando por mi trastienda. A cambio le echan un ojo al bar y controlan que todo vaya como la seda.

—¿Y si entrara un porculero, alguien como yo, haciendo demasiadas preguntas?

—Si me hubieran fastidiado tus preguntas, te habrían echado ya a patadas en el culo.

—Vaya, a eso se le llama hablar claro.

—Son las reglas de buena vecindad aquí en San Salvario. Y también son útiles para la supervivencia en un barrio como este.

—Ok, entonces antes de que las dos bestias se impacienten, por último, dime otra cosa: ¿tienes alguna idea de cómo podría dar con ese misterioso enamorado italiano de Linda?

14 El *Circolo del Whist* es un club elegante de la alta sociedad de Turín. (N. del T.)

—Tengo algo más que una idea. Tengo su número de móvil.

—¿Qué? Pero si me has dicho que no lo conoces.

—En efecto, no lo conozco. Pero la otra tarde Linda tenía el teléfono descargado y me pidió el móvil para hacer una llamada. Según como le hablaba saqué la impresión de que estaba ligoteando con ese Míster X, y el número ha debido de quedarse guardado en la lista de llamadas.

Jugueteó unos instantes con el teclado del aparato y con aire triunfal me puso delante de las narices la pantalla iluminada. Aparecían un número de móvil y la hora de la llamada, las 23:30 del miércoles de la semana anterior. Tomé nota en mi libreta y le di las gracias a mi anfitriona.

—Espero haberte sido útil, detective. No tengo ni idea de si es ese el número del hombre que buscas, pero apostaría cien veces a que sí.

—Yo también estoy convencido. Como lo estoy de que este tipo sabrá decirme algo sobre la desaparición de Linda.

—¡Buena suerte! Y vuelve a verme cuando quieras.

—Gracias. ¿Cuál es el día de descanso del local? Ya sabes, en caso de que quisiera gratificarte invitándote a cenar. Siempre que el Kunta Kinte de ahí fuera no sea celoso.

Se rio a carcajadas. Y esta vez la ojeada que me echó fue más que prometedora.

—Cerramos el martes, todo el día.

—Perfecto, daré señales de vida. Aparte del número del admirador de Linda he apuntado el tuyo.

Me alejé del bar. Los dos armarios ni siquiera se dignaron mirarme, entretenidos como estaban en teclear en sus *smartphones*. Más allá, en la esquina, un par de toxicómanos, tristes desechos humanos, guiñaban a unos camellos de color como los tuaregs contemplan un oasis en lontananza.

Capítulo 4

Aperitivo en el Eliporto

El contable Vaudagna levantó la tacita y se tragó de golpe un café ya frío, mirando afuera de la cristalera. Estaba oscureciendo e incluso se había puesto a llover. El tiempo era pésimo y el humor de los automovilistas, atrapados en el embotellamiento de las siete de la tarde, lo mismo. Cada vez que se ponía el verde, sonaba el concierto histérico de los cláxones porque los coches de la primera fila no arrancaban lo bastante rápido. Luego, cuando el semáforo se iluminaba en rojo, se desencadenaba la segunda ronda de trompeteos, dirigida a los que permanecían en el centro del cruce y obstruían el tráfico.

Di otro sorbo a mi mojito sin despegar la vista del chupatintas que se las daba de playboy. Parecía preocupado. Quizás por la suerte de Linda, pero más probablemente por miedo a que su mujer se enterase de sus canitas al aire. Convencerlo para concederme una entrevista no había sido difícil. Un viejo truquillo de poli *porteño*[15] sin escrúpulos. Lo había llamado al celular que me había dado Giuliana y no me anduve por las ramas. Le dije: o nos encontramos en un lugar reservado para hablar de su amante peruana o bien en media hora me planto en su trabajo. O, mejor, en casa a la hora de la cena.

15 En español en el original (N. del T.)

Vaudagna había mordido el anzuelo como una trucha de piscifactoría. No tenía ni idea de dónde podría estar su oficina y mucho menos su casa. Por otra parte, no conocía ni su nombre. Pero jugaba con el hecho de que cuando se tiene la conciencia sucia uno no presta atención a las sutilezas. De hecho, fue él mismo quien fijó lugar y hora del encuentro: las siete menos cuarto en el bar del Eliporto. Y ahora estábamos allí, cara a cara, sentados en una mesita de aquel viejo café que daba a la plaza donde, muchos años antes, realmente había habido un helipuerto civil que unía Turín con Milán.

Había mucha gente para el aperitivo. Su ubicación casi en el centro y una cierta facilidad de aparcamiento favorecían la afluencia de profesionales liberales y empleados, que pasaban por allí antes de volver a casa. Muchos bebían de pie, aprovechando el tentador buffet dispuesto a lo largo de la barra del bar. Por este motivo el contable y yo habíamos elegido una mesita separada, en un rincón del local. Donde no hubiera orejas indiscretas.

Marco Vaudagna tenía treinta y cinco años, un buen empleo de banca y un bonito coche de color gris metalizado. Pero también tenía una mujer y un niño pequeño, por lo cual, al oír el nombre de Linda, comenzó a tartamudear y a cagarse encima. Por un momento temió que se tratase de un chantaje, pero cuando se dio cuenta de que yo era un investigador privado y sólo buscaba información sobre la chica, soltó un suspiro de alivio. No la veía desde el jueves anterior, pero la había tenido al teléfono también al día siguiente, es decir, el viernes que Linda había salido de casa para no volver.

—Nos vimos el jueves a la hora de comer, no lejos de su casa. Le digo a mi mujer que voy al gimnasio, así puedo apagar el teléfono un par de horas.

—¿Y en vez de eso?

—¿Cómo?

—Que, en vez de ir al gimnasio, ¿qué hace?

Pareció avergonzarse. Noté incluso un tenue rubor en sus mejillas.

—Ya me entiende, me veo con Linda… cuando puedo, naturalmente.

—¿Desde hace cuánto?

—¿Eh?

—¿Qué pasa? ¿Hablo en árabe? ¿Que desde cuándo dura el rollito?

—Oiga, no le permito que me hable de ese modo…

Levanté la mano para parar de golpe su indignación.

—Querido Vaudagna, ya le he dicho que soy un investigador privado, no su confesor. Lo que se vaya follando por ahí me la suda, pero tengo cierta urgencia en encontrar a una chica desaparecida por la que nadie se interesa, salvo su pobre madre. No me haga perder el tiempo con sus hipocresías de burgués frustrado y responda a mis preguntas.

Cogió un par de cacahuetes y empezó a masticar, más que nada por mantener la compostura después del bofetón moral que le había propinado.

—Entonces, ¿Cuánto tiempo hace que se veían?

—Cerca de dos meses.

—¿Y cómo se las apañó un tipo como usted para conocer a una peruana clandestina?

—La vi en aquel bar donde trabaja de vez en cuando. Fui con un par de colegas porque parecía un sitio… ¿cómo le diría? Folclórico, divertido.

—¿Y después?

—Después comenzamos a enviarnos algunos *whatsapps*, una llamada cada cierto tiempo. Una vez la invité a comer y así empezó la historia.

—¿Está enamorado de ella?

—Me gusta mucho y me siento bien con ella, aunque debo admitir que a lo sumo hemos estado dos horas seguidas juntos.

—Y Linda, ¿cree que esté enamorada?

—Nunca me lo ha dicho. Es una chica muy reservada, ¿sabe? Y también extraña: a veces es dulcísima, parece una chiquilla que se enamora por primera vez. Otras veces, por el contrario, se muestra casi despegada, fría. Suele pasar que ni responda a las llamadas o a los mensajes durante todo un día.

—¿Qué le dijo la última vez que habló con ella, el viernes pasado?

—Lo normal, nada de importancia. Las frases que se dicen por teléfono dos amantes.

—¿Le pareció preocupada, asustada, deprimida?

—En absoluto. Era la Linda de siempre; serena, pero nunca extraordinariamente alegre. No es de las que exterioriza mucho su estado de ánimo.

—¿Y no le pareció extraño que no diera señales de vida durante todo el fin de semana?

—Al contrario, ella sabía que yo estaba en Bardonecchia con mi familia y por lo tanto habíamos acordado que no me llamaría ni me mandaría mensajes. Tendríamos que haber hablado esta mañana.

—¿La ha buscado?

—Así es, pero tenía siempre el móvil apagado. No me he preocupado porque ya digo que a veces sucedía, sin motivo aparente no estaba localizable durante veinticuatro horas y luego reaparecía, como si tal cosa.

Vacié el vaso de mojito, pensando que en pocas horas había sacado un retrato de Linda bastante diferente del que me había trazado su madre. Lo cual es bastante normal, en definitiva: son muy pocos padres los que puedan decir que conocen a fondo a sus propios hijos. Sólo que, agotada la pista del amante italiano, ahora ya no sabía dónde pescar. Me estaba estrujando las meninges para hallar otras preguntas que hacerle al empleado, pero fue él quien se adelantó.

—Perazzo, ¿cree que Linda esté en peligro?

—No lo sé, es muy joven y de vez en cuando los chicos dan quebraderos de cabeza. En resumen, por ahora no hay nada que haga pensar en algo feo.

—Le confieso que tengo un poco de miedo, si se hubiese ido a alguna parte, ¿por qué no me lo iba a decir?

—A lo mejor le quiere poner celoso. O quizás es que esté agobiada por una relación clandestina y ha encontrado otro hombre.

Acusó el golpe y mordisqueó otro puñado de cacahuetes. A primera vista no parecía una mala persona. Y quizás quería de verdad a Linda. No lo veía como el hombre que hace desaparecer a su amante secreta ante el posible chantaje emocional de una chica que reclama más espacio vital. Un tipo normal, totalmente del montón. Quizás un poco cobarde, pero incapaz de soportar el peso de un homicidio. Me prometí profundizar en la investigación sobre el contable, pero me daba en la nariz que ya lo había eliminado de la lista de sospechosos.

Me levanté y fui a la caja a pagar las consumiciones. Vaudagna intentó adelantarse, pero le hice el gesto de dejarlo estar. Salimos en silencio bajo una llovizna fastidiosa y le tendí la mano para despedirnos.

—¿De verdad piensa que se ha escapado con otro hombre? —preguntó el contable.

—No sé, es una posibilidad como otra cualquiera. Una de tantas hipótesis, por ahora no hay ningún indicio que haga pensarlo.

—Quizás habría hecho bien, ¿sabe? No es que yo pueda ofrecerle mucho, aparte de una relación extraconyugal que no irá a ningún lado.

Levanté la solapa de mi abrigo, suspirando. Media hora antes tenía que sacarle las palabras de la boca con sacacorchos y ahora me había tomado por su confidente. Se veía que se moría por desfogarse y yo habría jurado que no había hablado del asunto ni con su mejor amigo. Eso admitiendo que el contable Marco Vaudagna tuviese un mejor amigo. Pero no estaba del humor necesario para escuchar las confesiones de un desconocido en crisis existencial. Le di unas palmaditas en la espalda y lo despaché rápidamente.

—No vaya a hacerse mala sangre, seguramente Linda dará señales de vida mañana mismo. Se lo ruego, si hay alguna novedad hágamelo saber, le prometo que también yo le tendré al corriente.

Lo vi subirse a su bonito coche, en dirección a una bonita casa donde lo esperaban sin duda una bonita mujer y un niñito precioso. Y aun así no parecía feliz. Me encogí de hombros y me subí en mi coche, mucho menos bonito, del cual en pocos días tendría que pagar el enésimo plazo. Para evitar el caos de la reentrada y las cámaras de la zona con limitación de tráfico del centro, di un largo rodeo, emboqué el viaducto sobre el ferrocarril, pasé delante del Hospital Mayor, atravesé el puente sobre el Po y me encontré bordeando el río a todo lo largo de la avenida Moncalieri. Operación fallida, también aquello era un puto follón, así que me armé de santa paciencia, me dejé atrapar en el torrente y sintonicé la frecuencia de Radio RAI para escuchar Onda Verde.

> La lluvia sigue cayendo desde la tarde en las regiones nororientales. Por el momento no hay constancia de interrupciones de la circulación. Chubascos también en el tramo de la A1 de los Apeninos, en la A26, entre el cruce A10 con la desviación a Pedrosa-Bettole; en la A6 Turín-Savona, con precipitaciones más intensas entre Ceva y Altare. Lluvia también sobre la A7, entre Serravalle y Bolzaneto, y sobre la A1, entre Pian del Voglio y Barberino.

Escuché los partes de tráfico, aunque no tenía que ir a ninguna parte aquella tarde. De hecho, como norma general rara vez me alejaba de Turín, pero si no oía al menos un par de veces al día la información viaria del CIS «en colaboración con la policía de tráfico, *carabinieri*, ANAS, AISCAT[16] y Sociedad de Autopistas», me sentía como aislado del mundo. Quizás era una herencia de la infancia lejana, cuando mi mamá me hacía aprender de memoria las provincias y la geografía de Italia porque, aunque nacido en la Argentina, no quería que olvidara mis orígenes.

> En la gran circunvalación de Roma, cierre del cruce 6 hacia la Vía Flaminia, dirección salida en el km 18, debido a la presencia de sustancias resbaladizas. Pasamos ahora a Apulia: debido

16 ANAS: Sociedad que se ocupa de las infraestructuras viarias. AISCAT: Asociación concesionaria de las autopistas y túneles. (N. del T.)

a un accidente, tráfico bloqueo en la carretera estatal 106 de Ionica a la altura de Marina di Ginosa, en el cruce con la carretera estatal 580 de Ginosa. Desviaciones en el acto.

Me vinieron a la mente con nostalgia aquellas tardes de llanto desesperado porque quería irme con papá a la sala de estar para escuchar en la radio los partidos del Independiente. Y porque en vez de eso, mamá, inflexible, me obligaba a repasar las provincias italianas. Nombres absurdos que para mí no representaban apenas un puntito en un atlas: Sondrio, Pordenone, Belluno, Campobasso, Macerata, Caltanissetta, Enna.

En la carretera estatal 114 Orientale Sicula, debido a las obras, cierre del tramo de carretera del km 128 al km 129, entre Primosole/enlace con la carretera estatal 194 Ragusana y enlace para Augusta. En Basilicata, en la carretera estatal 19 delle Calabrie, debido a los desprendimientos, no hay tráfico en el km 114 en Lagonegro.

Papá era mucho más condescendiente, quizás porque él ya había nacido en Argentina, hablaba sólo en español y de la tierra de sus padres tenía una idea más bien vaga. «Déjalo en paz», le decía a mi madre, «¿de qué le va a servir en la vida conocer todas las provincias italianas?» Pero ella, emigrada a Buenos Aires tras la Segunda Guerra Mundial, era rigurosa. Quizás porque albergaba en su corazón volver a casa algún día. No sabía que moriría en Argentina, sin volver a ver nunca la patria amada.

Y llegamos a Friuli. En la carretera estatal 14 Venezia-Giulia, estrechamiento de la calzada en el km. 141, entre Grignano y Trieste, debido a las obras. También debido a las obras, alternancia del sentido de la circulación desde el km 35 al km 39 en la carretera estatal 352 de Grado, entre Aquileia y Grado.

Y yo ni siquiera podía imaginar entonces que aquellas enseñanzas, de alguna manera, me iban a servir. Que un día habría de poner en práctica aquellas lecciones de geografía, historia y lengua italiana. Y que los tortuosos caprichos del destino me habían hecho volver a la tierra de la que había partido mi madre, y, muchos años antes, mis abuelos paternos. Extranjero en el país, tanto en Italia como en la Argentina de la cual ya faltaba desde hacía casi treinta años.

A la altura de la iglesia de la Gran Madre el tráfico disminuyó, Turín no es Buenos Aires. Giré en el puente de Vittorio Emanuele I, disfrutando de la mágica perspectiva de la plaza Vittorio y de la calle del Po, que ascendían hacia la plaza del Castillo, y de la silueta iluminada de la Mole Antonelliana que vigila la ciudad. En la avenida San Maurizio encontré un hueco donde aparcar el coche sin miedo a que me clavaran una multa y seguí a pie hasta mi casa. La calle Vanchiglia todavía estaba animada.

Había gente frente al asador egipcio, un discreto movimiento en el interior de la lavandería autoservicio, y un par de personas que miraban los menús expuestos fuera del restaurante chino. El minimarket estaba aún abierto y, como no tenía ganas de comer la pizza de siempre o el kebab habitual, entré a comprar judías en conserva y un paquete de hamburguesas congeladas. Cualquier día el hígado me pasaría la cuenta, estaba seguro. Pero aquella tarde no tenía ganas de empezar la dieta que venía aplazando desde hacía seis meses.

Capítulo 5

Italianos de Argentina

La silueta del Superga[17] surgió de repente entre las nubes bajas cargadas de lluvia. El perfil imponente de la basílica se destacó por unos instantes en la cima de la colina, mojada y oscura, después los cúmulos grisáceos lo engulleron de nuevo. Tuvo que ser con un tiempo similar cuando aquella tarde del 4 de mayo de 1949 el avión que devolvía a casa al Gran Torino[18] terminó su viaje estampado contra el terraplén de la iglesia. O peor aún. Las crónicas de la época describían un cielo negro como el betún, solamente iluminado por el resplandor de los relámpagos.

También aquella historia formaba parte de mis recuerdos de infancia. Era mi madre quien siempre me recordaba aquella tragedia, antes de meterme en la cama alternaba los cuentos de Cenicienta y de Hansel y Gretel con episodios reales de la historia de Italia. La desaparición del Gran Torino era uno de mis preferidos, aunque me hacía llorar. Conocía de memoria las hazañas del capitán Valentino[19],

---

17 Colina próxima a Turín en cuya cumbre se levanta la basílica del mismo nombre. (N. del T.)

18 Torino Football Club, conocido como «Il Grande Torino». (N. del T.)

19 Valentino Mazzola, futbolista del Torino e internacional de la selección italiana, falleció en el accidente aéreo susodicho. (N. del T.)

la trompeta del Filadelfia[20], el vuelo a Portugal para el partido de despedida del capitán del Benfica. Y todas las veces, cuando la narración llegaba al momento del regreso, desde el fondo de mi corazón esperaba un final diferente. Nutría siempre la esperanza de que el comandante Meroni se las apañara para rebasar el obstáculo de la basílica poniendo a salvo a los héroes granate.

Pero todas las veces el relato de mamá era siempre el mismo. Y cuando intuía que también esa vez el aparato se iba a estrellar, estallaba en llanto. No me servía de ningún consuelo que me dijeran que, a partir de entonces, Valentino y los otros muchachos jugaban al fútbol en un estadio bellísimo, allá en el cielo. Crecí odiando el Superga, aunque no tuviera ni idea de dónde estaba. Para mí podía ser uno de tantos picos de los Andes y quizás Torino fuera una ciudad perdida en la inmensidad de la Pampa, a más de diez horas en coche desde Buenos Aires. En aquella época yo ya amaba las camisolas de los diablos rojos del Independiente, el equipo de papá, pero el Gran Torino de Mazzola y Bacigalupo había entrado derechito en el panteón de mis héroes, junto con Sandokán y Alejandro Magno, Bolívar y Tarzán, Fangio y D'Artagnan, Orlando el paladín de Francia y el general Perón.

Giré en un camino bordeado de cipreses echando una última ojeada hacia el Superga, ya invisible detrás del grueso manto de nubes. Había poca gente en el Cementerio Monumental, como siempre en los días laborables. La lluvia intermitente mantenía alejada, además, a la mayoría de los visitantes habituales de las tumbas. Sólo unas pocas e irreductibles ancianas habían desafiado el mal tiempo para no faltar a la cita semanal con el marido difunto o el hijo desaparecido prematuramente.

---

20 Se refiere a cuando el jefe de estación Oreste Bolmida, perdiendo el Torino un partido trascendental en el viejo estadio Filadelfia en 1948, tocó su trompeta de trabajo y ello espoleó al equipo, que acabó ganando por goleada. Este toque de trompeta se ha convertido en un ritual en los encuentros del Torino. (N. del T.)

Iba por allí a menudo cuando tenía necesidad de ordenar mis ideas. Eso me permitía también hacer una escapada para visitar el sepulcro de tía Caterina, la única que me echó una mano cuando me vine a Italia. El camposanto era un buen lugar para pasear al aire libre, dejar atrás el fragor de la ciudad y reflexionar en paz. Mejor que un parque público, donde te arriesgas siempre a dar con gente molesta que van flechados en bici o en patines, con hordas de niños que juegan al balón entre los parterres y con camellos empeñados en venderte humo.

Merodeé con calma entre las lápidas de los caídos en la Gran Guerra y las opulentas tumbas de aristócratas y burgueses, que también desde el más allá parecían querer recordar a los paseantes la efímera gloria terrena de la cual habían gozado. Más allá, filas alineadas de nichos todos iguales, como feos bloques de apartamentos de la periferia, y sencillas cruces hundidas en el terreno reblandecido por la lluvia. Un nombre, dos fechas. La vida encerrada en un puñado de números y sílabas.

Ya que estaba allí, pegué un salto para visitar la última morada de mi amigo Marzio, muerto lejos de casa y devuelto en una anónima caja de zinc. Quizás hubiera preferido quedarse en forma de polvo en el mar Egeo, al que tanto amaba; pero había que entender a los padres: una tumba sobre la que llorar sigue siendo siempre un vínculo, la ilusión de no haberlo perdido para siempre. Ciao, Marzio, *descansa en paz*[21].

Quién sabe si un día u otro, en mi vagabundear por el camposanto, me toparía también con la lápida de Linda. Y si un visitante distraído se detendría a contemplar con curiosidad mi propio nombre. Héctor Perazzo. Nombre de bandoneonista oriundo. En definitiva, un poco como Astor Piazzola. O como Gato Barbieri. Italianos de Argentina, como cantaba Ivano Fossati. O, por decirlo con palabras de Paolo Conte:

21 En español en el original (N. del T.)

Ni siquiera soy del país
tengo una maleta de cartón
me visto, sí, como un burgués
pero dentro llevo un bandoneón...
Podría parecer un contable
también un perito podría ser
pero yo un tango siento gritar
en el fondo de mi corazón

Como siempre, conseguí evadirme. Pasear por la ciudad de los muertos me relajaba, podía conciliaba quizás reflexiones filosóficas o simples tonterías, pero al final a menudo conseguía alejarme de los pensamientos de trabajo. A las cuarenta y ocho horas del encargo que había aceptado de doña Pilar todavía estaba en el punto cero. No tenía la más mínima idea de si Linda estaba viva o muerta, si se había escapado voluntariamente de casa, u obligada a hacerlo. Encima, ni siquiera había encontrado una mínima pista sobre qué habría causado su desaparición. Si hubiera sido un agente de comisaría, habría dicho que la investigación había dado un giro de 360 grados, más o menos la fórmula que usan cuando no saben con qué se las entienden. Pero yo ya no era un policía y a lo largo de esa misma tarde debería haber podido decirle algo a mi cliente, que sufría las penas del infierno por no tener noticias de su hija.

Me senté en un banco húmedo e intenté hacer una lista con las hipótesis que no podía excluir por el momento. A parte del secuestro con el fin de pedir un rescate y el rapto por parte de una nave alienígena, las demás eran todas buenas. Linda podía haberse matado, sea por los traumas padecidos en la adolescencia, sea por las dificultades que tenía que afrontar como inmigrante clandestina. O quizás se había largado con un hombre, a lo mejor un tipo más viejo que ella, y no tenía valor para confesar a su madre una relación poco ortodoxa. O mejor, había asistido involuntariamente a la comisión de un delito, por ejemplo, a un importante tráfico de estupefacientes, y ahora estaba escondida por miedo de que los traficantes la despellejaran. O quizás es que lo habían hecho, la habían asesinado y emparedado en el cemento armado de una obra.

¿Y si en vez de eso acaso hubiese muerto de una sobredosis? La madre había excluido, escandalizada, que se frogase, pero, ¿quién puede asegurarlo? A fin de cuentas, el bar de Giuliana estaba lleno de fea gente, también de camellos. No había leído en los periódicos la aparición de ningún cadáver anónimo, pero, de todos modos, más tarde telefonearía a mi amigo Caputo, de la policía. Por no dejar ni una piedra sin remover. Me vino a la mente otra posibilidad, digamos que Linda hubiera pedido dinero con usura y que después los prestamistas se le hubieran echado encima para cobrar con los intereses; quitarse de en medio podía haber sido una solución momentánea a la espera de encontrar el dinero. No, habría hecho al menos una llamada a la madre, lo justo para decirle que estaba bien pero que tenía que desaparecer por un tiempo.

¿Qué quedaba? La trata de blancas, aunque ella no era precisamente blanca. El tráfico internacional de órganos. El Ku Klux Klan. ¡Joder!, quizás me había ido a meter en una historia demasiado complicada para un pelagatos como un servidor. Cuernos, maridos infieles, escolares que se drogan. ¡Esos son los casos para un detective del montón como yo! Clandestina o no, Pilar Ramírez Montoya tendría que haber denunciado la desaparición a la policía o a los *carabinieri*. Con los medios de que disponen encontrarla habría sido mucho más fácil: envío de fotos de identificación policial a todas las comisarías y puestos, comprobación de los registros telefónicos, llamadas de socorro a través de periódicos y televisión. Más aún, la peruana debería haberse dirigido al «Quién sabe dónde», que a menudo tenía éxito donde no llegaban las fuerzas del orden.

Llegué al convencimiento de que tendría que haber hablado con la asistenta mucho antes, por su bien. Aceptar el encargo había sido un error, aunque me viniera bien el dinero y me hubiera fascinado la idea romántica de devolver a casa a la muchacha de los ojos tristes. No tenía nada de que arrepentirme: había interrogado a las personas adecuadas, incluso había conseguido dar con el amante misterioso. Pero ahora no sabía dónde ir a parar. Las fuentes de la investigación se habían secado. Amén. Chao, Perazzo, o, más bien, *hasta la vista y adiós!*[22]

De repente, al observar cómo un mirlo atrapaba una lombriz que asomaba de la tierra húmeda, vi la luz. No era mérito del mirlo, claro. Y tampoco del gusano. Simplemente se me encendió la bombilla en el cerebro y decidí hacer un intento más. Salí corriendo del Cementerio Monumental porque, aunque debo de ser el único que queda en la faz de la Tierra que lo haga, no me gusta usar el teléfono en la casa de los difuntos. Esquivé a un par de zíngaras que pedían limosna, encendí el móvil y marqué el número del contable Vaudagna.

—Soy Perazzo. ¿Tiene un minuto? Tengo que preguntarle sólo una cosita.

—Buenos días. ¿Tiene, por casualidad, buenas noticias?

—Lamentablemente, no. Quisiera saber sólo un detalle: cuando usted fingía ir al gimnasio para encontrarse con Linda, ¿dónde se veían?

—Bueno, normalmente nos citábamos en el parque Valentino, o bien delante del Centro de Exposiciones de Turín.

—No, quiero decir que adónde iban a... consumar.

Silencio embarazoso.

—¡Vaudagna, no sea un chiquillo! Se trata de algo útil para la investigación.

—Vale, hay un hotelito en la colina, dirección Cavoretto... un sitio muy tranquilo, donde van muchas parejas de tapadillo.

—Conozco la zona, pero hoteles de esa clase hay dos o tres. Dígame el nombre.

—Se llama La Glicinia.

22 En español en el original (N. del T.)

—Comprendo, lo conozco. Y dígame otra cosa, ¿fue usted quien lo eligió o se lo indicó Linda?

—¿Pero, qué dice? No había tenido nunca relaciones extraconyugales. —Bajó la voz—. Perdone, no puedo hablar con tranquilidad porque estoy en la oficina.

—Así que fue Linda quien le llevó allí.

—Sí, me dijo que había ido una vez con su novio y habían estado bien. Efectivamente, es un pequeño lugar limpio y discreto.

—OK, señor contable, basta con eso. Gracias por la información.

—Espere, Perazzo… ¿Por qué me lo pregunta? ¿Qué ha descubierto?

—No he descubierto nada todavía, pero espero que sus palabras me hayan abierto una nueva pista. A seguir bien, Vaudagna, hasta la vista.

Colgué el teléfono antes de que aquel pesado siguiera con sus lamentos. Me metí en el coche y me dirigí hacia la colina, atravesando el Po y trepando por las callejuelas tortuosas del barrio de Madonna del Pilone. Cuando llegué al hotel era casi mediodía. A esa hora había pocas parejas sospechosas y quizás el recepcionista querría escucharme. Era un caraculo con algunas condenas a la espalda por favorecer la prostitución, según me había explicado Caputo por teléfono, así que sabía cómo comportarme.

El picadero por horas era un digno edificio de tres plantas que se remontaba a los años cincuenta o sesenta, tiempos de especulación inmobiliaria y construcción salvaje en la sierra. Dentro del jardín, en la zona de grava, había sólo dos autos. Pude ver un par de pinos, una magnolia y algunos macizos de flores poco cuidados, pero no encontré ninguna glicinia. El portero, un tipo de unos sesenta años con cara de zorro, estaba sentado tras el mostrador y ojeaba un periódico deportivo. Al ver que llegaba solo me miró con desconfianza.

—Buenos días, ¿qué desea?

—Sólo una información.

—Esto es un hotel. El edificio de los guardias de tráfico está quinientos metros más allá.

—Ya sé de qué tipo de hotel se trata, me lo ha dicho un amigo de la Antivicio, el inspector Caputo, a quien quizás usted también conoce.

—¡Caputo, claro! ¿Es usted un colega?

—No precisamente. Hago más o menos el mismo trabajo, pero sin placa.

—Entonces me temo que no podré ayudarle… ya sabe, la privacidad.

—¿Cree que la privacidad de sus clientes estaría protegida si me pusiera delante de la puerta a fotografiar a cada pareja que entra aquí dentro?

Dejó el periódico, molesto. Quizás pensaba que me estaba haciendo el gracioso. Luego se me quedó mirando eclipsado por mis bigotes a lo Charles Bronson, mi pelo largo de viejo rockero y la cicatriz que me salía de debajo de la cazadora de cuero.

—No es necesario amenazar, por la fuerza no se consigue nunca nada.

Mensaje recibido, alto y claro. Saqué de la cartera cinco de los billetes de veinte euros que me había dado Pilar y se los puse en el mostrador. Los hizo desaparecer con una sonrisa de ave rapaz. Le puse delante de las narices la fotografía de Linda.

—Necesito tener noticias de esta chica, debe de ser cliente suya. ¿La reconoce?

Se calzó un par de gafas de cerca y observó la instantánea.

—Pues claro, es Lola la Colombiana.

Capítulo 6

Cita a ciegas

Un hombre y una mujer entraron en el pequeño vestíbulo del hotel. El tipo era un cincuentón regordete, con poco pelo, ropa de marca y la cartera visiblemente abultada. Ella podría haber sido su hija y no tenía pinta de haber estudiado en el colegio de las Ursulinas precisamente. Me hice a un lado, discretamente, tratando de no asomarme al escote de la rubia. El portero los recibió con fingida familiaridad.

—Buenos días, doctor. ¿La habitación de siempre?

El otro murmuró algo y cogió la llave con aire furtivo. Diez segundos más tarde ya habían desaparecido en el ascensor. El recepcionista me guiñó el ojo.

—Cliente habitual. Viene por lo menos una vez en semana. La chica, sin embargo, es sólo la segunda vez que la veo.

—Volvamos a mi chica. Lola o como demonios ha dicho que se llama.

—Lola. En el ambiente es conocida como Lola la Colombiana.

—¿Seguro que es su verdadero nombre?

—Mi querido señor, en este hotel rige el máximo respeto por la privacidad de los clientes.

—¿Pretende decirme que no pide la documentación?

—Bah, qué quiere... hay muchos clientes habituales,

después de la primera vez no tiene sentido molestarles con cuestiones burocráticas. ¡Ah, pero nada irregular, eh! También lo sabe su amigo el inspector. Aquí sólo entra gente seleccionada y las chicas son mayores de edad y están vacunadas.

—Comprendo. Cuénteme más de la tal Lola.

—¿Acaso ha hecho algo malo?

—Desapareció hace cuatro días y su madre me ha encargado que la encuentre.

—Es que no quisiera tener problemas, ya sabe.

—Los problemas los tendrá si no me ayuda a encontrarla. Porque entonces vendrán los policías o los *carabinieri* y no sé si podrán hacer la vista gorda con eso de que en este hotel no hay nada irregular, ¿me explico?

—A la perfección. Pero, como le dije antes, con las amenazas no se consigue nada.

Lo agarré por la solapa de la chaqueta, levantándolo a pulso por encima del mostrador.

—Óyeme bien, subespecie de sanguijuela. Ya tienes el dinero. Ahora me das la información que necesito o me instalo ahí fuera con un amigo periodista y redactamos un bonito trabajo sobre los albergues en los que se ejerce la prostitución, con profusión de fotos. Y a lo mejor hablamos también de los antecedentes penales del portero. ¿Qué me dices?

—Suélteme, no es necesario comportarse así. Estamos entre personas civilizadas.

—Entonces, desembucha y no te hagas el listillo, porque si me percato de que me la has metido floja no tardo lo más mínimo en volver.

—Vale, está bien, no se sulfure.

—Dime todo lo que sabes de Lola la Colombiana.

—Hará unos seis meses que viene por aquí, al menos dos o tres veces por semana.

—¿Con quién viene?

—Tres o cuatro hombres distintos, más o menos siempre los mismos. Da la sensación de que a cada uno de ellos le tenga reservado un día concreto.

—¿Los conoces?

—Bueno, como digo, no es que controlemos mucho la documentación. Y además es que Lola parece una buena chica y siempre se presenta con gente distinguida.

—Descríbemelos.

—Verá, un portero de hotel por horas no ve pasar a muchos de esa clase. De todas formas, uno es un señor de entre 35 y 40 años, pelo castaño y corto, siempre de chaqueta y corbata. Ah, viene con un Alfa familiar gris metalizado.

Tenía que ser el contable Vaudagna, la descripción coincidía. La sanguijuela continuó largando.

—Otro es un poco más viejo, con más de cincuenta diría yo. Calvo, con el bigote entrecano, siempre bronceado y vestido de oscuro. Podría ser un abogado o un médico, conduce un Mercedes negro.

—¿Y qué más?

—A veces se presenta con un cuarentón en moto, una Harley Davidson negra. Un tipo con el pelo rizado, engominado, vestido de modo informal. El cuarto es, claramente, el más viejo, le echaré no menos de sesenta años. Alto, delgado, también él siempre vestido de oscuro, con un sombrero tipo Borsalino y un maletín. Tiene un coche blanco bastante corriente, de mediana cilindrada, quizás un Peugeot o un Citroën.

—Enhorabuena por esa memoria. ¿Hay alguno más?

—Puede ser, pero no recuerdo. Esos son sus clientes fijos, los que yo veo siempre.

—¿El viernes pasado la viste con alguno de estos?

—Déjeme pensar.

Sacó del cajón un cuadernillo y hojeó un par de páginas. No era tonto, el viejo. Aunque no registrara la documentación, para evitar dudas llevaba una agenda secreta. Siempre podía serle útil.

—No, el viernes no la vi y tampoco el colega que hace el relevo de tarde. Verá, aquí anotamos los movimientos, para evitar problemas.

—¿Cuándo fue la última vez que vino?

—Espere que verifique. Aquí está, el jueves pasado, a las 13:00 horas: «Lola + banquero».

—¿Banquero?

—Sí, al no conocer su verdadera identidad les damos un sobrenombre en base a la impresión que nos dan. Este para nosotros es un empleado de banca, el otro el motociclista, luego está el abogado... aunque igual es un médico, pero para nosotros tiene facha de abogado. Y, por último, el viejo, el cura.

—¿El cura?

—Sí, el alto y delgado siempre vestido de negro. Quizás eso no tiene nada que ver, pero tiene modales de sacerdote.

—Está claro. ¿Sabes de alguien más que pueda conocer a Lola?

—Bueno, imagino que Viviane, la brasileña.

—¿Otra cliente de la casa?

—¡Claro! Y de las mejores. Hará un par de años que viene, pero ella es una verdadera profesional, ¿sabe? También recibe en su apartamento.

—Y seguro que tú sabrás la dirección y el número de teléfono, ¿verdad?

El hombrecillo vaciló. Había sido un bocazas y se dio cuenta de que había dicho más de lo que debía, teniendo en cuenta a lo que se dedicaba. Comenzó a contradecirse.

—Pues no sabría, es que sólo me han contado eso.

Lo volví a trincar por la solapa, remeneándolo un poco.

—¿Pero por qué te empeñas siempre en que sea descortés? ¿Eh? Ibas tan bien.

—Vale, pero yo no le he dicho nada, que quede claro.

—Claro como el sol del mediodía.

—El número de Viviane es tan de dominio público que incluso puede encontrarlo en alguna revista y también en internet.

Me puso ante los ojos un periodicucho de anuncios eróticos y publicidad de escorts. Pasó las hojas y me indicó la reseña de la brasileña. Al contrario de lo que pensaba, no era una mulata picantona, sino una rubiaca con los ojos verdes y todas sus curvas en el sitio justo. Tomé nota del número del móvil. Viviane recibía por la parte de la plaza Bernini, zona elegante y discreta no lejos del Palacio de Justicia.

Le di una palmadita en la espalda al portero del Glicinia y me despedí.

—Muchas gracias y enhorabuena por ese buen ojo.

Me miró con la misma expresión de una vaca que ve pasar un tren.

—¿Recuerdas al amigo de Lola, al que llamáis el banquero? Pues bien, justamente trabaja en un banco.

Me alejé del hotel con una vaga sensación de amargura. Las cosas se estaban complicando. La doble vida de Linda lo había hecho todo más difícil, y encima no podía ir contándole a doña Pilar que su hija se había metido a puta. Me pagaba por encontrarla, no por velar por su virtud, aunque es cierto que me veía obligado a rebuscar inevitablemente en los ángulos más oscuros de su vida privada. Pensé que por el momento era mejor no decirle nada, aunque fuese a costa de parecerle un inútil. Mientras me subía al coche, marqué el número de la brasileña. Me respondió una voz un poco ronca, más bien sexy, dulcificada por la típica cadencia carioca.

—¿Viviane? Buenos días, me llamo Héctor. Querría una cita en tu casa.

—Hola, tesoro, ¿nos conocemos ya?

—No, todavía no. Me manda el portero del hotel La Glicinia, el que está en la colina.

—Ah, sí, mi querido Robertinho. ¿Prefieres mañana por la mañana o por la tarde?

—Si fuera posible, quisiera ir hoy mismo, tengo cierta urgencia.

La chica se echó a reír.

—¿Urgencia? ¡Ja, ja, ja! Entonces deben haberte hablado muy bien de mí, si ni siquiera puedes esperar un día.

—Es que mañana me voy por asuntos de trabajo, tengo que estar fuera un tiempo. ¿No tienes media horilla para dedicarme?

—¡Claro, *meu bem*[23]! Me encantan los hombres impacientes. ¿Qué te parecería pasar sobre las cinco y media?

—¡Genial! ¿Me das la dirección?

Tenía un par de horas de sobra antes de bajar a la ciudad, así que decidí ir a tomar un bocado y puse rumbo al restaurante-petanca de Cavoretto. En otra época del año habría podido holgazanear en la espléndida terraza con vistas a Turín, disfrutando del sol y del espectáculo de los jubilados jugando a la petanca. Pero aquel día hacía frío, anunciaba lluvia y la vista no alcanzaba más allá de un centenar de metros. La ciudad era casi invisible tras una manta de nubes bajas. Incluso los pensionistas habían desertado, replegándose hacia una sala más confortable caldeada por una estufa, y allí estaban ahora matando el tiempo jugando a las cartas y bebiendo botellas de cuarto de litro de Barbera.

Me acomodé en una mesita en un rincón y la camarera se dio prisa en traerme el menú del día y el mantel de papel a cuadritos blancos y rojos. Debería haber sido frugal, en vista de que la noche anterior me había zampado una nada dietética hamburguesa congelada con guarnición de alubias. Pero me dejé llevar como siempre, resisto a todo menos a las tentaciones. Además, el paseo por el cementerio me había abierto un poco el apetito. Un apetito celta, como habría dicho un amigo, que calificaba así sus frecuentes atracones y copiosas trasegadas de cerveza. Pedí un menú degustación de anchoas en salsa verde y ternera con salsa de atún, un plato de *agnolotti* en salsa de asado y una milanesa con patatitas fritas. Y, naturalmente, un buen medio litro de tinto, porque las anchoas casan mal con agua del grifo.

Tras un café aceptable y el cigarrillo de rutina, me quedé otra media hora leyendo el periódico acunado por el calorcillo de la estufa. Eché una ojeada a las noticias locales por si había algún artículo que pudiera orientarme hacia Linda. Pero no vi nada interesante. Sólo las noticias habituales

23 «Bien mío», «querido», en portugués en el original. (N. del T.)

destinadas a cabrear a los lectores: el ayuntamiento, que había decidido instalar tres nuevos radares, el triste récord de una gasolinera asaltada quince veces en tres años, las indemnizaciones por despido de unos cuantos miles de trabajadores de la industria del automóvil, una pelea entre automovilistas con cuchillada incluida, tres gitanillas pilladas saqueando un piso, dos rumanos arrestados por robar cables de cobre de las conducciones del tren.

Las páginas de política municipal las pasé sin mirarlas, ya que traían siempre el mismo rollo. Llegué a los Deportes. El club del Toro, en crisis de juego y resultados, cuestionaba ya al entrenador y la Juve se preparaba para el complicado viaje de Liga de Campeones a una remota ciudad ucraniana o bielorrusa. Nada nuevo bajo el sol, en definitiva. Pagué y bajé a la ciudad, con las anchoas en salsa verde bailándome la rumba en el estómago.

Me dio tiempo de hacer un par de recados y a las 17:30 en punto llamé al timbre de Viviane, un honorable edificio de los años cuarenta a dos pasos de la plaza Bernini. La rubia me abrió la puerta con una bata de color rojo chillón que dejaba entrever un generoso escote. Me plantó un beso en la mejilla y me acomodó en un saloncito amueblado en estilo minimalista.

—¡*Bom dia, meu amor*! ¿Te han explicado ya todos los detalles?

—Pues..., más o menos.

—Vamos, no te hagas el tímido. ¿Robertinho no te dijo nada? Por una hora son cien euros, si quieres quedarte más tiempo son ciento cincuenta euros en total. Servicio completo. ¿Eres activo o pasivo?

—¿Eh? Lo siento, no entiendo.

—¿Que si tú quieres dirigir el baile o prefieres que te deje experimentar mis veinticinco centímetros de placer?

Capítulo 7

Cita a ciegas

Si en ese momento hubiera tenido en mis manos a Robertinho, la asquerosa sanguijuela del hotel La Glicinia, le habría arreado veinticinco patadas en el culo. Una por cada centímetro de la herramienta de Viviane. El gilipollas no me había dicho que la rubia era en realidad una transexual brasileña y me había mandado allí adrede. Quién sabe cuántas risas se habría echado ya a mi costa, el muy hijo de puta.

—Lo siento, tal vez hay un malentendido. El portero no me lo ha explicado muy bien.

—Vamos, *carinho,* ahora no tengas miedo. A todos les pasa igual la primera vez, pero te aseguro que seré muy dulce y delicada.

—Escucha, Viviane: primero, estaba convencido de que eras una mujer. Y, en segundo lugar, de todos modos, no he venido aquí para follar.

—Oye, entonces, ¿quién coño eres tú? Mira que llevo un arma.

Retrocedió dos pasos, abrió el cajón de una especie de tocador oriental y cogió una pistola. Era un pequeño revólver del calibre 22, muy apropiado para mujer. Antes de que pudiera apuntarme le di un revés que le hizo girar la cabeza y un momento después el arma ya estaba en mis manos. Viviane me miró con ojos horrorizados.

—Escucha, tesoro —dije con voz tranquilizadora—, tus veinticinco centímetros no me interesan y tampoco tu dinero. Ha habido un malentendido, he venido a buscar información sobre Lola la Colombiana, lleva cuatro días desaparecida y su madre me encargó que la encontrara.

—Pero, ¿tú quién eres?

—Soy un investigador privado. Ya he averiguado algunas cosas sobre la doble vida de Lola, cuyo verdadero nombre es Linda, y he pensado que quizás podrías ayudarme.

—¿Qué quieres saber?

—Mira, si me prometes que no vas a armar jaleo, te devuelvo el arma y hasta estoy dispuesto a pagarte el tiempo que te estoy haciendo perder.

Volvió a coger el revólver, lo sostuvo en la mano un momento y lo volvió a guardar en el cajón. Saqué del bolsillo mi carnet de investigador y se lo mostré.

—Siento la bofetada, pero por un momento de verdad temí que me dispararas.

—Yo soy la que se ha asustado. Ya sabes, hay mucha gente maliciosa que se aprovecha de nosotras. Extranjeros, pero también algunos italianos, a decir verdad. Vienen, nos violan y encima también nos roban el dinero.

—Tal vez no tengo un aspecto muy tranquilizador, ¿eh?

—No, al contrario, tú eres lindo. Pero, ¿cómo te hiciste esa cicatriz?

—Es una larga historia, olvídalo.

—¿Está Lola en algún lío?

—Me temo que sí. Aunque he descubierto que tiene una doble vida, no entiendo por qué desapareció sin decirle nada a su madre. Ni una nota, ni una llamada telefónica.

—¿En el Glicinia no la han vuelto a ver?

—Estuvo allí por última vez el jueves pasado, con uno de sus clientes habituales, al que ya he interrogado.

—¿Quién era?

—Marco Vaudagna, el banquero.

—Ah, el noviete.

—¿Por qué lo llamas así?

—Lola lo llama así. No sabe en qué trabaja y se comporta como un novio, llamándola, enviándole mensajitos.

—¿Y no le paga?

—No, pero la cubre de pequeños regalos: ropa, perfume, flores. A ella le gusta que la cortejen, así que no le cobra.

—¿Y los otros tres? ¿Pagan?

—El abogado y el periodista, el de la moto, son buenos clientes. El cura es un poco tacaño.

—¿El viejo, dices? Pero, ¿es realmente un sacerdote?

—Claro, al parecer es incluso un monseñor, o al menos un pez gordo de la Curia.

El asunto se estaba enredando cada vez más. A medida que conseguía nueva información sobre la doble vida de Linda, en lugar de diluirse, la niebla se hacía más espesa. Ahora además aparecía un monseñor. Mi mente se llenó de pésimos augurios: ¿Y si ella hubiera intentado chantajear al reverendo y él, en lugar de poner la otra mejilla, se la hubiera cargado? ¿Y si Vaudagna se hubiera dado cuenta de que la dulce «noviecita» era en cambio una puta y se lo hubiera hecho pagar? Incluso Nelson, el pintor ecuatoriano de brocha gorda, podría volver a entrar en escena: aunque la considerase sólo una amiga con la que podía tontear de vez en cuando, su orgullo de *macho* latino podría haberle jugado una mala pasada. Tampoco podía descartar la posibilidad de que la chica se hubiera topado con un maníaco desconocido, quizá un nuevo cliente. Un puto berenjenal, en resumen.

Viviane me vio bastante abatido y me ofreció una copa. Era casi la hora del aperitivo, así que tomé un ron con hielo y limón, mientras ella le daba un sorbo a una coca-cola.

Parecía haberse calmado, aunque se podía ver la marca de mis cinco dedos en su mejilla.

—Tal vez te estoy haciendo perder el tiempo, ¿no estabas esperando a un cliente?

—No, no te preocupes. El siguiente llega a las siete y no tengo nada que hacer. Además, si puedo ayudarte a encontrar a Lola, lo haré con gusto.

—¿Sois muy amigas?

—En este negocio no hay amigos, sólo gente que te paga o que quiere ser pagada. Pero nos llevamos bien, es una buena chica, nos echamos una mano mutuamente. Incluso trabajamos juntas una vez, ¿sabes?

—¿Ah, sí?

—Sí, un cliente de esos raros, con sueños eróticos un poco particulares: quería dos al mismo tiempo, una chica de verdad y otra... como yo. Fue divertido.

—Supongo. Pero, ¿por qué Linda, quiero decir Lola, tiene tan pocos clientes?

—Así lo ha querido. Me explicó que no quiere ser una puta siempre, esto sólo le viene bien para sacar algo de dinero. Luego, cuando tenga el permiso de residencia y todos los papeles en regla, buscará un trabajo normal.

—¿Y nunca te habló de su madre?

—Sólo me dijo que ella no sabe nada de su doble vida, que está convencida de que hace trabajos ocasionales, como limpiar casas o cuidar niños.

¿De dónde sacaría el valor para ir a decirle la verdad a la pobre Pilar? Me daban escalofríos sólo de pensarlo.

«Querida señora, no tengo ni la más remota idea de dónde ha ido a parar su hija, pero en cambio puedo decirle que se prostituía en un hotelito de la colina y que una vez incluso participó en una bonita orgía con un transexual brasileño». ¡Carajo!, a veces la vida te pone en situaciones desagradables de verdad.

Viviane se sentó a mi lado, en el sofá. Muy cerca. La bata se esforzaba en ocultar unos pechos que le iban a estallar, y al cruzar las piernas había dejado al descubierto un muslo. Un muslo respetable, a decir verdad. Pero la idea de lo que había un poco más arriba me excitaba como me excitaría una misa fúnebre en la catedral. Me puse de pie y miré la hora.

—Se hace tarde, tu cliente no tardará en llegar y puede que tengas que acicalarte. Pero aclárame una curiosidad que tengo: ¿cómo llegaste a conocer a Linda?

—Lola, querrás decir. Me la presentó Giuliana, quería que la metiera en el ambiente sin que corriera el peligro de caer en las garras de los proxenetas.

—¿Giuliana? ¿La que tiene el bar en San Salvario?

—Claro, no conozco a ninguna otra Giuliana aquí en Turín.

—¿Pero entonces ella está al tanto de la doble vida de Linda, es decir, de Lola?

—¡Claro! Ella es quien me la presentó, te lo aseguro. Y me pidió que le consiguiera clientes y un lugar tranquilo donde pudiera trabajar.

¡Maldita bruja! Y pensar lo bien que me había representado el papel de la que no sabe nada: «Linda habla poco, no me hace confidencias sobre su vida privada...» ¡Grandísima hija de puta! Y yo había caído como un chino y me había tragado todo el cuento. ¡Para que te fíes de las mujeres! De las pelirrojas, sobre todo. Estaba echando espuma por la boca de rabia, pero no quería que la señorita Veinticinco Centímetros se diera cuenta. Así que encendí un cigarrillo, indiferente.

—¡Ah, no! Nada de humo, que apesta todo el apartamento. Si quieres, puedo ofrecerte otro ron o un poco de coca.

—¿Cigarrillos no, pero cocaína sí? Todo sea por la salud.

—Mira, Héctor, no quiero echarte, pero tengo que ir a prepararme para el trabajo.

—Claro que sí, perdón por el tiempo que te he hecho perder. Pero dime una última cosa: ¿de qué os conocéis Giuliana y tú?

Me clavó sus grandes ojos verdes y sonrió.

—Sabes poco de ella, ¿eh?

—La vi ayer por primera vez.

—Si la vuelves a ver, pregúntale en qué trabajaba antes de comprar el bar.

—¿Quieres decir que erais colegas?

—Pregúntale. Ahora vete, es tarde.

Frente a la puerta me dio otro beso en la mejilla y me pasó la mano por el pelo con un gesto cariñoso.

—¡Feliz caza, *meu investigador*! Y trae a Lola de vuelta a casa.

—Lo intentaré. Pero escucha, Viviane, discúlpame por ser indiscreto, pero esa historia de ahí, me refiero a lo de los veinticinco centímetros... es sólo publicidad, ¿no?

Se desabrochó el cinturón y dejó que la bata cayera de sus hombros. Inmediatamente me di cuenta de que no era una exageración publicitaria. Bajé las escaleras con una extraña sensación de frustración: ¿será que no sólo las chicas tienen envidia del pene, sino también los hombres adultos?

Capítulo 8

Bromas sobre el libre albedrío

La pelirroja se había maqueado bien. Unos vaqueros pitillo que dejaban apreciar su más que respetable carrocería, un tacón asesino del doce, una blusa negra brillante abierta mucho más allá que un escote normal y una chaqueta azul claro a juego con sus ojos. Llevaba el pelo recatadamente recogido en una coleta y la cara maquillada de forma atrevida pero no demasiado llamativa. La noche anterior, cuando la había llamado para invitarla a cenar, no había hecho demasiados aspavientos. Al parecer, ella ya se lo esperaba. «¿A qué hora me recoges?», se había limitado a responder. A las ocho en punto estaba en mi ruidoso Alfa 147 frente a su casa en la avenida Marconi, no lejos de la antigua sede de FIAT.

No había hecho gran cosa ese día. Por la mañana había perseguido a un tipo sospechoso de cornear a su mujer. Un fontanero. Lo había perseguido por media ciudad, siguiendo todos sus movimientos. Finalmente lo había alcanzado en la carretera de Chivasso. Regateó durante un par de minutos con una prostituta del Este y luego se había ido a echar un polvo rápido en la parte trasera de la furgoneta. Todo ello documentado con excelentes fotografías digitales. Como eran cuernos de pago, imaginé que la esposa se cabrearía un poco menos.

Por la tarde, estuve rebuscando una versión conveniente para transmitírsela a *doña* Pilar, que se pasaría por la noche para informarse sobre el estado de la investigación. De hecho, a las siete, tan puntual como la muerte y el recaudador de impuestos, la peruana tocó el timbre de la agencia. Estuve pensando tantísimo en la historia que le iba a contar, que al final ya no se me ocurría nada. Me lo decía siempre mi abuela cuando era pequeño: «Es inútil que fuerces tanto el cerebelo, hay quien está más dotado de materia gris y hay quien menos. Tú, menos».

La hice sentarse en la silla frente a mí y le largué una serie de mentiras que parecían vagamente verosímiles, cuidando de no decirle esa verdad con luces rojas que había descubierto hurgando aquí y allá. Al final se fue casi feliz, segura de que «don Héctor» le devolvería a su bebé. Pobre ilusa. Doblemente ilusa. Por el resultado de la investigación y por la, digámoslo así, niña inocente, que en cambio se dedicaba a vender su cuerpo en un hotel por horas de la colina. Antes de irse, había sacado de su bolso Vuitton falso un rollo de billetes, los trescientos euros que le rechacé el domingo anterior. Esta vez, los saludé sin demasiados aspavientos. Entre los gastos de bolsillo y el soborno a ese gran cabrón de la conserjería del hotel, estaba casi a dos velas. Y me arriesgaba a no tener pasta para pagarle la cena a la pelirroja.

Por eso, cuando a las ocho y media aparecí frente a la casa de la Circe de San Salvario, mi cartera iba bien inflada. En un arranque de originalidad había decidido llevarla a un restaurante argentino. Había uno en la zona que no estaba mal, pero me pareció tonto montar el numerito de la invitación, el encuentro frente a la casa y el coche llamativo para luego dar sólo la vuelta a la esquina. Así que opté por otro club de gauchos en el Quadrilatero Romano, una zona chula en el centro histórico de la ciudad donde sí que iba a tener dificultades para aparcar e iba a pagar más, como tributo al lugar de moda. Pero no importaba, de todas formas, sólo se vive una vez. Y ni siquiera demasiado bien.

Giuliana estaba emocionada. Se le notaba que estaba feliz. A pesar de su antiguo trabajo y de la capa de cinismo que desplegaba en el bar de mala muerte de San Salvario, seguía siendo una mujer sensible. No tardé en darme cuenta de que no era así. Comenzó a fumar compulsivamente sin ni siquiera pedirme permiso y, hasta ahí, todo bien. Entonces extrajo del reproductor el CD de Pink Floyd que yo escuchaba religiosamente y empezó a toquetear la radio, buscando, según sus palabras, «una emisora que ponga música un poco más alegre». ¿Qué querría decir con «música más alegre»? Si uno escucha a Pink Floyd, y en general los discos que me gustan, no lo haces para alegrarte. Para eso, te quedas en casa y te ves *Zelig* en la televisión. En cambio, la pelirroja tenía otros gustos. Con un grito se detuvo en no sé qué frecuencia, quizá Radio Hortera Internacional, y empezó a tararear una melodía de un tal Tiziano Ferro.

—¿Te gusta? —dijo la pelirroja.

—Como para perder el sueño —respondí sin mentir.

Después de Tiziano Ferro fue el turno de Laura Pausini. Y luego de Janet Jackson. Y luego de una tal Giusy Ferreri. Y entonces, gracias a Dios, llegamos y apagué la radio del coche. Caminamos por las estrechas calles del centro hacia el restaurante. No había mucha gente por allí un miércoles por la noche. Hacía frío y lloviznaba. Las farolas de los callejones se refractaban en millones de gotitas invisibles y los tacones de Giuliana resonaban en los adoquines como los zapatos de un bailarín de claqué. Levantó las solapas de su impermeable y se agarró a mí, que por parecerle más guay llevaba la cazadora de cuero abierta sobre la camisa y por eso me tiritaban hasta las pelotas a causa de la humedad que me calaba los huesos. Afortunadamente el lugar no estaba muy lejos. A través de las ventanas se veía el local medio vacío, luces tenues, carteles publicitarios argentinos colgados en las paredes, velas en las mesitas. Entramos y como siempre elegí mesa en un rincón, con la pared a mi espalda. Viejas costumbres policiales, que en el Buenos Aires de los buenos tiempos podían salvarte el pellejo. Ahora no corría ningún riesgo, pero las costumbres son difíciles de olvidar.

Inmediatamente pedí un Malbec de la provincia de Mendoza para calentarnos las tripas. Luego le expliqué el menú a la pelirroja y la convencí para pedir empanadas de carne con maíz y un monumental bife de chorizo a la parrilla con una guarnición de patatas al roquefort. Los vegetarianos no viven mucho tiempo en la pampa. Había una agradable calidez en el restaurante, el Malbec entraba como agua de manantial y el postre, panqueque con dulce de leche, estaba delicioso. Charlamos amistosamente durante un par de horas. Cuando salimos a las calles aún más vacías, Giuliana volvió a aferrarse a mí. Cada vez más fuerte. A través de la piel de la cazadora, que esta vez había cerrado a tope, podía sentir el calor de su cuerpo.

Mientras arrancaba el Alfa, ella me habló.

—¿Me llevas a tu casa?

Si hay algo que siempre me mete en problemas es el gusto por hacer bromas. Y también ese sutil placer masoquista de ir a contracorriente. Tenía aquello en la punta de la lengua desde el día anterior, es cierto. Pero siempre podría haber seguido aguantarme un par de horas más y no renunciar a lo que se perfilaba como una buena follada. En lugar de morderme la lengua y callar, le contesté: «Vale, pero ¿tengo que pagar por adelantado, o después de la función?».

Me miró por un momento con desconcierto, pero yo ya sabía que la tormenta se acercaba. Y como la mejor defensa es un ataque, le di un segundo golpe de los que dejan KO.

—¿Sabes, nena?, no me gusta que me la metan por el culo. Especialmente en asuntos de negocios. Y creo que deberías contarme un poquito más sobre tu verdadera relación con Linda y el empleo que le buscaste en el Glicinia.

—¿Quién te ha dicho todo eso?

—Vamos, puede que no sea un genio, pero tú debes ser muy ingenua si creías que no conseguiría rastrear la doble vida de la chica. Y la tuya.

—Yo no tengo ninguna doble vida.

—Ahora, pero hasta hace unos años...

—¡Lo que yo hiciera no es de tu puta incumbencia!

—Amén. Pero lo que hace Linda, por desgracia, sí es de mi puta incumbencia, ya que desapareció y recibí el encargo de encontrarla.

Giuliana encendió un cigarrillo y miró al exterior. Yo había apagado el motor y estábamos en un aparcamiento desierto cerca de Porta Susa. Era casi medianoche. Se veía que estaba reflexionando sobre si decirme toda la verdad. O si meterme alguna otra trola. Finalmente plantó en mí sus ojos llameantes.

—Es cierto, te dije un montón de mentiras, pero lo hice para proteger a Linda, no por otra cosa. Ella no quería que su madre lo supiera, y yo simplemente me he limitado a cubrirla.

—Sí, incluso has ido más allá, me proporcionaste el contacto con Vaudagna, quizás para convencerme de que decías la verdad. Pero no contabas con que no me pararía en él. Creo que me has subestimado, Giuliana.

—No podía saber lo gilipollas que eres. Apuesto a que incluso hablaste con Viviane.

—¡Premio!. Y en los próximos días pienso hacer lo mismo con el abogado, el motero y el cura, es decir, los fieles clientes de Linda, alias Lola la Colombiana. Así que, si sabes algo y quieres ayudar a tu amiga, será mejor que me lo digas ahora, porque tarde o temprano lo descubriré.

—Realmente eres un poli.

—Puede que policía se nazca, pero sin duda uno también se hace. Y yo me he hecho hace muchos años, cuando tú aún jugabas con muñecas. Así que no intentes tomarme más el pelo.

—¿Qué quieres saber?

—Cuéntame todito desde el principio, sin dejarte nada. Y recuerda que Linda está en peligro, incluso un detalle insignificante podría ser útil para localizarla.

Encendió otro cigarrillo, expulsó el humo por la ventanilla y comenzó a hablar. Esta vez me di cuenta de que no estaba mintiendo. Me contó cómo había conocido a la peruana, de los trabajos esporádicos que efectivamente realizaba en su bar, de su insatisfacción y su temor por el futuro. Del dinero que siempre falta y de la dificultad para llegar a fin de mes. De su relación malsana con el ecuatoriano, un rollete de vez en cuando y cómo luego él se larga con los amigos a emborracharse. De su amistad superficial con Raquel, de las inútiles veladas en la discoteca, metiéndose alcohol, pastillas y música a todo volumen, para acabar dejándose follar en los lavabos por cualquier desconocido apestando a ron.

—He sido yo quien la ha convertido en una puta, es cierto. Le expliqué que, si esa era su vida, entonces mejor sería que cobrara. Y haciéndolo en la cama de un hotel decente, mejor con un caballero educado y limpio que no la tratara a patadas al acabar.

—En resumen, que le echaste un cable.

—Así es, aunque piensas como un policía y nunca lo entenderás.

—Todo lo que entiendo es que la enviaste a prostituirse y que ahora ha desaparecido. Tal vez por culpa de uno de esos caballeros educados y limpios de los que hablas.

—Mira, Linda ha decidido eso libremente, no creerás por un momento que la obligué. O que me esté quedando con un porcentaje de sus ganancias Yo también he llevado esa vida, es cierto. Y es exactamente por eso que nunca explotaría a otra mujer.

—¿Tiene ella un chulo?

—¡No! Es ella quien paga los gastos del hotel y, de vez en cuando, le da cien de propina al conserje del Glicinia. Pero no hay ningún chulo. Hay que tener en cuenta que trabaja muy poco, en comparación con las otras del gremio. Lo hace a propósito, para seguir siendo independiente.

—Aparte de esos tres clientes habituales y Vaudagna, ¿te habló alguna vez de alguien más?

—No. El cura se lo pasé yo, era un viejo admirador mío. El motorista y el abogado vinieron por sugerencia de Viviane. Y el banquero, ya sabes, no es un cliente como tal.

—Sí, lo sé todo, juega a ser su noviete. ¿Crees que es del tipo que, al descubrir la doble vida de Linda, podría volverse peligroso?

—No lo creo. Sé poco de él, pero ella siempre me ha hablado bien, como un tipo agradable y tranquilo. Incluso en la cama se contentaba con poco.

—A veces el agua mansa rompe los puentes.

Nos quedamos allí un rato más, sin hablar, fumando en medio del frío, con las ventanillas bajadas y un muro de hielo entre nosotros. Giuliana se había relajado un poco, pero todavía no me había perdonado la broma pesada de hacía un rato. Me la sudaba. Estaba pensando en Linda y en su vida de mierda. En su adolescencia degradada y pobre en el Perú, en los años de clandestinidad pasados en Italia. ¿Había tomado el camino de la prostitución por elección o era la salida inevitable para una existencia marginal?

Muchos habrían estado dispuestos a absolverla, en nombre del principio de que la sociedad siempre tiene la culpa. Eso también era cierto hasta cierto punto. ¿Pero qué pasa con el libre albedrío? Porque en cambio doña Pilar y doña Rigoberta se deslomaban lavando suelos y limpiando el culo de ancianos seniles. De acuerdo, ya no tenían un físico de maniquí. Tal vez nunca lo habían tenido. Pero igual podían haberse ganado mejor la vida vendiendo drogas. O llevando un pequeño burdel casero.

¿Y a Papa Diouf, el senegalés que vive en un ático de mi edificio? ¿Quién le hace levantarse todas las mañanas a las cinco y chuparse una hora de autobús para ir a currar duro a Settimo Torinese[24]? Hay muchos compatriotas suyos que trafican con cocaína en San Salvario o por los callejones de Porta Palazzo, él también podría hacerlo. No tendría que ir a pedir ropa usada a Cáritas, ni a comprar en las tienduchas baratas latas caducadas. En cambio, sigue empecinado en trabajar a destajo en la fábrica, ganando mil euros al mes y

---

24 Localidad a las afueras de Turín, a siete kilómetros de la capital. (N. del T.).

pagando impuestos por esos ricachones bastardos que evaden impuestos y se pasean en sus Porsche Cayenne. Hace el primo, sin duda. Pero hay muchos como él. Más que camellos y que furcias. Es algo que no me puedo explicar, pero que de alguna manera me tranquiliza.

Arranqué el coche y me metí por la avenida Vittorio Emanuele.

—¿Todavía quieres venir a mi casa? —pregunté inocentemente.

—¡Vete a la mierda, imbécil! Antes que acostarme contigo, me doy al primer yonqui que pase por San Salvario.

Como he dicho, tengo cierto éxito con las mujeres. En venganza, introduje uno de mis CD y la obligué a hacer todo el viaje de vuelta escuchando a todo volumen la *suite* integral *Atom Heart Mother* de Pink Floyd. Adiós a la música alegre. En el minuto quince me detuve frente a su casa. Salió dando un portazo, sin despedirse.

Capítulo 9

Pero Turín no es Buenos Aires

Había pasado exactamente un mes desde la turbulenta cena con Giuliana y no había vuelto a verla. Linda no había regresado a casa y podría decirse que mi investigación había fracasado. Había seguido investigando durante un par de semanas más, pero no había llegado más allá de unos cuantos tropiezos. Es cierto que había localizado al cura, al abogado y al motorista, pero tampoco pude sacar nada útil de ellos. Al verse entre la espada y la pared, habían confesado la naturaleza de sus encuentros con la chica, pero nadie la había visto aquel maldito viernes 24 de octubre, el día en que salió de casa y desapareció en el aire.

Tal vez estaban mintiendo, pero no podía probarlo. Por el contrario, el testimonio del tal Robertino, el sórdido conserje del hotel por horas, parecía confirmar plenamente sus versiones: ese día, en el Glicinia, Linda no había sido vista en compañía de ninguno de ellos ni de nadie. Al principio, el conserje había intentado hacerse el listillo; pero después de canearlo un poco, en parte para agradecerle la cita a ciegas con la señorita Veinticinco Centímetros, se volvió de golpe más maleable. Me estafó otros cincuenta euros, pero esta vez sus cotilleos no sirvieron de nada.

Al final me vi obligado a rendirme. Si el cliente hubiera sido otro, no habría tenido demasiados reparos en seguir dando palos de ciego durante un mes más, pero no me apetecía volver a sacarle los cuartos a la pobre Pilar. Le dije la verdad. Y no fue un paseíto. Con guantes de seda le conté más o menos todo lo que había averiguado sobre su hija. Pero con guante o sin él, una bofetada sigue doliendo. No se lo tomó bien, pobre mujer. Le dije con toda sinceridad que difícilmente podría llegar más lejos con mis investigaciones de detective privado, y le insté desapasionadamente a acudir a la policía.

De hecho, por consejo del servicial Caputo, de la Antivicio, la acompañé a la comisaría para presentar una denuncia e hice constar la información que había recogido en los días anteriores. Un agente aburrido nos hizo firmar la denuncia y Linda la invisible, la inmigrante peruana ilegal y anónima, se convirtió en una persona desaparecida en toda regla. Era grotesco que el primer acto oficial con su nombre en el territorio de la República Italiana fuera una denuncia de desaparición.

Un par de semanas después, ya había aparcado el caso de Linda. O casi. De hecho, todavía le había echado una mano a *doña* Pilar para publicar un anuncio en los periódicos, con foto y todo de la joven desaparecida. No había sido difícil, gracias a un amigo mío periodista, Beppe Marchesini. El rostro de Linda salió en el principal diario de la ciudad, donde trabaja Marchesini, y también en los otros periódicos de la provincia. Mi conciencia estaba más o menos tranquila y lo único que lamentaba, si es que lo hacía, era no haber conocido más en íntimamente a Giuliana, la pelirroja del garito de San Salvario. Estuve tentado de volver a visitarla, pero temía que me soltara a sus mastines centroafricanos. Y yo ya me había dado por vencido.

Cerré la agencia y me deslicé en el frío de una tarde de finales de noviembre, en busca de una tienda de licores. En el reloj luminoso de una farmacia descubrí con horror que apenas hacía un grado, y sólo eran las siete. Después de todo, el clima de los últimos días parecía querer desmentir a los profesionales de la catástrofe ambiental: tanto efecto invernadero y tanto calentamiento global, pero ya había nevado en Turín un par de veces y en las montañas una docena de municipios habían quedado aislados, sepultados bajo un manto de un par de metros de espesor, como no se había visto en años.

Me levanté las solapas de la cazadora, me enrollé la bufanda al cuello y me puse un cómico gorro de lana, que me hacía parecer el capitán del atunero Nostromo pero tenía el mérito de mantener mi cabezón a una temperatura aceptable. Fui a tomarme un aperitivo a la taberna de la calle Monferrato, esa tan pequeña como una caja de zapatos que no ha perdido el aspecto de taberna de otros tiempos. Había otra en la zona, pero era un local de ostras y champán, y antes de entrar te pedían la declaración de la renta, por lo que la evitaba como a la peste.

Me metí entre pecho y espalda una copa de Barbera superior, con dos cojones, y compré una botella de *Nebbiolo delle Langhe* para llevar a casa de Marchesini. Ese día estaba de permiso y me había invitado a su casa a comer polenta y estofado de jabalí. El *Nebbiolo* nos iría bien. Mirando con preocupación el cielo, que prometía más nieve, fui hasta el coche. Beppe vive a media colina, en un hermoso apartamento que heredó de sus padres con vistas a la ciudad. Pero si nieva es un coñazo llegar hasta allí, porque las quitanieves no pasan mucho y las curvas parecen hechas a propósito para echarte fuera de la carretera.

Mientras Marchesini se afanaba en la cocina, yo me senté en un sillón con una copa de Gattinara en la mano derecha y un cigarrillo encendido en la izquierda; tonterías, las precisas. Podía oír el crepitar de los leños en la chimenea a mi espalda y, a través de la ventana del balcón, extendida como una inmensa alfombra tachonada de luces, brillaba Turín *la nuit*. Podía reconocer sin esfuerzo la silueta iluminada de la Mole Antonelliana, la recta kilométrica de la avenida Regina Margherita, que corría derechita como un cohete hasta perderse en las montañas; el oscuro recodo del Dora, que desemboca en el Po no muy lejos de mi casa.

Pensé que allí abajo, en algún lugar, tal vez Linda estaba escondida. O que la tenían prisionera. Eso si no estaba ya muerta y su cuerpo pudriéndose en el fondo de un sótano. O arrojado a un barranco de los Alpes y cubierto de nieve. Hace años, Beppe me había hablado de un tipo que se paseaba por la zona de Porta Palazzo con una gran maleta. Era verano y de ella salía un hedor insoportable. Alguien se lo sopló a la policía y lo pillaron en la calle antes de que pudiera deshacerse de aquello. Dentro había un hombre. O, más bien, lo que quedaba de un hombre, cortado en pedazos. Había sido una banal discusión entre borrachos: el mal puede acechar incluso desde el fondo de una botella de vino peleón.

Después de tantos años de crónica negra, Beppe era un maestro de las anécdotas similares. Un viejo zorro de las salas de redacción, llevaba más de treinta años en el negocio y no veía la hora de jubilarse. Pero en realidad temía la llegada de ese día, que se acercaba un poco más cada año. A pesar de que había subido poco en su carrera y de que no paraba de despotricar contra el nuevo periodismo rosado, le seguía teniendo cariño a ese cochino trabajo que había elegido de joven.

El jabalí estaba excelente y el Nebbiolo entraba como agua. Marchesini, por su parte, también se había hecho con queso añejo de la región, de un lechero alpino de las colinas de Chieri, y para la ocasión había degollado una botella de Barbaresco de 2009. Seguimos en ese plan un buen rato, charlando y alternando bocados de queso con sorbos de vino. Fuera, el cielo se había vuelto blanquecino, casi lechoso, y ya caían algunos copos de nieve. Bajar a la vuelta en el coche sin neumáticos de invierno iba a ser divertido, pero no me preocupé por eso. Al menos, el mal tiempo evitaría que me topara con una patrulla de guardias de tráfico armados con alcoholímetros.

Beppe puso un CD de Paolo Conte, y entre baladas y canciones de antaño nos trasladamos a los sillones frente al gran ventanal para fumar. Fue entonces cuando le hablé de Linda. Hasta ese momento, sólo le había pedido que publicara la foto de la niña y el llamamiento de su madre, como se veía normalmente casi todos los días en los periódicos y en la televisión local. Pero esa noche sentí la necesidad de desahogar mi frustración ante una investigación nefasta, que no podía olvidar.

—Verás, Beppe, también es posible que Linda haya decidido picarse el billete ella sola y que aún no se haya encontrado el cuerpo, aunque ya ha pasado casi un mes y medio, ¿podría ser?

—Bueno, ¿tú sabes a cuántos se los encuentran en la presa de Pascolo, en el Po, ya en estado casi irreconocible? O en los canales de riego. Y si han tenido la precaución de aumentar de peso atándose a un gran pedrusco, quizá pasan meses antes de que el cadáver resurja.

—¿Así que tú crees que Linda se ha matado?

—Tú eres el detective, yo sólo soy un pobre reportero de mediana edad cada vez más cerca de la jubilación.

—Venga, no bromees. No me convence. aunque esa chica viviera con la oscura sombra de su pasado, no consigo imaginarme un suicidio.

—Héctor, ¿sabes cuánta gente desaparece cada mes, cada año? Cientos y cientos de personas, de todas las edades. Es una cifra enorme e impresionante, incluso hicieron aquel programa de televisión de tanto éxito con ese tema. Muchos se matan o los matan, pero otros muchos simplemente desaparecen. Se les pierde la pista. Un fenómeno insondable, ¿quién puede encontrar una explicación racional a lo que pasa por la cabeza de la gente?

—Linda estaba muy unida a su madre y también a sus hermanitos en Perú. Me cuesta creer que se haya ido por voluntad propia.

—Te repito, nadie puede estar seguro de saber con certeza qué demonios anida en el cerebro de una persona. Ni siquiera una madre, un pariente, un amigo.

Nos metimos el último sorbo de Barbaresco. En silencio. No quería entristecerme la velada con temas tan deprimentes, pero Beppe era una de las únicas personas en las que confiaba. Le dije en broma que era una de las pocas personas a las que podía llamar amigo sin temer una demanda por difamación. Saqué de la cartera la foto de Linda, que seguía empeñándome en llevar conmigo.

—Es extraño, nunca la conocí en persona, sólo a través de esta foto tomada en el Valentino. Sin embargo, cada vez que la miro tengo una sensación que no puedo explicar, una especie de nostalgia. Tal vez el remordimiento por no haber sabido devolverla a casa, tal vez la pena por una vida joven tan infeliz. ¿Pero se puede sentir tristeza por una existencia que no es la tuya? ¿Sentir nostalgia por una persona que nunca has conocido?

Marchesini no respondió. Cogió el mando a distancia del reproductor de CD y puso el disco de Paolo Conte. Resonaron las notas de un piano. De un acordeón. De percusión. Luego, la áspera voz de Paolo Conte.

Mientras la tarde desciende
una luz resplandece
en un ambiente marrón
se ve una pareja en silencio
bebiendo la absenta del tiempo ladrón...

No lo entendí. Estaba a punto de volver a la carga con mis dudas, pero me hizo un gesto para que me callara y escuchara la canción.

Pasos... se escuchan desde lo alto
en el húmedo asfalto
¿quién sabe quién es?
Drin... ¿has oído eso? Llamaron...
¿Está abierto el portón? Prepara el café...

Una canción que había escuchado un par de veces antes, en la radio. Pero nunca presté atención a la letra. Marchesini siguió guardando un silencio religioso.

Esta es la nostalgia de Mocambo
para quien no lo sabe ya
un ritmo interminable de rumba
que pasa por la ciudad... por la ciudad

Y qué rápido se levantó
de nuevo ha sonado, nervioso... drin drin
Ve más rápido Jeannine
a abrir la puerta
y esconde el patín

... lo sé, no hay nadie, es una broma
deben ser los chicos del Setenta y Tres...
Volvamos al comedor y bebamos
nos merecemos nuestro café...
Era la nostalgia del Mocambo...

La canción se desvaneció suavemente y los altavoces ya reproducían las primeras notas del siguiente tema. Beppe bajó un poco el volumen, me miró y luego preguntó:

—¿Conoces la historia del Mocambo?

—No. ¿Cuál es?

—Es uno de los temas recurrentes en la discografía de Paolo Conte. Es un bar, digamos que uno de esos cafés del extrarradio o de provincias, regentado por personajes anárquicos y algo románticos, que siempre han tenido el sueño de abrir un bar propio.

—Sí, pero ¿qué tiene que ver eso con mi chica desaparecida?

—Absolutamente nada. ¿Pero no me has preguntado si puedes sentir tristeza o nostalgia por una existencia que no es la tuya?

—¿Y qué?

—Que la respuesta es sí. Y si escuchas las vicisitudes del dueño del Mocambo, también lo entenderías. En la primera canción abre el bar, es feliz, aunque tiene algunos problemas con su mujer. Después las cosas van mal, el bar quiebra y llega un agente judicial. Pero es testarudo, lo reabre y se va a vivir con una nueva pareja. Al final, en el trozo que acabamos de escuchar, lo vemos envejecido, de nuevo con otra mujer. Presumiblemente el Mocambo ha vuelto a quebrar, le queda la nostalgia, que vuelve a visitarle de vez en cuando, encontrándolo en el comedor pensando en el tiempo pasado.

—Todo eso es muy bonito y profundo, pero sigo sin entender qué tiene que ver con Linda.

—¡Entonces es que eres tonto! El dueño del Mocambo eres tú, soy yo, es todo cristo que pase por la calle. Todos llevamos fracasos a cuestas, sueños rotos que de vez en cuando se asoman a la puerta de nuestra memoria. Y la nostalgia más canalla no es por aquello que hemos perdido, sino que es una amargura melancólica que se apodera de ti cuando piensas en algo a lo que habrías podido aferrarte y no lo hiciste.

—Vale, lo entiendo y estoy de acuerdo. Se trata de un lamento personal en general, pero ¿por qué debería sentir nostalgia por una persona que ni siquiera conozco?

—¡Pues sí que estás *atontao*! Eres muy tonto, Héctor. Si Paolo Conte puede hacernos adoptar como nuestra la nostalgia de un personaje inventado, puramente literario, ¿no vas a ser capaz de conmoverte por la existencia de una persona real, de carne y hueso, aunque no la hayas conocido? Ya sabes lo que dijo Terencio: *Homo sum, nihil humani a me alienum puto*[25].

—¿Eh?

—Se me olvidaba que eres un policía ignorante y medio bárbaro del fin del mundo, como el Papa. ¡Pero Turín no es Buenos Aires, *mi amigo*[26]! Era un autor latino, y la frase significa más o menos que, siendo él un ser humano, no había nada que, siendo propio de la humanidad, a él lo pudiera dejar indiferente.

—¿Terencio, eh? Suena bien: Terencio Marchesini.

—Sí. Pero, Terencio Perazzo te la come a pedazos, rima. Y al parecer coincides en pensar lo mismo que nuestro gran ancestro. Es por lo que el asunto de Linda te molesta tanto.

El Barbaresco se había terminado, al igual que el Nebbiolo y el Gattinara. Nos habíamos pimplado tres botellas y tal vez por eso los pensamientos se amontonaban en mi cabeza. Habría

25 «Soy un hombre y considero que nada humano me es ajeno». (N. del T.)
26 En español en el original (N. del T.)

catado con gusto alguna gota de ese aguardiente de Barolo que Marchesini siempre guarda para sus amigos de confianza, pero seguía lloviznando y la imagen de las curvas que tendría que sortear para llegar a casa me quitó las ganas. Encendí un último cigarrillo, abracé a Beppe y me puse al volante, haciéndome un lío entre Terencio y Paolo Conte, entre el Mocambo y el bar de Giuliana en San Salvario, entre Turín y Buenos Aires.

Capítulo 10
Encuentro en Saluzzo

Los golpes de efecto siempre llegan cuando menos te lo esperas. Es lo normal, si no, ¿qué clase de golpes de escena serían? Aquel domingo por la mañana, por ejemplo, estaba en pijama, tranquilo como un papa, sorbiendo un café doble en un intento de recuperar un poco de lucidez tras la resaca de la noche anterior en casa de Marchesini. Trasteaba con el ordenador y finalmente, con dificultad, conseguí captar por internet una emisora argentina, Radio Patagonia 88.3, que alternaba globalizadas cancioncitas pop con viejas melodías tradicionales gauchas: boleros, tangos, rancheras...

Soy un zoquete con los ordenadores. Hasta hace un par de años, a duras penas sabía lo que era un PC; entonces Denis, el hijo adolescente de la señora Rebaudengo, la del piso de abajo, me enseñó lo básico. Era un chico escuálido y lleno de espinillas, pero sabía cómo manejar un ratón. Y me hizo descubrir un mundo nuevo. Así que me equipé con un notebook y una conexión ADSL y de vez en cuando navegaba por webs argentinas buscando sonidos e imágenes que me trasladaran a mi tierra por un par de horas.

Mientras escuchaba la voz de un locutor de la Patagonia, que desde el otro lado del mundo explicaba los efectos de la crisis financiera internacional en la economía de entre el Río

Grande y la Tierra del Fuego, sonó el teléfono. Miré la hora, dispuesto a fulminar al pelmazo que llamaba de madrugada. Entonces me di cuenta de que eran más de las once y con un suspiro cogí el teléfono. Apareció el número de Pilar.

—*Buenos días, doña* Pilar. ¿Cómo está?

—Ay, *don* Héctor... Casi no puedo hablar.

—Cálmese y dígame qué puedo hacer por usted.

—*Dios mío,* todavía estoy conmocionada...

—¿Por casualidad ha tenido noticias de Linda?

—Sí, acabo de recibir una llamada de una chica que la ha visto.

Sentí una punzada en el corazón. Encendí mi segundo cigarrillo del día y le pedí que me explicara todo, en detalle. La mujer acababa de salir de la iglesia, a la que acudía todos los días para rezar por la suerte de su hija. De repente, recibió una llamada de una tal Daniela, una chica moldava que era bailarina en clubes nocturnos de la provincia de Cuneo. Había visto la foto de Linda en un periódico local y recordaba haberla visto unas semanas antes en Saluzzo, donde vive con un par de compatriotas.

—¿Está segura de que se trata de Linda?

—Ella dice que sí. Reconoció la foto porque habló con ella durante un par de minutos frente a la estación de tren. Linda le preguntó algo y cuando se dio cuenta de que ella también era extranjera, charlaron un rato.

—Y esa Daniela, ¿recuerda cuánto tiempo hace que se la encontró?

—No con precisión. Habló de hace unas semanas, pero no pudo dar más detalles. Dice que esta noche preguntará a sus amigas, que estaban con ella cuando vio a Linda.

—Bien, por fin una pista concreta.

—*Don* Héctor, se lo ruego, vuelva a hacerse cargo de la investigación. Ahora a lo mejor podría ser capaz de localizarla.

Dejé escapar un largo suspiro. Ya sabía que me lo iba a pedir. Y también sabía que no sabría decirle que no. ¿Qué era lo que decía ese Terencio del que hablaba Marchesini?

Homus sumus... Bueno, algo así. Nunca me llevé bien con el latín.

—Verá, Pilar, retomo el trabajo, pero con una condición: voy a hablar con esa moldava y usted sólo me abonará los gastos corrientes. Luego, si la pista resulta ser buena, hablaremos de los honorarios y de las cuestiones económicas. ¿Vale?

—Claro, como quiera. Lo importante es que me ayude.

Le pedí el número de teléfono de Daniela y la llamé, le expliqué mi papel en todo esto y quedé con ella por la tarde. Luego me duché y salí de casa. Hacía frío y la modesta nevada de la noche había dejado su huella en los arriates y en los coches aparcados en la calle. Compré el periódico y luego fui a meterme entre pecho y espalda una tostada en el Café del Progreso, a un paso de casa. No me apetecía recalentar ninguno de los muchos congelados que se amontonaban en la nevera y pensé que un sándwich y una cerveza le harían menos daño a mi pobre estómago.

Una hora más tarde ya estaba al volante en dirección a Saluzzo. No recordaba haber estado nunca allí, pero de camino me acordé de que había pasado cerca años antes en una excursión al nacimiento del Po, al pie del Monviso. En aquellos días me veía con una pantera que estaba fascinada con Bossi[27] y su fantasía prohibida era ir a hacerlo donde nace el gran río padano, en el Pian del Re, un lugar donde, en aquella época, los más fieles de la Liga se reunían cada año para renovar el rito de la ampolla sagrada[28] con agua del manantial. Mi amiga probablemente habría deseado terminar bajo las sábanas con Umberto, pero a falta del líder máximo

---

27 Umberto Bossi, fundador de la llamada Lega Nord (Liga Norte), partido regionalista de derechas que aboga por un federalismo que salvaguarde los intereses del centro y norte de Italia (la parte más rica del país), ya que considera que el gobierno central derrocha en el sur y en la inmigración ilegal los impuestos que recauda en el norte. (N. del T.)

28 Los seguidores de la Liga Norte, capitaneados por Bossi, se reunían en el llamado Pian del Re (Llano del Rey), donde nace el río Po y, entre otros rituales, recogían en un frasco de cristal un poco de agua del nacimiento del río. (N. del T.)

aquella vez se contentó con un inmigrante argentino, aunque, por supuesto, de inequívoca ascendencia padana.

Así que me había llevado hasta una especie de refugio a más de dos mil metros, subiendo por una carretera sinuosa que casi me hace vomitar el alma. Hacía un frío de mil demonios porque ya era otoño, pero qué más daba: por un buen polvo me iría hasta el Polo Sur, y la pantera, aunque madurita, era una tía que sabía cómo hacerlo. De ese modo, ella había conseguido cumplir su sueño erótico-político, y servidor no sólo había pasado una noche divertida, sino que había aprovechado para zamparme una buena polenta con venado. En el camino de ascenso hacia el valle del Po habíamos bordeado las afueras de Saluzzo, pero no habíamos entrado en la ciudad. Sólo recordaba las agujas de los antiguos campanarios, aferradas a la ladera, y una especie de enorme fortaleza que había sido una prisión hasta hacía pocos años.

Tomé la autopista hacia Pinerolo. Había muy poco tráfico y delante de mí, a través de las nubes, aparecían de vez en cuando los picos nevados de las montañas de los valles de Pellice y Chisone. Desde la circunvalación de Pinerolo giré hacia el sur por la carretera provincial en dirección a Cavour y, tras dejar atrás la villa de las manzanas, vislumbré la abadía medieval de Staffarda. Marchesini me había hablado de ella una vez. Decía que era uno de los complejos monásticos mejor conservados de la región y uno de los raros monumentos del Piamonte que conservan intactas las huellas del paso de los caballeros templarios. Me hubiera gustado echarle un vistazo, pero no había tiempo. La bailarina Daniela Demchuk me esperaba a las tres en el Café de los Alpes, en la plaza Garibaldi, en el centro de Saluzzo.

Llegué justo a tiempo. Después de dejar el coche en un gran aparcamiento a unos cientos de metros de la plaza, tuve que correr bajo los soportales medievales para no llegar tarde. Entré en el viejo café jadeando y la reconocí enseguida, no porque tenga ningún poder especial para la intuición, sino porque sólo había dos mujeres sentadas en la pequeña sala del local. Y una de ellas era una alegre ancianita con el pelo azul y un abrigo con cuello de piel, decidida a disfrutar de un chocolate con nata. Daniela se encontraba como retrepada en un rincón, hojeando aburridamente una revista. Era una bonita morena de unos veinticinco años, con el pelo liso y corto. Llevaba unos vaqueros y una sudadera deportiva corriente. La habría confundido con una estudiante del montón si no conociera su profesión. Así, en lenguaje burgués, diría que no tenía nada de *femme fatale.* Me saludó con una gran sonrisa y, tras las habituales frases de rigor, le mostré la foto original de Linda.

—¿Sigues estando segura de que es ella?

—Sí, estoy segura. Recuerdo que me dijo que era peruana y que venía de Turín.

—¿También te dijo a dónde iba?

—Me preguntó dónde estaba la Piazzetta dei Mondagli, tal vez tenía que ir allí.

—¿Está lejos de la estación?

—Qué va, Saluzzo es pequeño. Es un paseo de cinco minutos.

—¿Te explicó lo que iba a hacer en esa plaza?

—Si no recuerdo mal, hablaba de una cita de trabajo.

—¿Qué tipo de trabajo?

—Ah, no sé, sólo intercambiamos un par de bromas. No me dijo mucho ni yo le pregunté nada.

Permanecí en silencio unos instantes, tratando de pensar qué demonios de trabajo podría haber encontrado Linda en aquella pequeña ciudad de provincias. Daniela me miraba con sus ojos negros, fríos y distantes como suelen tenerlos las chicas del Este. Transcribí la información en un bloc de notas y luego volví a la carga.

—¿Recuerdas por casualidad qué día estuvisteis juntas?

—No, lo siento. Ya han pasado algunas semanas: tres, cuatro, no sabría decirte.

—Piénsalo bien, para mí es muy importante situar en el tiempo la presencia de Linda aquí en Saluzzo.

—No sabría...

—Intenta hacer un esfuerzo: Linda desapareció de casa el 24 de octubre, un viernes.

—Qué va, no se me ocurre nada. Espera un momento, ahora que lo pienso, acababa de acompañar a mi amiga Tatiana a la oficina de la Western Union para enviar dinero a su familia en Moldavia. Tal vez ella conserve el recibo.

—Intenta preguntárselo, a ver si tenemos suerte.

Sacó su teléfono móvil y llamó. Luego sacudió la cabeza y marcó el número de nuevo. Nada. Al parecer la amiga no respondía.

—Tiene el teléfono apagado. Se ha ido de compras a Cuneo y quizá esté fuera de cobertura. Pero más tarde lo tendrá operativo, seguro, tenemos esta noche trabajo en la discoteca.

—Ah, estupendo, ¿entonces cuándo sería posible encontrarme con ella?

—¿Por qué no vienes al local antes del espectáculo? Estamos en el Astrodome, en Centallo.

—¿Y dónde está eso?

—Es un pueblo entre Cuneo y Fossano, no muy lejos de aquí. Si vienes sobre las diez y media nos encontrarás en el camerino mientras nos preparamos para el show. Le diré a Tatiana que esté pendiente de la recepción.

—Muy bien. Si quieres os puedo llevar hasta Centallo, ya que tengo el coche.

Noté en su mirada un trasfondo de tristeza que no supe interpretar.

—Gracias, pero mejor no. Nuestro mánager pasa a recogernos. Es él quien siempre nos lleva al trabajo.

—De acuerdo, entonces te veré esta noche en la discoteca.

Se me habían echado encima las cuatro y media de la tarde, los soportales de las calles y plazas del centro de la ciudad estaban llenos de gente a pesar del intenso frío y de la temprana oscuridad que ya se extendía entre las colinas y la llanura. Tenía que dejar pasar al menos tres horas antes de ir a comer algo, así que deambulé por viejos cafés, tiendas de franquicia de ropa y puestos de libros de segunda mano. Saluzzo no es precisamente Nueva York, al cabo de media hora ya había visto y vuelto a ver todo. Me levanté las solapas del chaquetón y me dirigí hacia las estrechas calles medievales que serpenteaban colina arriba. También podía ir a echar un vistazo a la dichosa placita Dei Mondagli, tal vez descubriría qué clase de entrevista de trabajo podría haber tenido Linda en aquel lugar.

Llegué al lugar en pocos minutos, después de pasar por callejones oscuros y callejuelas que habían conocido tiempos mejores. El centro antiguo era realmente encantador, pero necesitaba una restauración urgente y una capa de pintura. Pasé junto a viejos edificios descascarillados y jardines cerrados por altos muros que parecían esconder terribles secretos. Mis pasos sobre los adoquines resonaban en el silencio del atardecer.

La placita Dei Mondagli era realmente pequeña, apretada entre austeros edificios de ladrillo. Me detuve a leer una placa de mármol. «En conmemoración de la puerta Mondagliorum / que / desde el siglo XIII / construida en la antigua muralla / se abría aquí / entre las residencias de los Mondagli / demolidas en el año MDCCCXC / para velar por la salud pública / el Ayuntamiento colocó esta placa / resolución del 9 de junio de 1890».

Un poco más adelante, en una vieja casa con arcos medievales, descubrí otra inscripción. Decía que Silvio Pellico había nacido allí. El nombre no era nuevo para mí y no sólo porque en Turín conocía una calle dedicada a él, no muy lejos del bar de Giuliana la Pelirroja. Por la prosa cortés entendí que debía tratarse de una especie de héroe nacional, tal vez una figura importante en la historia de la independencia italiana, un poco como nuestro San Martín o Belgrano. En resumen, nada que pudiera interesar a una chica como Linda, supongo.

Me apresuré a recorrer la pequeña plaza. No vi ninguna oficina, ni tiendas, en cambio, uno frente al otro, vi dos restaurantes. El primero llevaba el rótulo de hostería y parecía no estar del todo mal; el otro llevaba el nombre del señor Pellico y parecía un establecimiento de más nivel. Y el menú expuesto en el escaparate me confirmó que no era una cantina popular. Tal vez Linda había llegado allí en busca de trabajo. A lo mejor había leído un anuncio en el periódico para un puesto de camarera o lavaplatos.

Empecé por la hostería, me parecía difícil que una peruana ilegal pudiera encontrar empleo en el restaurante de lujo. Entré en el establecimiento, aún vacío, y me dirigí a un hombre de unos cuarenta años dedicado a ordenar las mesas.

—Buenas noches, ¿ha visto por casualidad a esta chica antes? —pregunté, mostrando la foto de siempre—. Se llama Linda, es peruana y puede haber venido aquí hace un mes, quizás para buscar trabajo.

El tipo me miró con desconfianza, luego cogió la foto y la hizo girar entre sus dedos durante mucho tiempo. Sacudió la cabeza.

—Lo siento, nunca la he visto. Y no tenemos personal extranjero aquí.

—¿No recuerda si por casualidad vino a pedir información? Tal vez habló con alguien más del local.

—Ahora le pregunto a mi mujer.

Dio una voz y una mujer vestida de cocinera apareció en la puerta de la cocina. Su marido le explicó lo que quería, pero ella también negó con la cabeza. Recuperé la foto, me despedí y salí a la fría tarde de Saluzzo. En la hostería se respiraba un calor agradable y un olorcillo a carne asada y a ragú en salsa que habría resucitado a un muerto, pero aún no era hora de ir a comer.

Crucé la pequeña plaza y llamé al timbre del restaurante elegante, que aún estaba cerrado. Un distinguido caballero, que ya llevaba la chaqueta de maître, abrió la puerta. Le hice la pregunta habitual y saqué de mi bolsillo la foto habitual tomada en el Valentino. Y esta vez también recibí la respuesta habitual: «Lo siento, no la he visto nunca y no solemos buscar personal mediante anuncios en los periódicos, sino que lo solicitamos en las escuelas de hostelería». Lo intenté de nuevo.

—¿No es posible que alguien del personal la haya visto?

—Parece poco probable, pero si insiste podemos intentar preguntarles a los camareros, ya están todos aquí.

Llamó a dos jóvenes y una chica, que eran los que se encargaban del servicio en el comedor. La foto de Linda pasó rápidamente de mano en mano y cuando el maître ya estaba a punto de devolvérmela y despedirme, uno de los dos jóvenes habló.

—Creo que la vi, pero no estaba buscando trabajo, estaba aquí como cliente.

Sentí que estaba soñando. Por fin un golpe de suerte, aunque me parecía poco probable que la hija de doña Pilar comiera en un restaurante así.

—¿Estaba sola? —le pregunté al camarero.

—Creo que estaba con un hombre.

—¿No puede recordar algo más?

—Un caballero mucho mayor que ella, precisamente me llamó la atención esa diferencia de edad. Estaba claro que ella era extranjera y... quiero decir que inmediatamente pensé en una extraña relación entre los dos.

—¿Escuchó por casualidad de qué estaban hablando?

—Creo que él le estaba diciendo algo sobre una sesión de fotos.

—¿Una sesión de fotos?

—Sí, le estaba explicando que iban a rodar en una especie de castillo y que el fotógrafo era muy bueno. Pero no sabría decirle más. Sólo capté una pizca de conversación, luego me metí de lleno en mi trabajo.

—¿Había visto antes a ese caballero?

—No sabría decirle, aunque su cara me sonaba. Pero ya sabe lo que pasa, en un pueblo tan pequeño siempre tienes la impresión de conocer a todo el mundo. Quizás es que sólo me lo había cruzado en una tienda o caminando bajo los soportales.

Capítulo 11

Una noche en el Astrodome

Nunca pensé, en mi vida extraviada entre Sudamérica e Italia, que un día desearía ser un poste. Sin embargo, esa noche, entre los sofás de cuero falso de color rosa escandaloso, el humo artificial, las luces láser y la música ensordecedora que retumbaba haciéndome vibrar las entrañas, deseé estar en el lugar de ese poste negro. Una barra de tres metros de altura, en medio justo de la pista luminiscente, alrededor de la cual Daniela Demchuk se enroscaba sinuosamente como una boa constrictor. Su piel sudorosa, salpicada de pequeños polvos brillantes, la hacía relucir como una criatura del espacio exterior o surgida de las oscuras profundidades del mar. Se movía con gestos a la vez graciosos y lascivos, ajena a los cientos de ojos pegados a cada centímetro de su cuerpo. Un cuerpo más que respetable que unas horas antes, en el café de Saluzzo, ni me podía imaginar bajo la silueta informe del polar que llevaba.

Le di el último trago al gintónic, pero seguía notando la garganta como papel de lija. A su alrededor, decenas de machos en celo escrutaban las curvas de la bailarina moldava y de sus amigas, que se exhibían a pocos metros. Tatiana y Samira. Dos hermosos ejemplares femeninos también a las que no había nada que objetar. Aunque Daniela tenía una ventaja. Y se notaba. Cada vez que se atornillaba alrededor del poste provocaba entre el público un sobresalto en los corazones. E incluso un poco más abajo.

En la barra del bar, un par de tipos con aire de proxenetas albaneses observaban la escena satisfechos. La ropa de diseño, las cadenas de oro y los relojes de marca no lograban disimular sus rasgos vulgares; al contrario, les daban un aspecto falso y grotesco. Era como si los dos hubieran consultado el manual del perfecto macarra balcánico y se hubieran vestido en consecuencia. Debían ser ellos los «amigos» de las chicas.

Dos o tres vejestorios con el traje de los domingos ya habían llamado la atención de ambos guiñándoles un ojo. Quizás buscaban negociar una noche con final picante. Pero los chulos macedonios dudaban, regateaban el precio con aire aburrido. Mi ojo entrenado de policía detectó el trasiego de varios billetes de 50 euros y el mayor de los dos albaneses asintió. Los campesinos nuevos ricos se daban codazos. Pensé con disgusto a cuál de ellos le habría tocado en suerte Daniela.

Media hora más tarde, mientras en el escenario una stripper polaca se exhibía al ritmo del *Sex Bomb* de Tom Jones, llamé a la puerta del camerino de la tal Demchuk.

—¿Quién es?

—Soy Héctor Perazzo, el detective.

—Pasa.

Estaba sentada frente al espejo, desmaquillándose la cara con un algodón. Y estaba desnuda. Completamente. Un poco más allá, Tatiana, la rubia, se secaba el pelo después de la ducha, pero debía de haberse dejado olvidado el albornoz, porque también ella estaba como su madre la trajo al mundo. Balbucí algo y me dispuse a salir, pero Daniela me detuvo.

—¿Nunca has visto a una mujer desnuda?

—Todo lo contrario, es uno de mis deportes favoritos. Pero no quisiera incomodaros.

—¿Estás de broma? Docenas de hombres nos miran bailar desnudas toda la noche y ¿crees que nos da vergüenza?

—Sí, eso también es verdad.

—Venga, acércate y siéntate. Tatiana, ve a buscar ese recibo de la Western Union.

La rubia se enrolló la toalla alrededor de la cabeza como si fuera un turbante y se puso a rebuscar en el bolso. Luego sacó un sobre y me lo entregó sin prestar atención a mis ojos que la radiografiaban desde los tobillos hasta el nacimiento del pelo. No pude evitar apreciar el atractivo piercing de su ombligo. Comprobé el documento: la chica había enviado el dinero a su familia a las 16:40 horas del viernes 24 de octubre, es decir el mismo día que Linda había salido de su casa en Turín.

El encuentro con las mujeres moldavas frente a la estación de tren debió de producirse media hora después, según el relato de Daniela. Y era muy probable que la cena de negocios en el restaurante de la Piazzetta dei Mondagli con el misterioso caballero de mediana edad estuviera prevista para esa misma noche. A grandes rasgos, había conseguido reconstruir la jornada de Linda al menos hasta las nueve o las diez de la noche; sin embargo, lo que ocurriera después seguía siendo una gran incógnita.

Antes de ir al Astrodome había hecho averiguaciones: el último tren a Savigliano, y de ahí a Turín, salía a las 19:32; si ella lo hubiera perdido, aún habría existido la posibilidad de coger un autobús a Savigliano a las 20:20 y esperar luego la conexión con la capital, o ir a Cuneo en el último autobús de las 20:45. Pero si hacia las nueve de la noche Linda seguía en el restaurante, entonces es que sólo había una alternativa: o se había quedado a dormir en Saluzzo o alguien la había llevado de vuelta a Turín en coche. Yo podría haber hecho fácilmente la ronda de los hoteles de la ciudad, ya que no había más de cuatro o cinco, pero ¿quién podría asegurarme que la chica no había se había quedado en una casa particular, o en una pequeña pensión, o en una fonda de la zona? En resumen, batirse las recepciones de los hoteles era un esfuerzo inútil.

Daniela y Tatiana se vestían sin prisa mientras su amiga Samira salía de la ducha y me encajaba una sonrisa pícara de las que harían revivir a un octogenario. Ella también, no hay que decirlo, después de secarse, tiró el albornoz en un rincón y se paseó por el camerino tan desnuda como la Venus de Botticelli. Para mí fue definitivamente demasiado. A pesar de mi edad, todavía tenía un par de hormonas en circulación y ahora corrían el riesgo de jugarme una mala pasada en medio de tanta abundancia. Miré la hora: era medianoche. Pero las tres bellezas moldavas eran cualquier cosa menos cenicientas, su trabajo aún no había terminado. Pensé que tal vez era mejor irme a casa.

Me acerqué a Daniela Demchuk.

—He visto a vuestros dos amigos ahí en la sala.

Me observó con aire distante. En sus ojos no leí ni miedo ni disgusto. Sólo una vaga y aburrida resignación. No es que me suela comportar como un caballero de la mesa redonda, pero no podía quedarme callado.

—¿Va todo bien? Que sepas que, si hay algún problema con ellos, puedo ayudarte, tengo amigos en la comisaría.

—No, Héctor, todo va bien, de verdad.

—Sin embargo, yo tengo la sensación de que esos dos simios te están explotando, como a tus amigas.

Levantó los hombros con un gesto de indiferencia, metiéndose en una faldita de tubo. Luego se abrochó el sujetador y se puso una blusa fina y muy escotada. Todavía no era el momento de vestirse con ropa de calle, sus vaqueros y el jersey de lana. Me dedicó una media sonrisa que sabía a melancolía.

—Gracias, eres muy amable al decírmelo. Pero no hay nada que puedas hacer, te lo juro. Enver y Dardan son dos sanguijuelas, pero no son malos, no nos tratan mal. Esta es mi vida, Héctor. No es genial, pero las hay peores, especialmente en mi país. Si todo va bien, en dos o tres años volveré a casa y con el dinero que he ahorrado abriré una tienda, o un restaurante. Una pizzería: la Vieja Saluzzo, qué tal... ¡ja, ja, ja!

Era una risa amarga, que escondía una profunda tristeza y que sólo consiguió ponerme de peor humor. Le di un beso en la mejilla, que ahora olía a crema Nivea.

—Guarda mi número de teléfono. Si un día me necesitas, sólo tienes que silbar.

—Te lo prometo.

Salí a la gélida noche. Frente al Astrodome, que en realidad no era más que una nave espacial enclavada entre campos de maíz y la niebla del valle del Po, la explanada sembrada de grava estaba repleta de coches de todos los tamaños y cilindradas. Elegí con cuidado el todoterreno más grande, más caro y más elegante y me meé en él.

Capítulo 12

La crónica es la crónica, guapa

Él escuchaba con mucha atención el relato de Pilar, hundido en su sillón de cuero marrón. De vez en cuando asentía con la cabeza y le indicaba al cabo que estaba al ordenador que añadiera determinada frase en el informe. En la mano sostenía una Montblanc negra con la que jugueteaba nerviosamente pasándosela de un dedo a otro. Con la otra mano, se alisaba de vez en cuando las patillas, perfectamente recortadas justo por debajo del lóbulo de la oreja.

Era un verdadero caballero, el doctor. Pinto. Nos había recibido sin necesidad de pedir cita, nos había hecho esperar sólo diez minutos. Y tan pronto como supo el motivo de la visita, insistió en llevar a cabo en persona la audiencia de la Sra. Ramírez Montoya. Así que ahora estábamos allí, en un sobrio y elegante despacho de la Fiscalía de Saluzzo, en presencia del fiscal adjunto Gianni Pinto y del cabo de *carabinieri* Spartaco Lannutti, encargado de poner por escrito la denuncia de la mujer.

Al final había conseguido convencerla. Para localizar a Linda, era necesario acudir a las autoridades judiciales, porque sólo por mi cuenta no habría llegado muy lejos. En cuanto al riesgo de que la deportaran por ser ilegal, bueno...

mejor tener una hija en el lejano Perú que una *desaparecida*[29]. Y, además, en Italia todo tiene siempre arreglo, quién sabe, a lo mejor se podría encontrar una solución legal para que se quedase.

Después de la noche en el Astrodome, había regresado a Saluzzo con doña Pilar, decidido a denunciar, con todo lujo de detalles, la desaparición de Linda en las callejuelas medievales de aquella pequeña ciudad de aspecto pacífico e inofensivo. Pero cuando nos presentamos en las oficinas de la policía judicial para explicar por qué estábamos allí, ocurrió algo curioso: un oficial de mandíbula cuadrada con pintas de adicto al gimnasio soltó a modo de improperio: «Maldita sea, otra más».

—Perdón, ¿cómo dice? —pregunté.

—Nada, nada. Tal vez sea mejor que hablen con el doctor Pinto —atajó de raíz el gimnasta.

Sólo al final de la declaración —después de que Pilar firmara el informe en el que denunciaba la desaparición de su hija y yo en calidad de persona informada de los hechos, dando cuenta de mi investigación— me atreví a formular al magistrado la pregunta que tenía en la punta de la lengua desde hacía una hora.

—Disculpe, doctor Pinto, pero ¿es cierto que ha habido otras desapariciones en la ciudad similares a la de Linda? Me refiero a extranjeras jóvenes... —dije tirándome un farol, ya que realmente no sabía nada.

El fiscal adjunto mordió el anzuelo.

—¿Y cómo sabe usted tanto? Ah, claro, es un investigador privado y seguramente ha conseguido la información sobre el terreno, tal vez de periodistas locales. Pues bien, por desgracia, lo que dice es cierto, en los últimos seis meses se han producido tres misteriosas desapariciones en la zona de nuestra jurisdicción. Tres jóvenes extracomunitarias se han esfumado de la noche a la mañana. Linda sería la cuarta,

29 En español en el original (N. del T.)

aunque espero por el bien de la señora que la suya no sea una verdadera desaparición.

—¡Caramba! No sé mucho sobre la región de Saluzzo, pero a primera vista parece una tierra tranquila, sin mucho peligro.

—De hecho, lo es. Robos en chalets, las habituales redadas antidroga, algún acoso y vandalismo de tres al cuarto, algún que otro atraco a un banco por parte de bandas de gitanos *sintis*[30] o de gente de fuera. En resumen, la delincuencia normal en provincias, como en muchas otras partes de nuestro país.

Dejó de juguetear con la pluma un instante, pero de pronto sacó un par de elegantes gafas de titanio de su escritorio y comenzó a limpiarlas con un paño atrapapolvo. Parecía que no podía dejar las manos quietas más de diez segundos. Y continuó.

—Les confieso que tenemos más trabajo con los delitos fiscales y económicos. Incluso en lo que se refiere al fraude comunitario y a la adulteración de alimentos, con todas esas explotaciones agrícolas y rebaños que hay en la zona. Pero de estas cosas se encarga mi colega Giansanti.

—¿Usted se encarga del crimen organizado?

—Sí, aunque aquí no hay presencia de organizaciones mafiosas concretas ni bandas extranjeras de alto nivel. Todavía prevalece la delincuencia de antaño: atracadores, cacos de apartamentos, estafadores, peristas, explotadores de prostitutas. En resumen, los matones habituales de provincias. Y luego me ocupo de los colectivos más vulnerables: delitos contra menores, abusos sexuales, estafas a disminuidos.

—¿Y es usted quien lleva los expedientes de la desaparición de las otras chicas?

—Exactamente. Por eso la policía judicial los ha derivado

30 La etnia *sinti* es una de las cinco ramas principales que componen el pueblo gitano. Los *sintis* se desplazan principalmente por Centroeuropa. (N. del T.)

a mí. Aunque por el momento no hay nada que vincule esos casos entre sí, es mejor que se ocupe de ellos un solo magistrado. Pero no me pregunte más, todo se encuentra bajo secreto de sumario.

Acompañé a *doña* Pilar a la estación para enviarla de vuelta a Turín. El magistrado me había dado una idea y no quería tenerla a ella cerca, algunas cosas es mejor hacerlas sin tener encima a personas implicadas emocionalmente. Después de subirla en el tren me fui al quiosco más cercano y compré todos los periódicos locales. Eran tres, más la edición provincial de *La Stampa.* Uno era el semanario diocesano, muy sobrio y serio. El otro daba la impresión de ser el portavoz de la buena burguesía de la ciudad, y el tercero, *La Voce di Saluzzo,* era un papelucho de noticias tipo tabloide, agresivo y escandaloso. Justo el adecuado para mí, en definitiva.

Me presenté en la redacción, en la parte de atrás de un anónimo edificio de los años sesenta no muy lejos del centro histórico. Pedí hablar con el reportero que se ocupaba de la crónica negra, pero el tipo regordete y calvo que estaba sentado en uno de los tres escritorios de la gran sala me cortó de raíz, sin siquiera levantar la vista de la pantalla del ordenador.

—¿Dónde cree usted que está, en el *Corriere della Sera*? Aquí somos tres, más los reporteros externos, y hacemos un poco de todo. Yo, por ejemplo, soy el redactor jefe y también me encargo de los deportes, de los espectáculos y de las noticias del valle. Si quiere, hable conmigo, entre otras cosas porque de momento no hay nadie más.

—Me llamo Perazzo, Héctor Perazzo. Soy un investigador privado de Turín y estoy siguiendo el caso de una chica desaparecida. Como he oído que otras tres han desaparecido por aquí en los últimos seis meses, estoy buscando información.

El calvo y regordete redactor jefe levantó lentamente la cabeza, como un ratón que acabara de olisquear un camión lleno de queso Gruyère. Se acercó, me dio la mano y me ofreció una silla.

—Déjeme adivinar: apuesto a que la chica que está buscando es joven, bastante mona, extranjera y quizás incluso indocumentada. ¿Estoy en lo cierto?

—Como el oráculo de Delfos.

—¿Y está usted seguro de que desapareció en Saluzzo?

—Segura es sólo la muerte. Digamos que la última vez que se la vio, estaba aquí, luego nadie ha sabido nada más de ella.

—Muy interesante. Y ahora le gustaría saber algo sobre las otras chicas desaparecidas, supongo.

—Quisiera ver si por casualidad hay relación con la desaparición de Linda.

—Bueno, ha venido al lugar adecuado: somos los que mejor han seguido el caso. Como se habrá dado cuenta, nos ocupamos mucho de los sucesos.

Miré la primera página del número que acababa de comprar en el quiosco. Decir que se ocupaban mucho era un eufemismo que se quedaba corto. La portada gritaba: «Violada durante tres horas por dos salvajes». El titular de la noticia destacada a la derecha era: «Acueducto contaminado: ¿la salud en peligro?». Un poco más abajo, una gran foto de un coche arrugado junto a un poste, con el pie: «Joven de 20 años muere en una colisión la otra noche». Por último, en la parte inferior, donde estaban los anuncios, la foto de una muchacha bastante llamativa, que decía: «El Saluzzo de las luces rojas: investigación sobre la prostitución en la ciudad». Sólo faltaba un artículo sobre la mujer barbuda y otro sobre la vida secreta del Padre Pío.

Era justo el periódico que me convenía. Hice un vil pacto con el redactor jefe calvo y gordo, que se llamaba Marchisio. Si él me proporcionaba todas las noticias que habían salido sobre la desaparición de las otras chicas, incluyendo chismes e indiscreciones, a cambio yo le contaría la historia de Linda, incluso dejándole reproducir su foto. Marchisio se dirigió a un cuartucho y al cabo de cinco minutos regresó con una pila de periódicos.

—Echa un vistazo a estos —dijo, pasando a un «tú» de compadreo—. Los artículos que buscas deberían estar aquí.

Luego, cuando te hayas hecho una idea más clara, te llamo a Alex, un joven reportero de crónica negra que ha seguido todo el asunto de cerca. Ahora discúlpame, pero tengo que maquetar las páginas del deporte local.

Me senté en un escritorio vacío, atestado de post-it, informes y cuadernos, y comencé a hojear lentamente los números atrasados de *La Voce*. Del ordenador de Marchisio brotaron las conocidas notas de una vieja canción de mis tiempos, quizás alojada en Youtube o en cualquier otro de esos lugares endiablados para jóvenes internautas.

Masticando un trozo de hierba
Caminando por la carretera
Dime, ¿cuánto tiempo te vas a quedar aquí, Joe?
Algunos dicen que esta ciudad no se ve bien cuando nieva
No te importa, lo sé

Enseguida reconocí el ritmo y las voces de 'America', un grupo de melenudos con guitarras y chaquetas de cuero que estaba de moda a caballo entre los setenta y los ochenta. Es decir, hace más de treinta y cinco años, seis lustros, tres décadas, o un tercio de siglo hacia atrás del año de gracia que estaba viviendo.

Autopista de Ventura bajo el sol
Donde los días son más largos
Las noches son más fuertes que la luz de la luna
Te vas a ir lo sé

Se trataba de *Ventura Highway*, y en aquellos tiempos mi inglés macarrónico apenas me había permitido pillar un par de frases con sentido completo. Podía adivinar solamente que se trataba de una carretera, de un viaje en coche, del sol y el viento en los cabellos. De juventud y despreocupación, en suma. De un lugar que identificaba con California: playas, surf y chicas guapas. La escuchaba cuando era estudiante en la academia de la policía federal, allí en Baires, y soñaba con conducir algún día por ella, por la Ventura Highway.

Miré por el ventanal de la redacción, que daba al patio. Vi una hilera de encofrados de hormigón y un cielo gris que enmarcaba feos edificios construidos sin gracia ni pasión, hechos con prisas y para ahorrar dinero. Lo contrario a California, lo contrario al viento en los cabellos. Y, sobre todo, lo contrario a la juventud y a la despreocupación. Me encogí de hombros y saqué un cigarrillo para consolarme, pero desde lejos vi a Marchisio que me hacía señas negando con el dedito. A la mierda. Me tiré de cabeza a leer los periódicos.

Encontrar el primer caso no fue fácil, porque la desaparición de una mujer extracomunitaria no interesa mucho a los lectores, y menos a los políticos y a los ciudadanos poderosos. Finalmente vi el pequeño artículo, un breve en la parte inferior de las páginas de sucesos con el título: «Misteriosa desaparición de una joven filipina». Rehajoy Moreno tenía 24 años y una cara simpática, a juzgar por la foto publicada en el periódico. Trabajaba como asistenta en casa de una familia de Cuneo y se le perdió el rastro un jueves de primavera, tras anunciar a sus patrones que aprovecharía su día libre para visitar a una amiga en Saluzzo.

La policía y los *carabinieri* estuvieron buscándola durante unos días, pero luego cayó un velo de desinterés sobre su caso, aunque todavía había un expediente abierto a su nombre en la fiscalía. Un expediente que con seguridad sacaron del cajón un par de meses después, cuando apareció un artículo mucho más grande en los periódicos de la ciudad, en particular en La Voce: «Desaparecida otra chica extranjera». Subtitulado: «Trabajadora ucraniana desaparece sin dejar rastro. Es el segundo caso en poco más de un mes».

Lyudmila Kostenko tenía 22 años y llevaba varios meses trabajando ilegalmente en una granja de Castellar, a pocos kilómetros de Saluzzo. Como no estaba legalizada, los propietarios del caserío se habían mostrado algo reacios a denunciar su desaparición. Pero tras un par de días de inútil espera, finalmente decidieron acudir a los *carabinieri*.

—Esa noche nos dijo que iba a una cervecería de Saluzzo con unos amigos —explicaron al capitán—, y a la mañana siguiente, al ver que no había vuelto, no le dimos demasiada importancia. Unas horas más tarde la llamamos por teléfono, pero su móvil estaba apagado.

Las pesquisas habituales en los bares que frecuentaba la muchacha ucraniana no tuvieron éxito, al igual que el interrogatorio de amigos y conocidos. Nadie la había visto esa noche. Tampoco en los días siguientes. Sus familiares en Ucrania no tenían noticias de ella desde una semana antes y los registros de sus llamadas telefónicas no revelaban ninguna llamada sospechosa. Antes de desaparecer, Lyudmila sólo había hablado con sus padres y con media docena de compatriotas que vivían en otras zonas de Italia. De la investigación no resultaba que tuviera novio o alguna relación amorosa en particular.

Días después, el periódico publicó una foto de la chica: una rubia pálida de ojos claros; no fea, pero más bien regordeta, a años luz del estereotipo de la chica atractiva de Europa del Este que hace estragos en los corazones italianos. No pude evitar compararla mentalmente con las otras dos: Linda y Rehajoy. Eran tres chicas normales: jóvenes, guapas pero corrientes. De Linda yo ya conocía su doble vida, mientras que de las otras dos sólo sabía lo que habían escrito los periódicos. No mucho, en realidad. A primera vista, tenían poco en común entre ellas: la edad, la nacionalidad extranjera, una marginalidad social importante, aunque la filipina sí tenía un permiso de residencia en regla. Pero había un detalle que unía sus historias y saltaba inmediatamente a la vista: las tres habían desaparecido en Saluzzo.

Capítulo 13

Viejos fantasmas

Essaadia Choukri también había desparecido en la vieja capital del marquesado. Más o menos un mes antes que Linda. Y su perfil no difería demasiado del de las otras chicas: 20 años, hija de una pareja de inmigrantes marroquíes que vivían en Fossano, aunque nacida en Mequinez, llevaba unos diez años viviendo en Italia y había hecho aquí la Secundaria y el Bachillerato. O sea, estaba integrada.

La foto publicada en el periódico me dio la imagen de una chica de ojos oscuros y vivos, que parecía más joven de lo que constaba en el registro. Labios carnosos y una nariz ligeramente aguileña, que no desentonaba en una cara ovalada enmarcada por unos rizos castaños. Un rostro típico del Magreb. En la foto, tomada frente a un colegio, Essaadia llevaba unos vaqueros de cintura baja y una camiseta de colores, como muchas de las de su edad. Un look que se daba puñetazos con la vestimenta de su madre, fotografiada junto a su marido por el reportero de La Voce di Saluzzo en su casa de Fossano.

La mujer llevaba un vestido tradicional largo, que ocultaba completamente su cuerpo, y en la cabeza llevaba el *hijab*, el velo islámico. Tenía la mirada baja y las manos entrelazadas, y observaba de reojo la foto de su hija que sostenía en la mano su marido, un hombre grande con bigote y poco pelo. No era necesario ser sociólogo para darse cuenta del drama humano, y al mismo tiempo generacional y antropológico, que se había abatido sobre esa familia. Una chica joven y exuberante, que quizás intentaba escapar del laberinto de las convenciones familiares y los tabúes tradicionales. Y dos padres ligados a otro mundo, a otra cultura.

Anoté la dirección de la familia Choukri. Tal vez merecería la pena visitarlos, charlar con aquel hombre grande de mirada angustiada y con aquella mujer con velo que apenas se atrevía a mirar al objetivo del fotógrafo. El artículo decía que Essaadia estaba buscando trabajo y había viajado a Saluzzo precisamente para una entrevista. Su padre, Noureddine, se había ofrecido a acompañarla, pero ella había insistido en ir sola. Y a sus padres no les había dado ningún detalle de la reunión. «Iré con mi amiga Katia», le dijo a su madre. Pero al día siguiente resultó que Katia, una antigua amiga del colegio, no sabía nada. Hacía una semana que no la veía.

Linda, Lyudmila, Essaadia y Rehajoy. Cuatro vidas engullidas de golpe por los oscuros callejones de Saluzzo. Dicho así, parecía el título de una mala película de serie B, entre otras cosas porque Saluzzo no es Londres ni París. Y mucho menos Calcuta, el São Paulo de Brasil o el área metropolitana de Buenos Aires, donde una persona puede evaporarse sin dejar rastro en los infinitos barrios marginales, lo que llamamos *villas miseria*[31].

En Saluzzo no hay chabolismo. A lo sumo algún campamento nómada de zíngaros *sinti*, donde es mejor no entrar para darse un paseo. Tampoco hay suburbios marginales sin fin aparte del centro histórico, sólo feos edificios resultantes del boom industrial y barrios de chalecitos que lindan con campos de maíz y plantaciones de kiwis. Por un lado, la fértil y extensa llanura de la Granda, por otro los valles que suben por las laderas de las montañas hasta el Rey de Piedra,

31 En español en el original (N. del T.)

el Monviso. Una sierra pobre y dura, una tierra de emigración que ahora, por ironías del destino, estaba repoblada en parte por una avalancha de pobres de otras latitudes.

El expediente de la desaparición de Essaadia también había sido asignado al fiscal adjunto Gianni Pinto y a su brigada de policía judicial. El periódico se hizo eco de los rumores que corrían por la sede de los *carabinieri*, que criticaban por lo bajo la centralización de las investigaciones impuesta por el magistrado. De hecho, el destacamento de la localidad había sido despojado de sus competencias y la jefatura de policía de Cuneo había quedado excluida desde el principio, dada su falta de competencia territorial en el asunto.

El periodista Alessandro Giacchero, es decir, el tal Alex que, según Marchisio, me iba a explicar más tarde todos los detalles de la investigación, escribía con sutil perfidia que la citada unificación de expedientes decretada por parte del fiscal, seis meses después de la primera desaparición, todavía no había aportado ni una sola pista decente a la investigación. El periódico esbozaba las más diversas hipótesis, desde la trata de blancas destinada a la prostitución en los países árabes, hasta el tráfico internacional de órganos. Un informante anónimo llegaba a sugerir que esas chicas tan jóvenes y sanas podrían haber sido utilizadas en el mercado clandestino de la reproducción asistida, como donantes de óvulos para la fecundación. Teorías que en una breve entrevista el doctor Pinto tachaba como «sin ningún fundamento».

En otro comentario en la primera página, sin firma, se hablaba sin tantos tapujos del «Misterio de Saluzzo» y de la posibilidad de que un asesino en serie estuviera recorriendo la rica campiña de Cuneo en busca de jóvenes vírgenes. Con Linda, entonces, me vino de golpe a la cabeza que el tipo se había enamorado de la persona equivocada, pero me arrepentí enseguida del chiste de mal gusto. No me parecía bien culpar al doctor Pinto: pese a las indudables similitudes, me parecía difícil que hubiera un hombre o una organización criminal tras la desaparición de las cuatro chicas extracomunitarias.

Y además la experiencia me decía que la solución suele ser mucho más banal que las fantasiosas teorías de periodistas e investigadores. El mal no necesita tramas demasiado complicadas para manifestarse. Casi siempre se esconde detrás de personajes aparentemente normales, que llevan vidas tranquilas y son mediocres incluso al cometer crímenes horrendos. Esos de los que luego, cuando acaban en la cárcel, los vecinos comentan: «Parecía tan buena persona, ¡siempre saludaba!». Y me lo creo: ¿acaso iba contando en el bar que abusaba de los niños o que degollaba a pobres ancianas? ¿O es que tenía que andar con la ropa chorreando sangre?

El lado oscuro que hay en cada uno de nosotros se camufla más fácilmente bajo la apariencia del buen tipo, de la ama de casa modelo o del profesional irreprochable. Hay quienes pueden controlarse toda la vida, manteniéndolo bajo las riendas del cerebro. Y del corazón. Otros, sin embargo, no pueden resistirse ni evitar que les salga fuera. Y se alegran al liberar el fondo deteriorado de sus almas, se sienten realizados viendo al Mal que se apodera de ellos y les da, quizá por unos momentos, esa sensación de omnipotencia que proporciona el destruir la vida del prójimo.

Son ellos los que me dan miedo, no los delincuentes sin solución ni los gánsteres profesionales. Con estos últimos se puede razonar de hombre a hombre: tienen cabeza, saben valorar los costes y beneficios de lo que hacen y, aunque maten, no lo hacen por placer. Además, son más predecibles. Conocí a muchos de ellos en Buenos Aires cuando estaba en la Policía Federal. Gente con la piel tan gruesa como la de un búfalo y con menos que cero escrúpulos ante nada. Sin embargo, con una cierta ética a su manera. Con reglas diferentes a las del código penal, pero reglas, al fin y al cabo. El que la hace lo paga y, a diferencia de en un juicio, sin que quepa tribunal de apelación.

Los más repugnantes eran los pedófilos y los niños de papá que jugaban a ser delincuentes. Ambos parecían estar convencidos de que podían salirse con la suya sin demasiadas consecuencias, pero en aquellos tiempos la vieja Argentina no se andaba con muchas sutilezas respecto a los derechos humanos. Y antes de llegar ante un juez había que pasar por las cárceles judiciales. Para los pedófilos y los niños de papá no era una agradable excursión. Un día, en La Plata, le salvé a duras penas el culo a un cerdo que había secuestrado y violado a un niño de diez años. 'El Loco' Álvarez se lo estaba trabajando con demasiada fogosidad y, después de masajearlo con una porra acolchada para no dejarle marcas, se había empeñado en dejarlo guapo aplastándole la nariz contra la pared de la celda.

Tuvimos que llevárnoslo por la fuerza, Gandini y un servidor, de lo contrario lo habría matado. Luego descubrimos que años antes el hermano pequeño del 'Loco' había sido estrangulado por un maníaco sexual. Álvarez se libró con una simple suspensión y desde ese día fue destinado a otros servicios. Pero ninguno de nosotros lo denunció; al contrario, ante el juez todo el equipo lo cubrió. No parece que fuese legalmente correcto, pero a veces un hombre tiene que desahogarse. Y a mí, ponerme del lado de la escoria nunca me ha gustado. Por no hablar de que, en aquella época, los otros policías eran los únicos con los que podías contar para salvar el pellejo. Entre gánsteres, narcos y terroristas, atreverse a llevar el uniforme de la Policía Federal era como deambular por un campo de tiro con una diana en el lomo. Tener a alguien guardándote las espaldas era más saludable.

Espanté los viejos recuerdos como si fuera un mosquito molesto. Inútil pensar en el pasado, el presente se cernía con su carga de ansiedades y preocupaciones y no iban a ser ni 'El Loco' ni el viejo Gandini los que vendrían en mi ayuda. Entre otras cosas porque, para hacerlo, habrían tenido que quitarse de encima un par de metros de tierra del cementerio de la Chacarita, donde ambos descansan desde hace años. A José Antonio lo había asesinado un comando de terroristas de última hora que aún soñaban con la revolución tras el regreso de Argentina a la democracia: dos tiros en la nuca cuando volvía a casa, muy propio de auténticos héroes. 'El

Loco', por su parte, se había sumado a los «gorilas[32]» de la junta militar, y en 1984 fue a la cárcel por complicidad en el secuestro y la tortura de presos políticos. Salió a principios de los 90, cuando yo ya me había mudado a Italia. Era un desecho. 'El Flaco' Abelardi, otro de la vieja guardia, me escribió que había muerto unos meses después, quizás por una sobredosis de heroína.

Pedí permiso para fotocopiar los artículos sobre las otras chicas desaparecidas, mientras Marchisio escaneaba la foto de Linda para el artículo que saldría en los días siguientes. También llamó a Alex Giacchero y le dijo que quedara conmigo para que le contara la historia de la peruana. Me pasó el teléfono.

—Hola, soy Perazzo y estoy tratando de localizar a la hija de una cliente mía, al parecer fue vista por última vez precisamente aquí en Saluzzo.

Me respondió una voz juvenil con un marcado acento de Cuneo.

—Encantado de conocerle, Sr. Perazzo. Creo que puedo darle mucha información sobre las otras desapariciones, detalles que por razones obvias no pude sacar en el periódico.

—Genial, pero para empezar puedes tutearme: ya soy algo carroza, pero aún no soy un desecho. ¿Cuándo podemos vernos?

—Estoy volviendo en estos momentos de Val Varaita, donde ha habido un grave accidente de tráfico; pero en media hora tengo que estar en Barge para hacer un informe sobre los chanchullos de la comunidad china. Tal vez puedas venir a verme allí, estaré toda la tarde.

—De acuerdo, sé dónde está. En cuanto llegue te daré un toque.

Grabé el número del móvil del joven reportero, y luego me despedí del regordete y calvo redactor jefe, que mientras

32 Término que en Hispanoamérica se utiliza para denominar a los golpistas. (N. del T.)

tanto había estado maquetando la sección de cine y espectáculos de la zona.

—Me parece un buen tipo. Y ya veo que lo tienes de la ceca a la meca, ¿eh?

—Tiene que trabajar para ascender, como el resto de nosotros. Además, así es como se aprende el oficio: sobre el terreno. Las escuelas de periodismo son una pérdida de tiempo, no sirven más que para engrosar la cartera de los llamados 'profesores', créeme.

—Lo creo. También era lo mismo para nosotros en la policía. Pero dime, ¿qué pasa con la comunidad china en Barge?

—¿Has asomado la nariz alguna vez por allí?

—En realidad no, lo único que sé es dónde se encuentra.

—Bueno, ahora que vas a ir para allá, de lo primero que te darás cuenta es que está lleno de amarillos. Es como estar en Shanghai o Pekín. Piensa que entre las dos localidades de Barge y el municipio vecino de Bagnolo Piamonte suman por lo menos un millar de chinos con los papeles en regla, además de un buen puñado de ilegales.

—Y...

—Y que, si juntamos los habitantes de los dos pueblos, no llegan a trece mil personas. Es una concentración de asiáticos quizá incluso mayor que la de Prato, la Chinatown italiana.

—¿Y qué pintan todos esos chinos en Barge?

—Se dedican a la extracción y transformación de la piedra de Luserna, una valiosa roca que procede de las canteras del Valle de Pellice y que se utiliza mucho en el remate de los edificios: tejados, pavimentos, decoraciones. Casi todos vienen de las campiñas de Zhenjiang, una zona rural de China; ya sabes cómo funciona esto, uno llama al primo, luego viene el tío, que a su vez trae al sobrino.

—Entiendo. ¿Y dan problemas?

En lugar de responderme, Marchisio sacó del cajón una caja de chocolatinas, deslió un par y se los metió en la boca. Ahora entendía por qué estaba tan gordo, y la gran botella de Coca-Cola que presidía su escritorio, ya medio vacía, no le iba a ayudar a perder peso.

—De momento, no. Son gente trabajadora, muy reservada, una comunidad bastante cerrada, como ya sabrás. Pero en los últimos meses han pasado cosas desagradables que, de alguna manera, han acabado afectando también a Barge y Bagnolo.

—¿Qué tipo de cosas?

—Habrás leído que a un chino se lo han cargado a machetazos en Milán.

—Creo que sí.

—Al parecer, era un capo sin escrúpulos de la mafia china, implicado en el asesinato de un compatriota suyo en Sesto San Giovanni. Pues bien, hasta hace unos años vivía en Barge con sus padres y un hermano. También en Barge la policía ha incautado armas del tipo de espadas, machetes, cuchillos. Como en las películas de Bruce Lee, ¿lo pillas?

—Claro, como en El Tigre y el Dragón.

—Y ahora encima se está investigando un doble homicidio en Novi Ligure, el de una pareja china encontrada en un apartamento. Habían sido atados y murieron asfixiados, posiblemente cuando entraron a robarles. Todavía no se sabe si tenían vínculos con Barge, pero la Brigada Móvil de Alessandria ya ha estado en la zona para realizar algunas inspecciones. Por no hablar de un par de detenciones recientes en Bagnolo por tráfico de ilegales desde China.

—Un bonito cuadro provinciano.

—En efecto. Parece que los jóvenes chinos se han cansado de partirse el espinazo con el escoplo y buscan un camino más corto para ganar dinero rápido: drogas, robos, extorsiones a negocios de compatriotas. En esto no se diferencian de sus colegas italianos, hay que reconocerlo.

Marchisio tragó otro sorbo de Coca-Cola y pegó un eructo.

—O sea, que la provincia no está menos podrida que la metrópoli —sentenció.

Capítulo 14

Chinatown al pie de los Alpes

Sí, decididamente había algo extraño en aquel lugar. Detrás de las nubes asomaba la silueta de las montañas y, gracias a un destello de sol, durante un par de minutos se pudo ver incluso el pico piramidal del Monviso, una roca desnuda y tan empinada que hasta la nieve se desliza colina abajo. De vez en cuando, allá arriba, también se despeñan algunos alpinistas incautos o a los que la suerte les ha vuelto la espalda. Nunca he visto tantas cruces en las montañas como cuando recorrí el Viso, años atrás.

Pero no era la cumbre desnuda y pedregosa del Monviso lo que me inquietaba. Tampoco las calles anónimas de esa pequeña ciudad al pie de los Alpes, donde se alternaban viejas casas de finales del siglo XIX con tejados de pizarra con feos bloques de apartamentos de los años sesenta y setenta. Recorrí Barge, y si no fuera porque me previno Marchisio me habría sentido como Marco Polo en la corte de Kublai Khan: caras amarillas y ojos almendrados por todas partes. Niños chinos saliendo de la escuela, madres chinas llevándolos a casa con sus mochilas, hombres chinos en bicicleta, jóvenes chinos hablando entre ellos a la puerta de un bar, muchachitas chinas escuchando música con sus *smartphones*. De un momento a otro esperaba ver aparecer incluso un tanque chino, como el de la plaza de Tiananmén.

Italianos, pocos. Silenciosos. Aparentemente indiferentes al mundo que iba cambiando ante sus ojos. O tal vez resignados. Por otro lado, rompiendo aquel extraño ambiente de Chinatown, también identifiqué a un par de marroquíes que caminaban por la calle. Alex Giacchero me estaba esperando sentado en un viejo Panda frente al cuartel de los *carabinieri*, por el momento era de los pocos que no tenían la cara amarilla y los ojos almendrados. Era un joven alto, altísimo y delgado, delgadísimo, con orejas de soplillo y mirada de caballo en estado de alerta. Nos dimos la mano intercambiando un par de banalidades sobre el tiempo y otras simplezas similares, y luego fuimos a tomar un café a un bar un poco más lejos. Obviamente regentado por chinos.

—Marchisio me ha comentado lo de la última chica desaparecida —comenzó diciendo Giacchero—. Ya te digo que ahora la historia sí que empieza a apestar de verdad.

—Ya he leído los artículos sobre las otras, ya van cuatro, todas desaparecidas en Saluzzo. Es difícil creer que sea una coincidencia.

—Eso es lo que yo también pensaba, hasta hace poco. Todas jóvenes, extranjeras, con pocos vínculos en la zona.

—Ya, pero los puntos comunes se detienen ahí. Son de diferentes nacionalidades y no hay constancia de que se conocieran. ¿Qué diablos podrían tener en común mi Linda y las otras tres chicas?

—He pensado mucho en eso en el camino de bajada desde el valle de Varaita. ¿Y si realmente no tienen nada en común, salvo el hecho de que son jóvenes y extranjeras?

—No comprendo.

—Por lo general, en estos casos lo normal es buscar conexiones entre las personas desaparecidas y pensar que indagando en sus vidas privadas se puede descubrir el motivo por el cual se fueron de casa o se les hizo desaparecer. Pero, ¿y si todo se debe al azar?

—Lo siento, pero no te sigo. En vuestro periódico habéis planteado las hipótesis más descabelladas, incluida la trata de blancas, ¿y ahora me vienes con que quizás no hay conexión entre los cuatro casos?

—No, no es eso. Sólo estoy pensando que tal vez sea inútil desmenuzar el pasado de las chicas en busca de una pista. Quizás la clave esté en otra parte.

No estaba nada claro, pero, por otro lado, ¿qué estaba claro en este asunto? Sentí la necesidad de fumarme un cigarrillo, así que le indiqué que me acompañara fuera del bar. Apenas eran las tres, pero ya estaba casi oscuro a causa de los nubarrones y la cercanía de las montañas vecinas. Encima, hacía un frío de cojones y el aire helado me entumecía las orejas. ¿Cómo hacía Alex para soportarlo con ese par de alerones despegados a ambos lados de su cabeza? Una pareja de muchachas chinas pasó junto a nosotros charlando, sin dedicarnos una mirada.

Di las últimas caladas a mi pitillo, temblando a causa de la helada. El reportero, en cambio, permanecía allí tan sereno como si estuviera en el paseo marítimo de Miami. Un chino de mediana edad pasó en bicicleta a toda leche por la estrecha calleja de la cafetería. Escupí la colilla y me levanté las solapas de la cazadora de cuero, pensando que quizás debería haberme puesto el chaquetón de plumas antes de salir de casa aquella mañana. Giacchero tenía uno puesto, pero lo mantenía abierto y sólo llevaba debajo una camisa de campo a cuadros. Tres niños chinos cotorreaban en el patio vecino corriendo tras una pelota. Volvimos a entrar en el bar.

—Hay otra cosa extraña que aún no te he contado —reveló el periodista cuando ya estuvimos sentados a una mesita, después de haber pedido otro café.

—Dispara.

—Tras la segunda desaparición los *carabinieri* querían intervenir los teléfonos móviles de las dos chicas, ya sabes, para ver si les revelaban algo interesante.

—¿Y? Eso parece bastante normal, ¿no?

—Claro. Pero lo curioso es que el fiscal no quiso. Dijo que sólo había abierto un expediente general sobre la desaparición de Rehajoy y Lyudmila, no una investigación sobre secuestros. Así que, en ausencia de un delito claro, el Código no permitía intervenir un teléfono.

—Es cierto, ningún juez autorizaría una intervención telefónica si no hay ni siquiera una pizca de sospecha de delito. Y por eso normalmente todos los fiscales del mundo empiezan de inmediato con las hipótesis más graves: para tener los teléfonos bajo control, y luego ya veremos.

—Sí, pues Pinto no hizo ni eso. Al menos hasta ayer, veremos si la noticia sobre tu peruana le hace cambiar de idea.

—Y, sin embargo, me ha parecido un tipo decidido.

—Puedes estar seguro. En estas fiscalías de provincia, los magistrados se comportan a menudo como personas a punto de jubilarse, la mayoría de ellos se lo toman con parsimonia sin romperse mucho los huevos, fieles al lema de «Vive y deja vivir». Pero Gianni Pinto, no.

Entró un chino que llevaba un chaquetón de cuero negro sobre su mono de trabajo todavía lleno de polvo. Hizo un gesto de saludo con la cabeza, se acercó a la barra y pidió algo en su idioma incomprensible. Le sirvieron un carajillo de orujo, que apuró rápidamente. Luego puso un par de monedas en el platillo junto a la caja y se fue sin decir una palabra.

—Cuando Pinto llegó de Civitavecchia hace unos años, todo el mundo pensó que era el habitual magistrado del sur al que todo le sudaría la polla. En cambio, en un par de meses puso la fiscalía patas arriba, obligando incluso a su jefe y a otros colegas a mover el culo.

—Un hueso duro de roer, está claro.

—En efecto. Uno de los que te ponen las esposas a la mínima, y de pocos miramientos con los delincuentes, con más motivo cuando se trata de «cuellos blancos». Fíjate que le llamábamos el Di Pietro[33] de Saluzzo, mucha gente acudía sólo a él cuando se trataba de denunciar o para soltar prenda.

—Debe haber hecho un buen puñado de amigos, entonces.

—Empezando por sus colegas, que no lo soportan. De hecho, cuando el nuevo fiscal jefe llegó hace dos años, lo amordazaron inmediatamente. Antes, Pinto se ocupaba un poco de todo, desde la delincuencia hasta la administración pública; pero ahora el jefazo le ha prohibido interesarse por la delincuencia fiscal y económica, donde más molestaba.

—¿Lo han atado corto, entonces?

—En realidad no, pero tiene que tener cuidado de no mear fuera del tiesto.

Fuera, ya había oscurecido en serio. Bajo la luz de una farola, observé a una mujer china que iba deprisa por la calle llevando a dos chinitos de la mano. Volví a la carga con Alex Giacchero.

—¿Por qué crees que un tipo tan despierto como Pinto no abrió un expediente de secuestro?

—Quizás es que en este caso se pasó por la entrepierna las denuncias de las desapariciones. Al fin y al cabo, lo que les haya sucedido a tres chicas extracomunitarias sólo les interesa a sus familias, puedes estar seguro de que el fiscal jefe no lo va a agobiar por eso.

—Aparte del hecho de que ahora son cuatro.

—Justo por eso espero que, a partir de hoy, ahora sí, se mueva de forma diferente. Quizás hasta este momento ni él mismo creía en la hipótesis de un secuestro o, peor aún, de un homicidio.

—Esperemos que se espabile.

—Pasado mañana saldremos con un artículo que le levantará ampollas, a él y a toda la cuadrilla de vagos de la fiscalía. Pero venga, cuéntame todo sobre esa peruana, así me monto un buen reportaje lacrimógeno.

33 Antiguo magistrado italiano que se desempeñó de manera contundente contra la corrupción en el proceso llamado «Manos limpias». (N. del T.)

Le conté algunas cosas sobre Linda, omitiendo los detalles más escabrosos sobre su doble vida. El plumilla estaba muy interesado en la última parte de la reconstrucción de los hechos, el encuentro con las chicas moldavas y la cena con el distinguido caballero en el restaurante de la placita Dei Mondagli.

—¿Bailarinas moldavas? —exclamó Alex—. ¡De puta madre! Un poco de sexo nunca viene mal.

Lo dejé en el bar pegado al móvil con no sé qué sargento de los carabinieri que le estaba «informando» de la detención de un atracador rumano. Me despedí con una palmada en el hombro y salí del café al frío de la noche, maldiciendo el momento en que había optado por una cazadora de cuero en lugar del plumas. De vuelta al coche, me topé con dos chinos con bolsas de la compra del supermercado del barrio, mientras otro amarillo de no más de veinte años se paseaba gritando por el móvil.

Me subí al 147 y salí a toda pastilla hacia Turín, bastante aliviado por dejar atrás esa especie de barrio chino al pie de las montañas. Por lo menos, allí en mi viejo barrio globalizado, Vanchiglia, vería unas cuantas caras diferentes: rumanos, albaneses, senegaleses, magrebíes, algún italiano e incluso un par de irreductibles piamonteses que uno de estos días seguro que despertarán el interés del WWF[34], como los pandas y las focas monje.

Mientras aplastaba el acelerador, flechado por la casi desierta carretera provincial, resonaron en mi móvil las primeras notas del *Don't Cry for me Argentina* y el inconfundible timbre vocal de Milva. Respondí sin siquiera mirar la pantalla, convencido de que iba a escuchar la voz cantarina de *doña* Pilar. No era ella.

—Hola, Héctor, ¿cómo estás?

Era Giuliana, la pelirroja que había pintado de azul mis sueños hacía ya un mes. ¡Caramba, qué sorpresa! La

---

34 WWF, siglas de la organización ecologista no gubernamental *World Wide Fund for Nature*, traducido habitualmente en español como *Fondo Mundial para la Naturaleza*. (N. del T.)

penúltima persona que esperaba escuchar esa noche. La última era Angelina Jolie, que no suele llamar por el móvil.

—Hola, Giuliana, todo bien, gracias. ¿Y tú?

—Bien, me defiendo. Perdona que te moleste, sólo quería saber si hay alguna novedad sobre Linda, hace tiempo que no veo a su madre.

—Sí, en efecto, hay algo nuevo, pero nada definitivo, por desgracia.

—Es una pena, de verdad esperaba que me dieras buenas noticias. Si te apetece tomar un café y contarme tus progresos, ya sabes dónde está el bar.

Cuando uno se empeña en ser un capullo, pensé, puede serlo hasta el final. Y sin demasiados remordimientos.

—¿Debo tomar eso como una invitación que incluye una disculpa por el sonoro «vete a la mierda» que recibí la última vez que nos vimos?

—Bueno, si no me equivoco, me trataste como una puta.

Está bien ser un gilipollas, pensé de nuevo, pero si tensas demasiado la cuerda lo único que consigues al final es quedar como un subnormal.

—Vale, tengo poca memoria: ¿lo dejamos en empate y sacamos del centro del campo otra vez?

—¿Por qué no?

—¿Has comido ya? Estoy volviendo a Turín y no tengo ganas de echar a la sartén el habitual congelado para hacerlo vuelta y vuelta. ¿Vamos a por una hamburguesa al Six Nations?

—Muy bien, pasa a recogerme.

Las citas inesperadas son mis favoritas, suelen traerme suerte. Además, a las malas, al menos podría echarme un par de buenas pintas de cerveza negra en ese pub irlandés.

Capítulo 15

La estación de los amores

Las pintas de cerveza estaban espectaculares, pero no tanto como cuando Giuliana se deslizó dentro de mi cama. El encontronazo de hacía un mes había quedado definitivamente superado. Me despertó el aroma del café, un olor inusual en mi piso de *single*[35], forma edulcorada e hipócrita de describir mi condición de solterón empedernido de mediana edad. Por lo general, por las mañanas me saluda el hedor de las colillas del cenicero y, como buen perezoso sin remedio, me tomo el café abajo, en el Caffè del Progresso. Aquel día, sin embargo, lo disfruté en la cama, entre unas sábanas revueltas que aún desprendían olor a mujer. Como en un sueño masculino y machista, Giuliana me trajo la taza humeante llevando puesto solamente un delantal con flores provenzales. Al verla caminar contoneándose hacia la cocina, sentí un vigor renovado e intenté en vano atraerla hacia el cuarto. Nada que hacer. Riendo, me colgó en la mano el delantal y salió huyendo hacia la ducha.

—Ya llego tarde. Mi madre debe haber abierto el bar, pero no puedo dejarla sola con todos esos caballeros rondando por el local.

35 «Soltero», en inglés en el original, usado con cierta intención esnob. (N. del T.)

Llamó a un taxi y se marchó, lanzándome un beso desde la puerta mientras yo, desparramado en ropa interior sobre el sofá, me deleitaba con mi primer cigarrillo del día. A través de la ventana vi un cielo gris y plomizo que no auguraba nada bueno. Lluvia, tal vez incluso nieve. Me lancé yo también al chorro de agua caliente y media hora más tarde, limpio y afeitado, caminaba bajo los soportales de la plaza Vittorio en dirección a la oficina.

Los niños traficantes magrebíes ya estaban trabajando, al igual que los limpiacristales, los gitanos y los vendedores de tonterías en los semáforos. Para equilibrar la cosa, no se veía ni la sombra de un policía. Debían de estar ocupados con el radar multando a los automovilistas que volaban por la avenida Moncalieri a cincuenta y cinco kilómetros por hora. Crucé el puente Vittorio Emanuele I, levanté la mirada, como cada día, para echar una ojeada a la imponente grandeza neoclásica de la Gran Madre y me adentré en las estrechas calles de Borgo Po.

En el contestador automático sólo tenía el mensaje de un político postdemocristiano anunciando su compromiso con la ciudad y un par de anuncios de compañías telefónicas prometiendo el oro y el moro. Los borré sin siquiera escucharlos, por principio. Comprobé el calendario de mi mesa: era el 2 de diciembre. Linda Renan Ramírez llevaba treinta y nueve días desaparecida y la esperanza de encontrarla sana y salva parecía reducirse a cero. Siempre me fingía optimista con su madre, pero sólo porque no tenía el valor de decirle que si no se encuentra a una persona desaparecida en el plazo de una semana, es mejor encenderle una vela a la Virgen.

Puse la radio, estaba sintonizada en Radio Montecarlo y escuché de pasada una vieja canción de Patti Smith, la última de Jovanotti y un tema de Franco Battiato que hacía mucho tiempo que no escuchaba:

La estación de los amores viene y va,
los deseos no envejecen casi nunca con la edad.
Si pienso en cómo he malgastado yo mi tiempo
que no volverá, no regresará más.

Tenía que ser también Battiato otro que me recordara que el tiempo pasa. ¿No basta con el espejo, cada mañana, en el cuarto de baño? ¿Ni con los hilos grises que veo cada vez con más frecuencia en mi pelo y en mi bigote? ¿O cuando pierdo el resuello porque se estropea el ascensor y tengo que subir a pie por las escaleras? Tal vez todo lo que se necesita para resolver el problema de la falta de aire es dejar de fumar, e ir al gimnasio un par de veces a la semana. O por lo menos desplazarse en bicicleta. Sí, ya, pero ¿qué pasa con la contaminación? ¿Y con los coches que corres el riesgo de que te laminen a cada pedalada? De ninguna manera. Nunca conseguí acostumbrar a mi cerebro a la vida sana. Pero al menos todas esas preocupaciones por la salud me convencieron de posponer el encendido de mi segundo cigarrillo del día.

Estando en las últimas notas de *La estación de los amores* sonó mi móvil. Era Alex, el joven reportero de Saluzzo.

—Hola, Alex, ¿todavía liado con los chinos?

—Buenos días, Héctor. Hoy no hay chinos, lo que hay son novedades en el caso de las chicas desaparecidas.

En un instante todas mis buenas intenciones antitabaco se fueron a freír espárragos y me encendí mecánicamente un rubio.

—¿Cosas interesantes?

—Agárrate fuerte.

—Vamos, dispara.

—Me he enterado por un inspector de la policía judicial que han localizado una carta de la chica ucraniana a su familia, escrita antes de desaparecer.

—¿Y justo ahora la descubren, esos capullos?

—Entre los retrasos de nuestro servicio postal y los de Kiev, llegó a casa de los Kostenko casi un mes después de haber sido enviada. Además, en aquel momento los padres no pensaron en llevarla inmediatamente a la policía ucraniana; y luego, desde que fueron a la comisaría hasta que enviaron el fax a la fiscalía, pasaron algunos días más. Sin contar que aquí tardaron una semana en traducirla.

—¿Una semana? ¿Pero aquí éstos son o lo parecen?

—Héctor, ¿qué le vamos a hacer? Es un juzgado pequeño.

Apagué con rabia la colilla en el cenicero. En mis tiempos en la Federal me habría tirado de los pelos si hubieran tardado una semana en conseguir traducir una carta importante para una investigación.

—Vale, ya qué importa. ¿Y qué dice esa carta?

—El inspector no ha podido decirme mucho, Pinto no quiere que se filtren detalles de la investigación. Pero parece que Lyudmila escribió el mensaje el día antes de desaparecer, y hay una frase en la que llega a decir que tenía que encontrarse con una persona importante, un artista que la llevaría a la isla de Elba.

—¿A la isla de Elba?

—Así parece. La chica no fue muy clara, sólo escribió que tal vez iba a hacer de modelo para cierto «maestro» que pintaba en Elba. Ni siquiera sabía dónde era, pero escribió a sus padres que un amigo le había dicho que Elba es una isla preciosa.

—Bueno, esa es una pista que puede resultar importante. ¿Qué va a hacer ahora tu amigo el inspector?

—Ya ha alertado a la comisaría de Portoferraio y al comandante de la compañía de los *carabinieri* de la isla, que empezarán a rastrear. Luego, tal vez en los próximos días, irá él allí también.

—¡Por fin, una pista concreta! Gracias por informarme, Alex. Ahora intentaré comprobar si por casualidad Linda hubiera hablado alguna vez con su madre o con sus amigos sobre un trabajo en Elba.

Llamé a doña Pilar, pero su móvil estaba apagado. Con toda probabilidad estaba en el trabajo y no podía atender las llamadas. Probé con Nelson, el medio novio de Linda, y luego con su amiga Raquel. Nada. Ninguno de ellos había oído hablar nunca de la isla de Elba ni de un pintor o un artista que le hubiera podido ofrecer un trabajo. Así que llamé a Giuliana al bar de San Salvario.

—Héctor, ¡qué sorpresa! No me digas que ya me echas de menos.

—¡A morir! Tengo una cuchilla de afeitar en la mano y estoy a punto de cortarme las venas.

—¡Cuidado!, no te pongas demasiado romántico.

—Escucha, necesito saber algo rápidamente, es para la investigación de Linda.

—Dime.

—¿Le has oído hablar alguna vez de un pintor de la isla de Elba? ¿O en todo caso de un artista para el que podría haber posado como modelo?

—¿Isla de Elba? No, nunca. Y tampoco de artistas. Mira, aparte de ese pánfilo de Nelson, y de sus clientes, Linda nunca me habló de ningún otro hombre. ¿Pero es por algo importante?

—Cualquiera sabe. En una investigación siempre se va a tientas y no se puede permitir uno el lujo de dejar nada de lado. Incluso a costa de tener que comprobar detalles aparentemente insignificantes que la mayoría de las veces, al final, resultan ser realmente insignificantes.

—Tal vez pueda ayudarte. Tengo una amiga que enseña Historia del Arte y además también es pintora. Conoce muy bien ese ambiente, no sólo en Turín. Quizás pueda darte algunos datos útiles sobre los artistas de Elba.

—¿Por qué no? Como te decía, siempre hay que comprobarlo todo.

—Se llama Vera Caglieris, da clases en la Escuela de Arte y vive en la zona del Quadrilatero Romano, donde también tiene un pequeño taller. Este es el número, dile que eres mi amigo.

—Perfecto, ahora la llamo.

—Héctor...

—¿Qué?

—Vera es una mujer muy bonita y encantadora.

—Bien. ¿Y qué?

—Si descubro por casualidad que has estado ligando con ella, te arranco las pelotas.

Corté la comunicación sonriendo ante la broma de Giuliana. Pero enseguida empecé a pensar que quizás no era una broma: su tono, de hecho, no era demasiado chistoso. Y la pelirroja no parecía de las que amenazan en vano. Tal vez estaba corriendo el riesgo de pagar demasiado caro la noche de sexo y el café servido en la cama. Llamé inmediatamente a la profesora, que me citó a las cuatro de la tarde en su estudio de la calle Sant'Agostino, en el corazón del Quadrilatero Romano, el reino de la vida nocturna y de la Turín bohemia. El barrio más antiguo de la ciudad, rescatado de la degradación un par de décadas antes y convertido en una especie de Disneylandia nocturna para pijos y niños de papá. Pero, sobre todo, el paraíso de los promotores inmobiliarios subalpinos, que, tras echar a las putas y a los inmigrantes, han revendido a precio de oro los apartamentos que han incrustado dentro de los viejos edificios del siglo XVII.

El resto de la mañana hice un par de tareas, pequeñas investigaciones sobre historias de cuernos y cónyuges engañados que querían protegerse el culo con vistas a la separación. Luego fui a comer algo al restaurante de comida regional de la calle Monferrato, donde al menos podía charlar con los habituales que lo frecuentaban o leer el periódico en paz. Me entretuve incluso demasiado haciendo los honores a un Sagrantino di Montefalco que el dueño proponía como vino del día. Así que, cuando me di cuenta de que ya habían dado las tres, decidí ir a la reunión con la tal Caglieris sin pasar por casa a por el coche. Porque en el Quadrilatero sólo aparcas pagando. Sólo se puede estacionar en el Quadrilatero apoquinando en zona azul o en los aparcamientos elevados.

Me di un paseíto a lo largo del Po, lo ideal para quemar los catorce grados del Sagrantino, y después de flanquear el antiguo zoo, ahora un espléndido parque fluvial, llegué a la parada del 3 en la avenida Gabetti. El tranvía llegó casi al momento, venía medio vacío de la terminal al pie de la colina. Me senté en la parte trasera y observé con curiosidad la fauna que suele abarrotar el transporte público cada día. Pensionistas con abrigos grises, un par de estudiantes con los *smartphones* de ordenanza en la mano, una mujer con la bolsa de la compra, dos magrebíes con pinta de estar cabreados.

Con un traqueteo, el tranvía cruzó el puente sobre el río. Parada del Hospital Gradenigo: subieron más jubilados de gris y otro magrebí con aspecto cabreado. Por la avenida Belgio: unos cuantos ancianos se acercaron a los que esperaban bajo la marquesina del autobús, mientras que ya dentro del vagón los estudiantes se pusieron junto a los magrebíes, sin siquiera quitarse sus auriculares con la música a todo volumen. Me fijé en un pequeño envoltorio que pasaba de mano en mano, y billetes de veinte euros que cambiaban de dueño.

Parada Guastalla: el tranvía iba ahora mucho más lleno. Un par de gitanillos de unos doce años buscaban carteras para hacerlas desaparecer, mientras que dos drogatas marcaban a los camellos norteafricanos. Otro intercambio de envoltorios y dinero. Los jubilados de los abrigos grises hacían como que no veían. O tal vez es que ni siquiera se daban cuenta. Parada Rossini: los drogadictos se bajaron del 3, alejándose en dirección a la Dora, mientras un par de marujas que se dirigían al mercado de Porta Palazzo discutían sobre el aumento del precio de los brócolis y los nabos.

Parada Jardines Reales: un cuarentón de buen aspecto subió y se dirigió sin demora a los camellos, instalados en el centro del vagón. Tenía el dinero preparado, enrollado en el puño. El diálogo de las amas de casa había pasado a las patatas y las zanahorias. Otros jóvenes con *smartphones* incorporados habían sustituido a los anteriores. Todos tenían bonobuses, al parecer; nadie abonaba sus billetes. Parada XI de Febrero: en el andén, montones de chinos iban y venían como hormigas, mientras jóvenes africanas de dudosa moralidad, pero profesión cierta, se apiñaban cacareando. El tranvía parecía ya una lata de sardinas, un paraíso para los carteristas gitanos. Los traficantes magrebíes, en cambio, parecían molestos: la multitud les impedía llegar a los clientes que habían subido por el otro extremo del convoy.

Parada Porta Palazzo Este: el 3 parecía una batidora gigante, con esa gente que empujaba subiendo y bajando por las mismas puertas. El hedor a distintos tipos de humanidad, no siempre limpia, envenenaba el aire viciado. Los traficantes distribuían ahora los envoltorios de droga descaradamente, haciéndolos pasar de mano en mano hasta que llegaban a los yonquis encajonados al final del tranvía. Mientras un jubilado comentaba en piamontés con su vecino: «Me pregunto adónde iremos a parar...», me fijé en cómo la mano de una gitana con un bebé en brazos se introducía rápidamente en el bolsillo de su abrigo gris. Un momento después ya había desaparecido. Parada Porta Palazzo Oeste: Me abrí paso a empujones entre los yonkis y los traficantes y seguí a la gitana. La pillé delante de una tienda asiática.

—Dame esa cartera o te llevo hasta la comisaría dándote patadas en el culo —le bisbiseé sin mucha consideración.

Miró con descaro mi facha de Charles Bronson y decidió que no iba de farol. La sacó de entre los pliegues de su falda floreada. La examiné: estaba el dinero, los documentos también. Le hice un gesto para que se largara a toda leche. Entonces alcancé a una patrulla de guardias urbanos, que andaban paseando tranquilamente como dos turistas en Central Park. Les expliqué que me había encontrado la cartera en el suelo, porque si hubiera dicho la verdad me habría comido una denuncia por violencia contra las personas. Tal vez incluso por incitar al odio racial, quién sabe.

Capítulo 16

El Maestro d'Elva

Vera tenía un parecido extraordinario con Alice, aquella que cantaba *Para Elisa* y *Canción egocéntrica.* Quiero decir, la Alice de hace más de veinte años, cuando era una mujer cuarentona hermosa y encantadora. Pensé en las amenazas de Giuliana y advertí un sutil escalofrío en la ingle. Su estudio, en la planta baja de un antiguo edificio reformado, era algo entre una tienda de un anticuario y la consulta de un dentista loco. En las paredes blancas como la leche campaban pequeños cuadros y enormes lienzos con el mismo tema: bocas.

Bocas abiertas, bocas sonrientes, bocas cerradas y bocas abiertas como hornos. Bocas adornadas con brillantes dentaduras y bocas medio desdentadas, bocas jóvenes de niños y bocas destartaladas de octogenarios. Un muestrario surrealista y ligeramente inquietante, que me hizo pensar de inmediato en el estado de mi cavidad bucal. Aquella mujer debía de estar medio loca y yo no tenía ningún deseo de dejar que me rastrearan entre los labios.

Como si me hubiera leído el pensamiento, la pintora preguntó: «Dígame, ¿qué le parece? ¿Sabe que la boca es la primera parte del cuerpo que observo en una persona?».

—Muy interesante. Si lo hubiera sabido, habría ido al dentista para que me hiciera una limpieza antes de venir.

Se rio, mostrando sin miedo, ella sí, una fila de dientes blanquísimos.

—Hay quien dice que los ojos son el espejo del alma, pero yo siempre me he sentido más cerca de las doctrinas filosóficas ligadas a la materia, por lo que me intereso poco por el espíritu y creo que la boca puede ser un interesante espejo del cuerpo. Después de todo, ¿no dijo Feuerbach que «somos lo que comemos»?

—No sabría decirlo, yo me acuerdo de Beckenbauer, pero quizá era de otra escuela filosófica.

Volvió a reír, esta vez con un poquitín de fastidio. Seguramente pensaba que se encontraba frente a uno de esos imbéciles que van de graciosos. Y lo malo es que no se equivocaba del todo. Reflexioné sobre cómo ganar puntos sin dar la impresión de querer ligar, pero no se me ocurrió nada. Tal vez porque en presencia de una mujer hermosa, en general, lo de ligar me sale solo. Me condujo a otra habitación, que utilizaba como su estudio personal. El escritorio estaba abarrotado de libros y DVD, apilados en total desorden. De las paredes sobresalían un par de las mismas bocas pintadas con colores fuertes, pero también paisajes urbanos neofuturistas más tranquilizadores, una marina y un par de retratos de aspecto más bien tradicional. En una hornacina había un calentador de agua eléctrico. Lo encendió.

—¿Quiere tomar un té?

Hubiera preferido un café doble, pero esbocé un «Con mucho gusto».

Jugueteó un par de minutos con las bolsitas y la tetera, y luego me puso en la mano una taza con un líquido oscuro y humeante que olía a jazmín y otras esencias orientales.

—Giuliana me ha dicho que necesita hacerme alguna consulta sobre cierto pintor.

—Sí. Al menos eso creo, porque el asunto es un poco complicado.

—Pues dígame, estoy a su disposición.

Sin entrar en detalles, le expliqué la desaparición de Linda y de las otras chicas y le hablé de la carta que hacía referencia a la isla de Elba y al misterioso artista que había contactado con Lyudmila. Me hubiera gustado encender un cigarrillo, entre otras cosas para quitarme de la boca el sabor dulzón del jazmín, pero Caglieris tenía toda la pinta de ser una obsesa de la salud: bebía té oriental y no fumaba.

—¿Un pintor de la isla de Elba? Déjeme pensar... Sólo se me ocurre uno de cierto nivel: Montorsi. Pero es imposible que necesite una modelo.

—¿Por qué?

—Sólo pinta paisajes marinos, sin figuras humanas. De hecho, en sus cuadros no hay nada que pueda tener relación con la presencia del hombre, no sé: una barca, una casa. Mire, se lo mostraré.

Fue a buscar un libraco ilustrado y me mostró fotos de playas desiertas, rocas cubiertas por la espuma de las olas, viejos olivos retorcidos y como agarrados a las colinas frente al mar. Escenas melancólicas pintadas con colores casi apagados, carentes de luz.

—¿Entiende por qué digo que Montorsi no necesita modelos? A menos que haya decidido cambiar completamente de tema, yo descartaría que sea el artista que busca.

—¿No se le ocurren más pintores que vivan en la isla?

—Habrá otros, seguro, pero ninguno con renombre fuera de Elba. Lo siento, pero me temo que no puedo ayudarle.

—Sin embargo, en esa carta la chica hablaba de un 'maestro de Elba'.

Vera Caglieris me miró con curiosidad, como si esas palabras le resultaran familiares.

—¿Realmente escribió 'maestro de Elba'?

—No lo sé, no he visto la carta. Además, estaba en ucraniano, pero eso es lo que le dijo un policía a un amigo mío periodista.

—¿No es posible que haya escrito 'Maestro de Elva'?

—Puede ser. Repito que es una carta escrita en un idioma extranjero y luego traducida al italiano. Pero por qué, ¿conoce usted a un pintor conocido como 'Maestro de Elva'?

Se levantó sin contestar y fue a buscar otro tomo de la estantería. Apoyó el libro sobre el escritorio y comenzó a hojearlo. Intenté asomarme, pero no conseguí ver nada más que imágenes del interior de una iglesia. Luego se detuvo, recorrió una página con el dedo y se puso a leer durante unos minutos.

—¡Aquí está, lo encontré! El término «Maestro de Elva» me ha recordado algo, ¿cómo no se me ocurrió antes?

—Profesora, ¿podría explicármelo a mí?

—No me llames profesora, me hace sentir como una vieja solterona. De hecho, ya que eres amigo de Giuliana, nos tuteamos.

—Muy bien, Vera. Entonces, ¿serías tan amable de decirme qué has descubierto?

—Hans Clemer, pintor flamenco conocido como el 'Maestro de Elva'.

—¿Crees que podría ser ese el misterioso artista que tomó contacto con la chica ucraniana?

—Eso lo puedo descartar con absoluta certeza —dijo riendo— lleva muerto unos quinientos años.

—¿Me estás tomando el pelo?

—Nunca me permitiría bromear con un asunto tan delicado. Pero si es del Maestro de Elva de quien estás buscando noticias, hay que retroceder hasta aquel Clemer.

—Lo siento, quizás es que no me he explicado bien: no soy un loco del arte que viene a informarse sobre un pintor desconocido del siglo XVI. Estoy llevando a cabo una investigación, aquí estamos hablando de chicas que desaparecieron en nuestra época y no me interesa en absoluto ese Cramer o Cremer.

Me miró con una sonrisita burlona en los labios, arqueando las cejas con una actitud que me pareció especialmente pícara.

—¡Madre mía, qué carácter! ¿cómo te aguanta Giuliana?

—Ten en cuenta que no estamos ni comprometidos.

—¿Ah, no? Bueno, no importa, pero antes de que te enfades de nuevo escucha algo sobre Hans Clemer, hay detalles que te pueden interesar. Para empezar, murió en 1512 en Saluzzo.

—¿En Saluzzo?

—Sí, durante gran parte de su vida trabajó como pintor en la corte de los marqueses y, de hecho, sus obras más importantes se encuentran en Saluzzo y alrededores, especialmente en la aldeíta montañesa de Elva, en el valle del Maira, donde se puede admirar uno de los conjuntos de frescos más extraordinarios del Piamonte.

Le dio la vuelta al mamotreto y colocó ante mis narices la reproducción fotográfica de un enorme fresco que cubría todo el ábside de una pequeña iglesia medieval. Representaba la crucifixión de Cristo: junto a Jesús estaban los dos ladrones, a sus pies María sostenida por dos mujeres y un discípulo. Alrededor había soldados romanos a caballo, con estandartes y vestimenta de estilo renacentista, tal como los pintores de la época solían reproducir escenas extraídas de la Biblia o los Evangelios, según me explicó Vera. El cuadro irradiaba una extraña luminosidad que impregnaba toda la pared pintada al fresco.

—Es muy bonito —murmuré, sin saber qué más decir.

—Sí, como te he dicho, es uno de los ejemplos más deslumbrantes de pintura renacentista en el Piamonte y la Provenza, la otra región donde vivió y trabajó Hans Clemer. Escucha lo que escribe Adele Rovereto en su ensayo «La aventura de un flamenco en tierra piamontesa»:

La Crucifixión es una pequeña obra maestra entretejida de patetismo y sufrimiento, dominada por el cuerpo lívido de Cristo; Jesús y los dos ladrones sobresalen por encima de la multitud vociferante y plebeya, en la que se mezclan mujeres piadosas, curiosos y soldados, destacándose, en una especie de individualidad heroica, como portadores de valores alternativamente positivos y negativos, pero sin embargo eternos: el mal ladrón inclina significativamente la cabeza hacia el suelo, hacia la materialidad y el pecado, el buen ladrón levanta el rostro hacia el cielo, presintiendo ya su futuro destino; en medio, Cristo extiende sus brazos, abarcando el Bien y el Mal, pero con la cabeza reclinada hacia el Bien.

Volví a mirar el fresco. Lo que hasta antes había etiquetado simple e instintivamente como «bonito» adquiría una nueva imagen a mis ojos, a la luz de la explicación crítica. Vera Caglieris siguió leyendo:

> Los reiterados arrepentimientos del artista, los lapsos momentáneos de estilo no invalidan la belleza ni la importancia de la obra, que denota, por el contrario, una cierta práctica de la pintura al fresco, incluso en presencia de fallos técnicos. El gusto por los ricos detalles está atestiguado por los notables trazos dorados en las aureolas y túnicas de las figuras religiosas más importantes, junto con el uso de la plata en los arneses de los caballos y en las insignias militares. Además, el uso intenso del negro en gran parte de las figuras y sobre el fondo, como base preparatoria del fondo azul, y el hecho de que no sea negro de humo, sino negro de mica, confirman la formación nórdica del artista.

Cerró el libraco y me miró con aire divertido.

—¿Qué dices ahora? ¿Sigues pensando que te hago perder el tiempo con un pintor flamenco que murió en el siglo XVI?

—No lo sé. Está claro, por lo que dices, que hay un vínculo muy fuerte entre Clemer y Saluzzo, o más bien con toda la zona de Saluzzo. Y tal vez no sea sólo una coincidencia que su nombre aparezca en la investigación sobre cuatro chicas desaparecidas justo en esa misma ciudad.

—Tú eres el investigador. Sólo puedo añadir que nuestro amigo flamenco ha dispersado obras importantes tanto en la capital del marquesado, por ejemplo, el retablo de la Catedral de la Asunción y la tabla con la Virgen de la Misericordia en la casa Cavassa, como en varios pueblos de la zona. Pero su obra maestra sigue siendo el conjunto de frescos de la iglesia parroquial de Elva, una aldeíta de la sierra que está a 1.600 metros de altitud.

—¿Por eso se le llama el 'Maestro de Elva'?

—Durante muchos años, el autor de esta obra maestra se consideraba anónimo y los historiadores del arte se refirieron a él como tal. Sólo en las últimas décadas los estudiosos se muestran de acuerdo en que Clemer y el misterioso 'Maestro de Elva' sean una misma persona.

Vera Caglieris aceptó la invitación para tomar un aperitivo en el Pastis, un pequeño bar de estilo francés frente a la plaza Emanuele Filiberto, el corazón palpitante de la vida nocturna del Quadrilatero, a pocas decenas de metros del taller de la profesora-artista. Me sentí incómodo pidiendo un gin-tonic, mientras ella pedía el rubio sin alcohol «que vuelve loco a todo el mundo»[36]. Pero me la sudaba. Ni siquiera tenía que conducir, ya que había ido hasta allí en tranvía.

Nos despedimos media hora después, tras un par de charlas no precisamente estúpidas ni triviales como me solía pasar cuando estaba en compañía de mis amiguitas de siempre. Tal vez Giuliana hacía bien al desconfiar de mí, aunque su amiga no parecía especialmente interesada en mi encanto latino un tanto rústico. Y también añejo, a decir verdad.

Me dirigí a la parada del 3 con las solapas levantadas y las manos metidas en el bolsillo del chaquetón, maldiciendo el jodido frío que se te metía en los huesos. Sobre la gran plaza del mercado, despejada ya de puestos, furgonetas y gente vociferante, habían caído las primeras sombras de la tarde. Vi a un jubilado, gris como su desgastado abrigo, hurgando entre los montones de basura en busca de desperdicios todavía comestibles. Más allá, como chacales que esperan a su presa, pequeños grupos de traficantes norteafricanos parloteaban emitiendo sonidos guturales.

El tranvía llegó casi inmediatamente. Subí, me abrí paso entre la gente, validé mi billete y miré a mi alrededor como un Stanley cualquiera buscando al Dr. Livingstone en las selvas del Congo. En realidad, en aquella parcela de África despuntaban media docena de rostros pálidos, pero no se

---

36 Lema publicitario del Crodino, popular aperitivo italiano. (N. del T.)

parecían al médico escocés. En todo caso, tenían los rasgos balcánicos del albanés o del rumano. Sin perder de vista las manos rápidas de gitanos y ladronzuelos, me fui hacia la parte de atrás, y tras apoyar la espalda en la pared del tranvía, pude pensar tranquilamente en mis asuntos. Es decir, en los últimos progresos de la investigación. Y parafraseando el vacilante discurso de un conocido político, me pregunté: ¿qué tiene que ver una peruana ilegal de veinte años con un pintor flamenco muerto hace cinco siglos?

Capítulo 17

Dos rondas de Rovinato

Un día en la playa,
solo y con mil liras
vine a ver
esta agua y la gente de por allí,
el sol que brilla más fuerte,
qué és el estruendo del mundo,
busco razones y los motivos de esta vida,
pero a mi tiempo parecen faltarle pocas horas,
y caen sobre mi cabeza las risotadas de las damas.

Otra vez Paolo Conte. Decididamente Marchesini era un fanático del cantautor de Asti. Estaba degustando con calma una copa de Barbaresco, que no maridaba bien con la pizza a los cuatro quesos, pero en casa de Beppe era más fácil encontrar una buena botella de vino que una despensa bien provista. De hecho, cuando le pedí refugio en aquella melancólica tarde de principios de invierno, me lo concedió con una condición: «Sube dos pizzas, que en casa no hay un carajo que llevarse a la boca».

Miro a una camarera,
no habla, es extranjera.
Le meto un par de trolas a un tipo
sentado en un coche más allá

un coche que sabe a pintura,
a mujeres, a velocidad
y más allá zambullidas en el mar,
en el sol o en el tiempo, quién sabe,
niños gritando,
globos danzando.

Cualquier cosa menos un día de playa, como decía el título de la canción. Al salir de casa, el termómetro de la farmacia de la esquina marcaba dos grados bajo cero y por la noche la temperatura bajaría aún más. Sólo se estaba bien frente a una chimenea crepitante, con una copa de Barbaresco en la mano. Había vuelto con mi amigo el periodista para contarle las últimas noticias, que me habían disgustado no poco. Quizás él, que era más culto y sabía más que yo, me ayudaría a encontrar la punta del hilo de la madeja.

Te quedaste sola,
dulce y solitaria Madonna,
en las sombras de un sueño
o tal vez de una fotografía lejos del mar
con sólo un geranio y un balcón.

El abogado de Asti[37] concluyó su excursión al mar y yo empecé a incordiar a Marchesini con preguntas.

—¿Tú qué dirías? ¿Tendrá el tal 'Maestro de Elva' alguna relación con la desaparición de las chicas?

—Si crees en fantasmas...

—Vamos, Beppe, no seas capullo. Es la única carta que tengo en la mano, y si resulta que es un dos de picas[38], vete a buscar a la pobre Linda.

—Si yo lo entiendo, pero ¿qué sé yo de un pintor flamenco del Renacimiento? Soy un periodista, no un profesor universitario.

---

37 El cantautor Paolo Conte, nacido en Asti, es también licenciado en Derecho, por lo que se le conoce con el sobrenombre de «l'avvocato di Asti». (N. del T.)

38 En la baraja francesa y el Tarot, al dos de picas se le relaciona popularmente con la mala suerte, traición y cambios adversos. (N. del T.)

—Pero conoces a mucha gente en los círculos más variopintos. Pregunta por ahí sobre ese 'Maestro', ese es tu trabajo, ¿no?

—Lo que sea, con tal de que dejes de tocármelos.

Volvimos a concentrarnos en el Barbaresco, en el fuego de la chimenea y en las mil luces de la ciudad que brillaban a través del ventanal del balcón. Beppe no era alguien a quien le gustara hablar mucho, excepto cuando se ponía a tono con un aguardiente o con whisky. Y tampoco yo soy muy hablador. Nuestras tardes juntos estaban envueltas en largos silencios, como esos viejos matrimonios que han vivido juntos toda la vida y no necesitan muchas palabras para entenderse. Nosotros ni siquiera habíamos convivido un día, pero a veces preferíamos quedarnos así, con la boca cerrada, tomándonos una buena copa y fumando un cigarrillo en paz. Escuchando música y el sonido de nuestros pensamientos.

Marchesini fue fiel a su palabra. Como siempre, por otra parte. A media tarde del día siguiente me llamó al despacho, mientras yo hojeaba perezosamente las páginas del *Tuttosport* esperando que llegara la hora del aperitivo.

—Hola, chaval. Siempre he dicho que tienes una potra como tu culo de grande.

—¿Ah, sí? ¿Y cuál es el premio?

—Has ganado una pista que podría serte muy útil en la investigación de la niña india desaparecida. Pero te tienes que pagar una copa.

—¡Incluso una Magnum de champán! ¿Dónde nos vemos?

—¿Conoces esa vieja tasca en la calle Madama Cristina, cerca del periódico? Si te las apañas para pasarte por allí a las siete, tengo media horilla libre antes de que cierren las páginas.

—Recibido. Cambio y corto.

Tres cuartos de hora más tarde, entraba en Vinarium, una enoteca a la antigua usanza que seguía casi intacta desde los años sesenta con el mostrador de madera oscura rematado por una losa de mármol, botelleros hasta el techo y con carteles de vinos o vermús fuera ya de la circulación desde hacía años. Marchesini ya estaba allí, charlando de esto y aquello con un par de habituales, tomándose un brebaje rojizo en un vaso que tintineaba con el hielo.

—*Toh, a l'è rivà 'l gaucho*![39] ¿Te tomas también un Rovinato? —preguntó, levantando el vaso escarlata.

—¿Qué es eso?

—Más o menos como el Negroni, pero con vino blanco en lugar de ginebra. Ya sabes, a estas horas es mejor no pasarse.

—De acuerdo, vamos a por un Rovinato, entonces.

Mientras el camarero cacharreaba con el Campari y el vermut, cogí a Beppe por el brazo y me alejé de la barra, donde otros clientes habituales pululaban picando grisines de pan con sus copas de vino en la mano.

—¿Y? ¿Qué has averiguado?

—Te lo dije por teléfono: descubrí que tienes una potra como tu culo de grande.

—¡Venga, hombre!

—Lo juro. Sólo he tenido que hacer un par de llamadas a ciertos profesorazos de la universidad que colaboran con el periódico, un par de comentarios con compañeros de la sección de Cultura, y en nada he conseguido el dato adecuado.

—¿Cuál?

—No seas tan impaciente, bébete tranquilamente tu aperitivo y prepara la cartera, no creerás que te vas a librar de una segunda ronda, ¿verdad?

Cuando Marchesini se ponía así, sólo había una cosa que hacer: seguirle la corriente. Por suerte, la vieja tienda de vinos no sólo estaba llena del encanto de antaño, sino que también tenía precios honestos, así que no escapé mal. Levantamos dos vasos más de Rovinato y el periodista, después de mirarme de forma socarrona, se decidió por fin a desembuchar.

—Entre nuestros colaboradores de las páginas culturales también hay un tío raro que lleva años investigando sobre nuevas religiones y sectas satánicas.

---

39 «¡Ea, aquí llega el gaucho!», en dialecto piamontés. (N. del T.)

—¡Pues qué alegría!

—Sí, es un tipo bastante extraño. Pues bien, dio la casualidad de que estaba por allí justo cuando yo charlaba con el redactor jefe de Cultura. Y mientras le preguntaba si había oído alguna vez algo raro sobre el pintor flamenco conocido como el 'Maestro de Elva', el nota se ve que puso la oreja.

Marchesini hizo una pausa, echándose al coleto otro trago del aperitivo. Parecía disfrutar manteniéndome en vilo. Luego sacó un paquete de cigarrillos e hizo un gesto con la cabeza.

—Salgamos a echarnos uno.

En la acera había un par de clientes adictos al tabaco, a pie quieto bajo al relente, acurrucados dentro de sus abrigos, inhalando con avidez un rubio frente a los escaparates de la tasca. Encendimos los cigarrillos mientras un tranvía pasaba traqueteando por la calle, hasta que por fin Beppe reanudó su relato.

—Como te decía, le estaba explicando a mi colega que estoy siguiendo cierta historia en la que salía el nombre de ese bendito pintor flamenco, y he aquí que el tipo rarito salta sin que nadie le haya preguntado. «Pero, ¿necesita información sobre el verdadero 'Maestro de Elva'?» —dijo— ¿o quizás sobre cierta secta que explota su nombre en los círculos satánicos?

—¡*Carajo*! ¿Y tú qué le dijiste?

—Bueno, me quedé de piedra, por supuesto. ¿Qué coño sé yo de satanismo ni de esas chorradas? Sin embargo, como aún me queda un poco de instinto, enseguida me di cuenta de que podía ser una buena pista para tu investigación. Así que cogí al sujeto del brazo y me lo llevé a tomar un café, para que los demás no se enteraran.

—¿Y qué pasó? Que me tienes en vilo.

Lo que pasó es que este profesor Dalle Vigne sabe un huevo de cosas interesantes sobre esos grupos de lunáticos adoradores del diablo, y creo que casi lo voy a utilizar para un artículo del periódico.

—¡Venga ya, no me jodas!

—Que sí, que lo digo en serio. Y volviendo a tu historia, me dijo que había oído rumores sobre cierto satanista extranjero, al parecer francés, que se hace llamar el 'Maestro de Elva' porque se considera un pintor de la misma categoría que ese Hans Clemer, aunque prefiere temas bastante diferentes a los del artista renacentista flamenco.

—¿De qué tipo, por ejemplo?

—Pues no lo sé. Hablé con él sólo por encima unos quince minutos y luego me dediqué a otras cosas que tenía que hacer. No me pagan para investigar esas mierdas como a ti.

—Si supieras cuánto dinero saco con la pobre *doña* Pilar...

Volvimos al bar, medio tiritando. El barman seguía mezclando cócteles y sirviendo copas de Barbera o Chardonnay, y frente a la barra el número de bebedores había crecido a ojos vista. Era imposible llegar a los grisines y a los platillos de cacahuetes y patatas fritas sin empujar. Dejamos los vasos en una mesita y Marchesini miró la hora.

—¡Coño, ya son las siete y media! Me tengo que largar, si no el jefe me va a empezar a tocar las pelotas.

—Vale, pero ¿cómo puedo hablar con ese profesor Dalle Vigne para saber más?

—No te preocupes, el tito Beppe siempre piensa en todo. Ten —dijo, entregándome un papel doblado—, aquí está la dirección del profesor. Te espera esta noche sobre las diez y no te retrases, porque es de los que se van pronto a la cama.

—¡Eres grande, Beppino!

—Lo sé, lo sé. Si tenías pensada alguna cita con un ligue, será mejor que la pospongas, porque mañana el tipo tiene que irse a Londres y de allí se marchará a San Petersburgo. En resumen, o lo pillas esta noche o tendrás que esperar un par de semanas.

—No te preocupes, no tenía nada en cartera. Además, las mujeres pueden esperar, ¿no crees?

—Eso tú sabrás, que siempre tienes a unas cuantas zumbando alrededor. Yo, si pillara, aunque fuera sólo a una, sería capaz de cancelar una cita hasta con el mismísimo papa.

Capítulo 18
En casa de Satán

La molesta llovizna que caía desde hacía un par de horas se estaba convirtiendo en aguanieve. Podía ver los copos, todavía casi sólo agua, salpicando el parabrisas, que el chorro de aire caliente del ventilador se esforzaba en despejar. Y podía sentir los neumáticos cómo raspaban el asfalto antes de conseguir agarrarse, como si la carretera estuviera cubierta por una fina capa de granito. Tomé un par de curvas dejando atrás las escuelas salesianas de Valsalice y un par de verjas cerradas, tras las cuales se vislumbraban antiguas villas patricias, ocultas por altos muros y grandes árboles. Me detuve frente a un palacete con un pequeño jardín. Comprobé la nota de Marchesini: la dirección era correcta, pero la casa parecía casi abandonada.

Dejé el Alfa 147 en un hueco unos metros más adelante y me acerqué al portón. En una placa de metal desgastada por el tiempo estaba escrito Dalle Vigne. Llamé. El edificio parecía salir de principios del siglo pasado, en un estilo vagamente Art Nouveau en versión italiana. Tenía una torreta en la esquina, techos inclinados, la entrada con un pequeño porche y una terracita encima. Y un aspecto inequívocamente lúgubre, especialmente bajo el aguanieve y la tenue luz de una farola colocada a un lado de la puerta. Volví a llamar, esperando que en cualquier momento apareciera el sirviente tipo Frankenstein de la Familia Addams. En su lugar, abrió la puerta un tipo bajito con voz de gallina.

—¿Quién es? —preguntó.

—Profesor, soy Héctor Perazzo, el amigo del periodista Marchesini. Me dijo que me había concertado una cita aquí en su casa.

—Ah, sí... el detective. Pase, pase. Siéntase como en su casa.

Oí cómo se abría la verja y atravesé un corto camino que conducía a la puerta principal. Dalle Vigne era un tipo de edad indefinida, pero el cabello negro y abundante sin apenas canas en las sienes me hizo pensar que no era mucho mayor que yo. Llevaba una rebeca azul con botones dorados y pantalones grises, pero en los pies tenía unas pantuflas de esas típicas de los asilos de ancianos abandonados. Me condujo al vestíbulo, pobremente iluminado, y me hizo entregarle mi chaquetón, todavía húmedo por la llovizna. Luego me dijo que le siguiera y se internó por un oscuro corredor.

—Si no le importa, le atenderé en mi estudio, ¿sabe?, no quisiera ensuciar la sala de estar, si no a Rosa María luego no hay quien la aguante.

—Por supuesto, faltaría más. Con este tiempecito que hace ahí fuera, su mujer tendría razón.

—¿Quién, dice?

—La señora Rosa María.

—Ah, no, no estoy casado. Rosa María es mi hermana, pero no está aquí ahora porque se ha ido a la Riviera a hacer ejercicios espirituales. Si no encuentra la casa como es debido, cuando vuelva me va hacer una escena.

Entramos en una habitación bastante grande con un par de ventanas y una puerta que daba al pequeño jardín de la parte trasera de la casa. En las paredes había viejos grabados de Turín, un par de cuadros de temas religioso y un gran crucifijo de madera justo detrás de un escritorio abarrotado de libros y papeles. Enormes estanterías repletas de volúmenes ocupaban las paredes del estudio, y en un rincón una estufa revestida de azulejos enviaba destellos rojizos a través de su puerta de cristal templado. La única luz provenía de una lamparita de mesa situada sobre el escritorio.

Raimondo Dalle Vigne se sentó en una vieja poltrona tapizada con flores y me indicó que me sentara en la otra frente a él. Se puso a juguetear con una petaca de tabaco y cargó una pipa de brezo.

—Puede fumar, si lo desea —dijo—. Este es el único lugar de la casa donde se me permite. Con mi hermana he llegado a este pequeño compromiso: lo que hago en mi estudio no le concierne y ella no pone un pie en él.

—Gracias, lo haré con mucho gusto.

—El doctor Marchesini me dijo que le gustaría hacerme una consulta bastante particular, ¿estoy en lo cierto?

—Sí, profesor, en efecto así es.

—Verá, no es por presumir, pero creo que soy uno de los mayores expertos italianos en demonología y sectas satánicas, y quizás uno de los diez mejores de Europa; así que, si puedo serle de ayuda, lo haré con mucho gusto.

—Se lo agradezco infinitamente. Si me lo permite, le contaré brevemente de qué se trata.

Aunque era un poco extraño, el hombrecillo me inspiraba confianza, así que empecé a contarle la historia de la desaparición de Linda y de las otras chicas extranjeras; luego le hablé también de la carta enviada a Ucrania y de la conversación con Vera Caglieris sobre el ficticio 'Maestro de Elba', que quizás fuese en realidad el 'Maestro de Elva'. Le vi asentir varias veces, chupando con avidez su pipa. Cuando terminé la historia, se levantó, dio una vuelta alrededor del escritorio y se sentó sin decir una palabra. Abrió un ordenador portátil en el que yo no me había fijado hasta ese momento, medio escondido por los libros, y empezó a escribir en el teclado.

—Lo archivo todo aquí —dijo, mientras seguía trasteando en el ordenador—, y estoy seguro de que también hay algo sobre el 'Maestro de Elva', porque recuerdo muy bien que me habló de él un sacerdote francés con el cual estoy en contacto.

Levantó la mirada de la pantalla del ordenador por un momento, sonriendo.

—Un exorcista, para ser exactos.

Prosiguió con su búsqueda, mientras yo miraba a mi alrededor para pasar el tiempo. Miré los cientos de volúmenes colocados ordenadamente en los estantes. Cosas que ponían los pelos de punta. Había libros de todas clases y en todos los idiomas, muchos en inglés y francés, algunos en alemán, incluso en español. Observé varios títulos en latín: *Malleus maleficarum, Pseudomonarchia daemoni, De Nigromancia, Liber incantationum exorcismorum et fascinationum variarum, Libellus Veneri Nigro Sacer.* Y también *La Biblia Satánica* de Anton Szandor LaVey, *Satanismo y Demonología, Liber Aleph* de Aleister Crowley, *La Invocación de un Demonio, Il Grimorio del Papa Omorius, El Evangelio de las Brujas.*

En un momento dado, la voz del profesor Dalle Vigne me distrajo de esa escalofriante lectura.

—¡Aquí está por fin! Sabía que lo había metido en algún sitio.

—¿Ha encontrado algo sobre el 'Maestro de Elva'?

—Sí, me acordaba de un intercambio de correos electrónicos con el padre Durand, ese sacerdote parisino del que le hablaba. ¿Habla usted francés?

—Sólo cuatro palabras.

—Entonces le traduciré el mensaje. No voy a explicarle el trasfondo, pero estamos hablando de adoradores del diablo que se mueven a caballo de los dos países, Francia e Italia. A este respecto, el padre Durand escribe: «He sabido por un hermano de Aix-en-Provence que existe un nuevo grupo satánico italo-francés, activo entre el Piamonte y la Alta Provenza. Una entidad muy pequeña y secreta, pero muy peligrosa. A la cabeza estaría un pintor provenzal que cree ser la reencarnación de Hans Clemer, conocido como el 'Maestro de Elva'.»

Aunque me encontraba bastante cerca de la estufa, al oír las palabras de Dalle Vigne me corrió un escalofrío por la espina dorsal. Por primera vez, en esa extraña historia de chicas desaparecidas en el aire, me pareció vislumbrar una luz al final de la oscuridad. Pero no me gustaba nada esa luz. El erudito pasó a traducir el correo electrónico del exorcista transalpino.

—«Un informante le dijo a mi colega que la secta tendría incluso una especie de iglesia satánica donde los miembros se reúnen para oficiar sus ritos malignos. El templo, igualmente secretísimo, estaría situado en Italia; posiblemente en un valle de la provincia de Cuneo, que también es fácilmente accesible para los satanistas franceses».

El profesor se quitó las gafas de vista cansada y me miró exhibiendo una sonrisilla maliciosa.

—¿Qué me dice de esto, señor Perazzo? Parece un buen punto de partida para su investigación, ¿no?

—Desgraciadamente, sí. Lo digo porque si realmente hubiera vínculos entre esta secta de lunáticos y la desaparición de la hija de mi cliente, entonces la cosa pinta muy mal. Perdone el atrevimiento, profesor, pero ¿no tendría usted algo fuerte para rebajar lo que me ha contado? Esta historia me ha puesto los pelos de punta.

Dalle Vigne volvió a sonreír, esta vez de manera afable.

—Tiene suerte de que mi hermana Rosa María nunca ponga un pie aquí, le dan demasiado miedo estos textos de brujería y satanismo. Si no, ya se habría dado cuenta de que en el armario guardo el antídoto adecuado contra magos y demonios.

El erudito se levantó y abrió una hoja del armario que tenía a su izquierda. Con aire triunfante, sacó una botella de malta escocés muy añejo y dos vasos.

—Yo sólo tomaré una gota, porque mañana tengo que levantarme temprano para ir al aeropuerto. Pero usted sírvase libremente, esto está de primera y ahuyenta a cualquier fantasma.

—Gracias, después de lo que me ha dicho creo que me voy a tomar uno doble.

—Por favor, sírvase usted mismo. Pero permítame que le corrija respecto a lo que dijo antes.

—¿A qué se refiere?

—Usted habló antes de una 'secta de lunáticos'. Pues bien, como experto en el fenómeno, le diré que la suya es una opinión profundamente limitada. ¿Sabe usted algo de satanismo?

—Más o menos como de astrofísica o de literatura húngara.

—Bien, pues permítanme entonces hacerle una breve panorámica del fenómeno.

Dalle Vigne volvió a encender su pipa, le dio un trago al whisky y comenzó su pequeña conferencia. Se veía inmediatamente que era un profesor acostumbrado a sentar cátedra; pero, a diferencia de muchos otros docentes que había conocido, éste era bastante claro en sus explicaciones.

—Los estudiosos están más o menos de acuerdo en que en Italia hay al menos cinco mil de los llamados 'adoradores del diablo'. Pero cuidado, los que llamamos «organizados», es decir, aquellos que se adscriben a las iglesias de Satanás y a la verdadera tradición cultural demoníaca, no son más del diez por ciento.

—¿Y los demás?

—Perros sueltos, patanes, aprendices de brujo. En su mayoría, son jóvenes inadaptados que pertenecen a lo que llamamos «satanismo juvenil», un fenómeno alimentado por cierta subcultura que mezcla consignas anticristianas, música rock demoníaca, drogas y cómics *underground*. Y que ha encontrado una caja de resonancia planetaria en Internet. Ello no significa que esos grupúsculos, normalmente aislados y no relacionados entre sí, sean menos peligrosos. ¿Se acuerda de las Bestias de Satán?

—Claro, aquellos de Varese, creo.

—Eso es, habría que clasificarlos en la categoría de 'satanistas de andar por casa', ignorantes y superficiales. Y, sin embargo, como se comprobó, resultaron muy peligrosos, incluso dispuestos a cometer terribles delitos como el asesinato. Pero la mayoría de ellos, créame, se limitan a parodiar las misas negras que se ven en el cine y a profanar cementerios e iglesias rurales.

—¿Y qué pasa con los demás, con los organizados?

—Son potencialmente más peligrosos, porque se trata de personas bien educadas, a menudo ricas y perfectamente integradas en la sociedad: intelectuales, profesionales, ejecutivos, industriales. Personas que han estudiado a fondo los textos sagrados del satanismo y que se han ramificado por Europa y el resto del mundo.

—¿Cree usted que el misterioso Maestro de Elva podría formar parte de esos círculos?

—No sabría decirlo. Como le decía, son grupos potencialmente peligrosos, pero en realidad no hay pruebas de que hayan cometido nunca delitos graves: saben que están en el punto de mira de la policía, por mucho que intenten dar a su organización una apariencia secreta y esotérica, y también saben que si cruzaran el límite de la ley se acabaría sabiendo tarde o temprano.

Me serví otro trago de whisky, cada vez más desconcertado por lo que me estaba contando Dalle Vigne. No dudaba de sus palabras y de su incuestionable conocimiento del fenómeno, pero me parecía que el profesor estaba describiendo otro mundo, lejano o quizás paralelo al que yo vivía cada día. La idea de que hubiera buena gente de clase media que, por la noche, después de quitarse la camisa y la corbata o la bata de médico, se pusiera una capucha negra para ir a rendir homenaje al diablo, más que asustarme me daba risa. A mí sólo me parecían unos capullos fanáticos, pero, al mismo tiempo, el cuadro que me pintaba Dalle Vigne me dio que pensar. Sobre la fragilidad de la naturaleza humana, sobre las desviaciones de la psique, incluso sobre esta extraña ciudad al parecer siempre suspendida entre el Bien y el Mal.

Definitivamente, Turín no es Buenos Aires, en nuestro país el Mal es mucho más pedestre: narcos, militares criminales, terroristas asesinos, pistoleros callejeros. Y terratenientes locos que te fumigan glifosato desde el cielo para desbrozar sus campos de soja tan grandes como una provincia.

Capítulo 19
Triángulos

Como si hubiera leído los pensamientos que se arremolinaban en mi cerebro, el profesor Dalle Vigne sonrió y extendió los brazos en un gesto de preocupación.

—Qué se le va a hacer, esta es una ciudad peculiar. No hace falta ser un experto en ocultismo para darse cuenta de ello. Ahora incluso los operadores turísticos organizan visitas por la Turín mágica y esotérica. Parece ser un tema que siempre cuenta con cierto éxito, por no hablar de las docenas y docenas de publicaciones sin una pizca de base científica que se pueden encontrar en las librerías y en los puestos de segunda mano.

—Pero, según usted, ¿hay algo de verdad en el fondo?

—Qué quiere que le diga, mi querido señor, soy de la opinión de que, si se habla tanto de un determinado tema, y desde hace muchas décadas, incluso siglos, entonces debe de haber algo de verdad en ello. Pero de ahí a dar por bueno lo que dicen los profesionales del esoterismo, eso es otra cosa.

—Profesor, confieso mi ignorancia, pero siempre he oído hablar de Turín como una ciudad mágica, el vértice de dos triángulos.

—Cierto, el triángulo de la magia blanca, junto con Praga y Lyon, y el triángulo de la magia negra con Londres y San

Francisco. Esa es la primera lección de todo aspirante a ocultista en Turín. Por resumir, el vértice 'blanco' es el punto de apoyo de la energía positiva, se colocaría en la plaza Castello, frente al Palacio Real, donde están las estatuas de Cástor y Pólux; mientras que el 'negro' estaría en la plaza Statuto, donde el paso del paralelo 45° está señalado con un extraño obelisco en cuya cima no hay ninguna cruz, como ocurre en muchas otras ciudades italianas.

—¡Joder!, nunca me había fijado en eso.

—Si pasa por allí de noche, se puede topar con extraños personajes, adoradores del Mal, según se dice. Pero es más probable que sean chicos jóvenes fascinados por leyendas góticas. Sin embargo, hay que admitir que la zona de la Piazza Statuto siempre ha tenido mala fama, se la considera el 'corazón negro' de la ciudad por estar situada al oeste de la zona urbana y, por tanto, según los antiguos romanos, en una posición nefasta por su orientación hacia la puesta de sol, en los confines entre el Bien y el Mal; y también era el lugar donde se ejecutaba y enterraba a los condenados a muerte. Por cierto, no muy lejos se encuentra el famoso Rondò d'la forca, donde se ejecutaban las penas de muerte hasta 1863.

Tragué y sentí la garganta seca, como si me hubieran pasado papel de lija por el paladar. Puede que fuera el whisky o el ambiente más bien lúgubre de la villa de Dalle Vigne, pero esas historias tenían poder de sugestión incluso en un escéptico certificado como es un servidor, aunque siguiera pensando que esas paparruchas sólo hacían presa en locos o ingenuos. Encendí otro cigarrillo y pedí permiso para volver a servirme otro vasito de escocés de malta. El profesor sonrió una vez más.

—No me diga que le estoy asustando.

—No es miedo, pero confieso que son historias bastante inquietantes.

—Verá usted, lo oculto siempre ejerce una extraña atracción sobre todos nosotros, especialmente cuando se trata de la presencia del Maligno. Lo bueno tiene menos atractivo, diría un anunciante.

—¿En qué sentido?

—Turín es la capital indiscutible de los llamados 'santos sociales' de la Iglesia católica: Don Bosco, al que todo el mundo conoce; pero también San José Cottolengo, fundador de la *Piccola Casa della Divina Provvidenza*; San Leonardo Murialdo, que creó el internado *Artigianelli* para niños huérfanos y la congregación de San José. Y también San José Cafasso, el cura de los presos, que acompañaba a los condenados a muerte a la horca situada en la misma rotonda que hemos mencionado antes. Y Santa María Mazzarello, Santo Domingo Savio, y el Beato Faà di Bruno.

—Efectivamente, esos nombres me suenan.

—Tal vez porque los leyó en las placas de las esquinas. Pero en realidad seguro que no sabe nada de estos personajes, como la mayoría de los turineses. Luego, si aparece un libro sobre la Turín mágica y la presencia del diablo en la ciudad todo el mundo lo compra.

—Tiene razón, es un poco el mismo principio por el que millones de espectadores ven *realities* y programas basura.

—En cierto modo.

Dalle Vigne volvió a trastear con su pipa, que entre tanto se le había apagado. Luego se levantó a reavivar el fuego de la estufa, añadiendo un poco de leña. Desde la ventana del fondo de la casa, podía ver que las gotas de lluvia ahora se habían convertido en copos de nieve: caían lentamente, ligeras como plumas, y cubrían implacablemente el suelo bajo un manto fino y uniforme. El profesor volvió a sentarse en su escritorio y me miró con ojos graves.

—Hasta ahora le he contado algunas historias casi folclóricas, pero si todavía tiene diez minutos, quiero contarle un episodio mucho menos simpático. Un asunto, se lo confieso, que me ha causado inquietud incluso a mí mismo, que estoy bastante familiarizado con el tema.

—Estoy intrigado.

—¿Ha oído hablar del incendio del cine Statuto?

—Leí algo en los periódicos.

—Han pasado más de treinta y cinco años, pero, sin embargo, recuerdo aquel maldito domingo como si fuera hoy. Sesenta y cuatro muertos, casi todos ellos jóvenes y niños, asfixiados por el monóxido de carbono y el ácido cianhídrico que desprendían los asientos quemados. Los socorristas alinearon los cadáveres ennegrecidos sobre la acera de la calle Cibrario, frente al cine: parecía una escena de guerra.

—Vi fotos en Internet, realmente terribles.

—Las salidas de emergencia estaban cerradas y el mobiliario de la sala era altamente inflamable, en pocos minutos aquello fue un infierno. Una masacre. Pero esa es la crónica periodística, ahora quiero contarle un par de cosas que siempre han permanecido en el fondo de aquella tragedia, a pesar de que incluso dos autores serios y autorizados como Vittorio Messori y Aldo Cazzullo lo mencionaron en su libro *El misterio de Turín.*

Cerró los ojos y juntó las manos delante de la cara, como si fuera a rezar. El estudioso del ocultismo y el satanismo parecía realmente conmovido.

—Sólo voy a enumerar una serie de hechos, uno tras otro. Primero: el cine Statuto llevaba el nombre de la plaza que e encuentra a sólo doscientos metros. Segundo: ese día se proyectaba la película francesa *La cabra,* que en argot significa 'gafe', 'desgracia'; pero, como sabe, el macho cabrío es también el símbolo del diablo. Tercero: unos días antes, con la bendición y el patrocinio del ayuntamiento dirigido por el alcalde comunista Diego Novelli, se había celebrado un 'carnaval esotérico'.

—Extrañas coincidencias, sin duda.

—Hasta aquí los hechos escuetos. A continuación, le confiaré un par de detalles más que dan que pensar. En primer lugar, la extraña simetría en el número de víctimas: 31 hombres, 31 mujeres, un niño y una niña. Además, está la curiosa y repetida presencia del número 6: el incendio comenzó poco después de las 18:00 horas, es decir, a las seis de la tarde; las seis puertas de seguridad estaban cerradas para evitar que nadie accediera sin entrada, como ocurría a veces en la época; la dirección del cine, en el número 16. Como usted sabrá, el 666 es considerado el número de Satanás.

Volví a tragar saliva y me sentí incómodo, aunque cada vez más intrigado.

—¡Vaya, hombre! Si que son inquietantes esas casualidades.

—Siempre que se trate de casualidades. Pero ahora agárrese: varios testigos coinciden al afirmar que la noche anterior a la masacre del Statuto se celebró una reunión en el parque de la villa de la Reina con representantes de varias sectas satánicas italianas y extranjeras. Hubo disputas y amenazas de escisión y, al parecer, un gran maestro francés amenazó, en venganza, con un acto de purificación e inmolación de inocentes a Satanás.

De nuevo sentí un escalofrío que me recorrió toda la columna vertebral, hasta la nuca, y que no sólo era producto de que la estufita de azulejos se estaba apagando. Era una sensación que empezaba a irritarme porque yo no creía una palabra de extrañas historias sobre apariciones satánicas y adoradores de machos cabríos. Sin embargo, era un malestar irracional que me costaba controlar. Y la cara de Dalle Vigne no contribuyó a aliviar la tensión, porque era todo menos serena. Intenté desdramatizar con una broma.

—Vamos, profesor: usted es un hombre de ciencia, ¿no creerá realmente que fuera obra del diablo?

—No lo sé, señor Perazzo, realmente no sé qué decirle. Es difícil creer ciertas cosas, pero desde mi punto de vista también es absurdo tratar tantos detalles como si fueran meras coincidencias. Por supuesto, también se puede decir que el «Carnaval esotérico» fue una provocación estudiantil y que *La cabra* es sólo una película divertida con Gérard Depardieu. Y que la culpa de aquella tragedia la tuvieron únicamente quienes habían dejado cerradas las salidas de emergencia y el hecho de que en aquella época todos los cines italianos tenían butacas y cortinas inflamables. Puede, pero es una explicación insuficiente, que no me satisface.

—En su opinión, ¿estuvo realmente por medio la garra del diablo, o al menos de sus adoradores? ¿En serio quiere decir que son tan poderosos?

—Por el amor de Dios, Perazzo: no soy tan ingenuo. Lo bueno de estos argumentos es que dan para mil hipótesis, cien pistas, pero al final ninguna prueba. Que yo sepa, incluso la justicia ha intentado verificar la pista satánica, pero al final se ha replegado hacia el delito más tranquilizador de homicidio culposo múltiple debido a la omisión de las medidas en materia de seguridad.

—¿Así que los adoradores del diablo al final no tuvieron nada que ver?

Dalle Vigne sonrió, con un vago aire mefistofélico. Extendió los brazos, como para tomar prudente distancia de lo que le acababa de decir.

—Usted es detective, debería saber que la verdad en un juicio no siempre coincide con la verdad con V mayúscula.

—Yo ya no entiendo nada. Primero me explica que los verdaderos satanistas no suelen ser peligrosos porque saben que son pocos y están en el punto de mira de la policía. Pero luego saca a relucir la historia del cine del Statuto y me hace suponer que detrás de aquello podría estar también la mano de un grupo de adoradores de Satanás. ¿Dónde quiere ir a parar?

—Oh, a ninguna parte, se lo aseguro. Usted me pidió una opinión sobre la desaparición de las muchachas y sobre esta pista concreta del Maestro de Elva, y yo me he limitado a darle una visión general de la actividad de las sectas satánicas en nuestra ciudad. Aunque es muy raro que se manchen con delitos graves, no se puede excluir a priori.

—En resumen, ¿me está diciendo que las chicas pueden haber sido secuestradas o incluso asesinadas en nombre del diablo?

—Le invito a que también considere esta hipótesis, por muy absurda que pueda parecer a los ojos de una persona normal.

—¿Y qué me aconseja que haga?

—Esta misma noche le escribiré un correo electrónico a mi amigo el exorcista francés, les pondré en contacto y puede que tenga más información que ayude a identificar a ese pintor que cree ser la reencarnación maligna del Maestro de Elva.

Salí de la casa de Dalle Vigne con la cabeza confusa y pesada por el mucho whisky y por los funestos pensamientos que el profesor me había ido inculcando con su charla. Y sentí un peso en el estómago que ni siquiera la blancura de la nieve sobre la ciudad dormida pudo aliviar.

Capítulo 20
Meditaciones desde las alturas

La oficina era igual a tantas otras por las que ya antes me había tocado pasar. El escritorio abarrotado de expedientes y con banderitas y misiones operativas puestos en la pared, entre un calendario de la Benemérita y uno de la Policía Estatal. Además, había un gran ficus en el rincón, armarios llenos de papeles y una pequeña mesa con un ordenador para registrar los interrogatorios.

Frente a mí, impasible con sus ojos claros y su traje gris bien cortado, el fiscal adjunto doctor Gianni Pinto escuchaba en silencio. Estábamos solos. Esta vez ni siquiera estaba el agente que había redactado el informe unos días antes, cuando me había presentado con *doña* Pilar. «Considerémoslo una reunión informal con una fuente confidencial», había atajado el magistrado en el despacho mientras me invitaba a sentarme. Seguía mis palabras asintiendo con decisión y, de vez en cuando, con su Montblanc dorada, anotaba algo en un pequeño cuaderno azul.

Le hice saber mis sospechas. Sobre el pintor de Elba, que quizás era en realidad el 'Maestro de Elva', quien, a su vez, como no podía ser el difunto artista flamenco Hans Clemer, era con toda probabilidad un satanista francés que se había metido en la cabeza cualquier locura en perjuicio de Linda y las otras chicas. Pero no, sin ninguna prueba, por desgracia. Sólo suposiciones e hipótesis peregrinas, ya me daba cuenta, pero que tal vez podrían representar una importante línea de investigación.

Pinto asentía y continuaba garabateando notas en su cuaderno. Me preguntó si había alguien que pudiera identificar al misterioso pintor transalpino o, al menos, aportar otros datos para rastrear su identidad. Lo había, en efecto: el religioso de Aix-en-Provence que le había hablado al padre Durand de la secta satánica italo-francesa. Yo seguía esperando todavía una respuesta del exorcista parisino amigo de Dalle Vigne y esperaba que consiguiera ponerme en contacto, lo antes posible, con el sacerdote provenzal, un tal padre Lucien Lacombe.

El magistrado de la fiscalía de Saluzzo me despidió dándome mil veces las gracias. Dijo que mis apreciaciones serían muy útiles y que él mismo coordinaría en persona la investigación de la policía judicial. Luego, cuando llegó el momento de despedirse, me tomó del brazo con una familiaridad que chocaba con su imagen de hombre frío y distante.

—Señor Perazzo, por el momento le rogaría que no dijera una sola palabra sobre nuestra conversación. Ni de sus sospechas sobre esa secta satánica fantasma.

—¿Ni siquiera a mi cliente?

—Será mejor que no. No olvide que sólo es una pista inicial y que podría asustar a la señora Ramírez Montoya sin motivo. Además, no es aconsejable divulgar una información tan confidencial; si esta organización secreta existe realmente, sería preferible no ponerlos en guardia.

—Tiene razón, mantendré la boca cerrada.

—Ah, Perazzo, haga lo mismo con esos amigos suyos del periódico.

—Muy bien. ¿Pero cómo sabe que conozco a periodistas aquí en Saluzzo?

Sonrió con malicia, entrecerrando sus ojos claros y fríos como el hielo.

—Esta es una ciudad pequeña y yo soy el fiscal adjunto, procurador de la República, no lo olvide nunca.

Salí del juzgado con una sensación desagradable en las tripas. ¿Se les había escapado algo a los periodistas de La Voce di Saluzzo? ¿O es que Pinto me estaba vigilando? Instintivamente agarré el móvil que llevaba en el bolsillo: no hacía falta gran cosa para que un magistrado mandara pincharme el teléfono. O para meterme un artilugio en mi coche o en la agencia. Pero, ¿por qué? ¿Sospechaba algo de mí o sólo quería vigilarme para saber de antemano lo que descubriría en el curso de la investigación?

Me pasé por la redacción del periódico para ver si había alguna novedad, pero decidí que, al menos por el momento, sería mejor mantener el pico cerrado, y no sólo por no contradecir las indicaciones del magistrado. Agitar las aguas sobre la fantasmagórica secta satánica corría el riesgo de provocar peligrosos efectos colaterales. De poner a esos delincuentes en alerta y posiblemente hacer correr un peligro innecesario a Linda y a las otras chicas. Siempre que aún estuvieran vivas.

Alex Giacchero estaba fuera buscando noticias, así que fue Marchisio quien me mostró con entusiasmo, directamente en la pantalla del ordenador, la portada del periódico que iba a salir al día siguiente.

—¡Se la vamos a meter por el culo hasta el fondo a la competencia! Le vamos a hacer un agujero que lo van a recordar por mucho tiempo.

El titular a siete columnas era lapidario: «Desaparecida otra joven en Saluzzo». Antetítulo: «La joven peruana de 19 años había llegado a la ciudad para una entrevista de trabajo». Subtítulo: «Una organización estaría detrás del cuarto secuestro. La investigación conduce a la isla de Elba». Debajo, una foto grande de la placita Dei Mondagli, el último lugar donde se vio a Linda, y luego, más pequeña, una reproducción de la fotografía de la joven en el parque Valentino. Más abajo, en un recuadro, se citaban los nombres de las otras chicas desaparecidas con anterioridad, y a la derecha, en cursiva sin firma, criticando la labor de la judicatura y las fuerzas del orden, se leía: «Ese silencio de la fiscalía». El reportaje continuaba en las páginas interiores, con detalles y análisis en profundidad. También había una entrevista con los empleadores de Lyudmila, pero afortunadamente no se me mencionaba, como yo se lo había pedido explícitamente a los periodistas. Por una vez, habían sido fieles a su palabra.

Le pregunté al redactor jefe si había alguna novedad al respecto, pero negó con la cabeza, todavía excitado imaginando la cara que pondrían los periodistas de los otros periódicos locales cuando vieran la primicia de La Voce en la primera página.

—No es gran cosa, pero será mejor que le preguntes a Alex. Todo lo que sabemos es que se supone que un inspector bajará a la Toscana en los próximos días para seguir el rastro de Elba, pero creo que, después de leer el periódico de mañana, Pinto lo mandará allí a puntapiés mañana mismo a primera hora, ¡je, je, je!

—Sí, yo también lo creo —mentí, sabiendo perfectamente que el fiscal adjunto ya estaba trabajando en una hipótesis muy diferente.

Me despedí de Marchisio y me dirigí al aparcamiento donde había dejado el coche. Hacía frío, pero era uno de esos raros días de invierno en los que no hay ni una nube y el cielo está tan despejado que anula las distancias. La corona de montañas nevadas parecía envolver casi toda la llanura del Piamonte, aún brillante por la escarcha.

Miré a mi alrededor: no era un gran experto en geografía, pero podía distinguir claramente, en la distancia, las sierras de los Alpes Bielleses; luego, los picos más familiares de los valles de Lanzo y Susa, incluyendo la punta medio inclinada de Rocciamelone. Desplazando la mirada hacia la izquierda, aparecían las montañas de los valles del Chisone y del Pellice; luego, el afilado macizo granítico de Monviso, semioculto por las primeras elevaciones del valle del Po. Girando la mirada de nuevo hacia el sur, podría vislumbrar las cumbres nevadas de los otros valles de Cuneo, los llamados *valados ousitanos*, hasta llegar a los últimos Alpes Marítimos y las primeras estribaciones de los Apeninos, que separan el Piamonte y la Liguria, montaña y mar, llanura del Po y Mediterráneo.

Encendí un cigarrillo y miré el reloj: aún no era mediodía. Si me hubiera dado prisa, habría tenido tiempo de darme un salto hasta el Pian della Regina, justo encima de Crissolo, donde cocinaban una polenta con jabalí para relamerse. Después de todo, razoné, podía permitirme media jornada de vacaciones. Sobre todo, con un sol tan brillante, después de semanas de lluvia, nieve y huesos doloridos por culpa de la humedad. Media hora más tarde, el Alfa, sin cadenas ni neumáticos de nieve, afrontaba sin miedo las empinadas curvas del valle del Po. Por suerte el asfalto no estaba resbaladizo, ya que el hielo nocturno se había derretido con el sol y menos mal que tampoco se veía ni un alma cerca. Al borde de la carretera provincial, los montones de nieve hacían aún más estrecha la ya de por sí estrecha carretera, y los postes de hierro amarillos y negros indicaban la ruta correcta, ya que las vallas de protección estaban totalmente cubiertas.

El Refugio de la Polenta estaba a 1.800 metros de altura, antes de las últimas curvas cerradas que suben hasta el Pian del Re. Allí arriba, a más de 2000 metros, justo debajo del macizo del Monviso, nacía el Po. El aparcamiento estaba casi vacío. Un par de coches, una autocaravana alemana, una furgoneta con matrícula francesa. Delante de la cabaña ondeaba una bandera roja con la cruz cátara y una estrella, el estandarte de Occitania. El interior era tal y como lo recordaba: paredes de piedra, vigas de madera vista, viejos aperos de labranza colgados en la pared, mesas espartanas con manteles rojos y blancos. En la parte del fondo, troncos de madera crepitaban en una hermosa chimenea abierta en la roca.

Ni siquiera la cocina traicionó el recuerdo. Un par de *antipasti* rústicos y luego un maxi plato de polenta humeante y estofado de jabalí al *civet*. Media jarra de un Barbera de Alba con mucho cuerpo me ayudó a engullir el almuerzo, al final del cual no podía faltar el *bonet*[40] preparado por la mujer del dueño. Después de un café y una copa de *genepy*[41] casero, salí a la explanada a fumar. A esa altitud la temperatura era bastante dura, pero si te ponías al sol, en un lugar protegido de la fresca brisa de la montaña, se estaba bien. Incluso muy bien.

Por unos minutos me olvidé de Linda, de los satanistas, del poder judicial y de los periódicos. Dejé que mi mirada se paseara libremente 360 grados alrededor, contemplando los picos blanqueados por la nieve, el cielo color cobalto, las estelas blancas que dejaban los aviones que sobrevolaban los Alpes, la masa oscura de los pedregales y las paredes rocosas. También me pareció vislumbrar la silueta de una cabra montés saltando entre los pliegues de un sombrío barranco, pero tal vez fuera sólo un resplandor. El silencio era casi absoluto, apenas roto por el motor de un coche que subía jadeante por las curvas cerradas, y por el susurro del viento en el techo del refugio.

Di una última calada a mi cigarrillo, levantándome las solapas y arrebujándome en el chaquetón para protegerme de aquel frío cortante. Me vino a la cabeza un lejano viaje a los Andes, cerca de Mendoza. Las últimas vacaciones sin preocupaciones con los amigos del instituto antes de entrar en el mundo de los adultos. Antes de hundirnos en el delirio de la masacre fratricida entre argentinos, en la pesadilla de la guerra sucia y el terrorismo. En el pozo sin fondo de las muertes y los *desaparecidos.*

Bastó pensar en esa palabra, «desaparecidos» para acordarme con angustia de Linda y las otras chicas evaporadas en el aire. Quizás se escondían allí mismo, en esas montañas tan blancas y perfectas que te producían la ilusión de estar lejos de la fealdad del mundo. Sin embargo, como solía decir siempre, Turín no es Buenos Aires. ¡Ya no digamos Saluzzo! Aquí no podía haber *desaparecidos* como en mi lejana y

40 Pudding típico de la región del Piamonte. (N. del T.)
41 Licor de hierbas típico de la región. (N. del T.)

atormentada patria... Gente eliminada por motivos políticos, hecha desaparecer en la nada como si se la hubiera tragado la tierra.

Tiré la colilla, cabreado. El breve momento de serenidad ya había quedado atrás. Huir de todo eso era inútil. Subí a mi coche moqueando y retomé la sinuosa carretera provincial que me llevaría de vuelta al valle.

Capítulo 21

Muerto que habla

La voz de Hugo del Carril brotó cristalina por los altavoces del ordenador, trasladándome a muchos años atrás, al salón de nuestra casa en Buenos Aires. Por un momento fue como volver a ver a mi madre mientras colocaba cuidadosamente la aguja en el disco de vinilo, y escuchar al viejo tocadiscos reproducir, crujiendo y graznando, las cadenciosas notas de la *Marcha peronista.*

Los muchachos peronistas
todos unidos triunfaremos,
y como siempre daremos
un grito de corazón:
¡Viva Perón! ¡Viva Perón!

Ahora el disco de vinilo había sido reemplazado por un archivo en mp3 y el viejo tocadiscos por un portátil conectado a Internet, lo que me permitía darme el gusto con unos caprichos que unos años antes me habrían parecido cosa de marcianos. Cosas del tipo de leer la portada del diario *Clarín,* escuchar en directo los partidos del Independiente gracias a las radios online argentinas y hasta volver a sentir ritmos y canciones que creía haber enterrado en el baúl de los recuerdos.

Por ese gran argentino
que se supo conquistar
a la gran masa del pueblo
combatiendo al capital.

¡Perón, Perón, qué grande sos!
¡Mi general, ¡cuánto valés!
¡Perón, Perón, gran conductor,
sos el primer trabajador!

El general se ha ido hace más de cuarenta y cinco años ya, pero el peronismo no. Sigue vivo, aunque ahora ya se haya reducido a una forma anodina de socialdemocracia o a una hoja de parra para los modernos caciques. Pero escuchar las notas de la *Marcha Peronista* seguía proporcionándome un estremecimiento de emoción. Incluso en aquella tarde de domingo de diciembre, mientras miraba distraídamente las imágenes televisivas de la liga de fútbol italiana a la espera de la transmisión en directo del Vélez Sarsfield contra el Independiente, un partido clave del campeonato argentino emitido por satélite. Un partido, por otra parte, que no pude llegar a ver.

El teléfono sonó a las diez y media, cuando en el estadio José Amalfitani de Buenos Aires, apodado «El Fortín», el árbitro estaba a punto de pitar el comienzo. Me pregunté quién sería el pelmazo que llamaba a esas horas, pero nunca me pude imaginar que escucharía la voz estridente del profesor Raimondo Dalle Vigne.

—Señor Perazzo —dijo con un tono acalorado que no me pareció normal—, escúcheme, ha ocurrido algo muy grave.

—Profesor, ¿desde dónde llama?

—Todavía estoy en Londres, mañana salgo para Rusia. El padre Durand acaba de llamarme desde París. Una cosa terrible... se lo ha contado esta noche por teléfono otro hermano religioso.

—Cálmese, porque no me entero de nada. ¿Le ha pasado algo al padre Durand?

—¡No, a él no! Al Padre Lacombe, su amigo el de Aix-en-Provence.

—¿El que sabía lo del Maestro de Elva y de la secta satánica italo-francesa?

—Sí, el mismo.

—¿Y qué le ha pasado?

—Ha muerto.

De pronto me sentí mareado, todo comenzó a darme vueltas, tanto que tuve que sentarme en el sofá, empuñando aún el móvil en la mano, que se me quedó colgando. Y empezó a rondarme una sola idea en la cabeza: no podía tratarse de una coincidencia. Oí la voz de Dalle Vigne en el aparato.

—¡Perazzo! ¡Perazzo! ¿Qué le ha pasado? ¿Sigue ahí?

—Sí, profesor, le escucho.

—¿Entiende lo que le he dicho? El padre Lacombe está muerto.

—Lo he entendido perfectamente. ¿Cómo ha ocurrido?

—El padre Durand me ha hablado de un accidente en plena calle. Un conductor que se dio a la fuga lo atropelló mientras cruzaba por un paso de cebra y se largó sin pararse a socorrerlo. Aunque poco se habría podido hacer, murió instantáneamente.

Permanecí en silencio un momento.

—Dalle Vigne, ¿está usted pensando lo mismo que yo?

—Por supuesto. Yo creo en las casualidades, pero no hasta ese punto. Por cierto, la Gendarmería ha descubierto que el coche había sido robado horas antes cerca de Marsella.

Un trabajo limpio y profesional. Apostaría a que tarde o temprano los gendarmes encontrarían quemado el coche. Nada de huellas, ni rastros biológicos. Sólo un amasijo humeante abandonado en el campo, lejos de miradas indiscretas. Fue el estudioso de las nuevas religiones quien formuló la pregunta que llevaba ya un par de minutos planeando sobre nosotros como un cuervo negro.

—Perazzo, ¿pero usted con quién ha hablado?

—Sólo con el magistrado que dirige la investigación de las chicas desaparecidas. Él mismo me aconsejó que no filtrara nada, para no alarmar a la secta.

—Pues debe de haberse filtrado —sentenció.

—Es posible, seguro que él habrá hablado con sus agentes de la policía judicial, quienes habrán contactado a su vez con sus colegas franceses. Y a alguien se le ha tenido que escapar la información.

—Debe haber un topo. En Saluzzo o en Aix-en-Provence.

—Tal vez. A menos que los satanistas ya estuvieran vigilando al padre Lacombe y al padre Durand. Quizás interceptaron alguna de sus conversaciones.

—Es una hipótesis que no hay que descartar.

—Profesor, ¿su amigo el exorcista no había tenido contacto con el padre Lacombe últimamente?

—No, me dijo que como iban a verse dentro de unos días, habían aplazado tratar el asunto hasta que se encontraran en persona. Pero Durand le había dado mi número de teléfono o mi dirección de correo electrónico; y creo que también le había dado los de usted, porque me los pidió por correo electrónico hace unos días.

—Y ahora ya es demasiado tarde para llamar al Padre Lucien...

Terminamos la conversación prometiendo mantenernos en contacto e instándonos mutuamente a estar lo más alerta posible. A ninguno de los dos se nos escapaba la posibilidad de que no sólo el pobre padre Lacombe estaba en el punto de mira de los satanistas, sino cualquiera que los investigara. Empezando por un servidor.

Fui a la cocina y cogí un llavín del cajón de los cubiertos. Luego me dirigí al dormitorio, donde saqué del armario una pequeña caja de madera cerrada con un candado. La abrí y volteé entre mis manos mi vieja Glock 17 calibre 9, limpia y lubricda porque no la había usado desde hacía unos meses. Si el Maestro de Elva o cualquiera que fuese intentaba cobrarse mi pellejo, bueno, al menos no me iba a encontrar con las manos vacías. Comprobé el mecanismo de la pistola semiautomática, llené el cargador y la coloqué sobre la mesilla de noche, junto a la cama. Ahora contaba con diecisiete amiguitos de plomo para hacerle un coro de bienvenida a ese satanista de los cojones.

El teléfono volvió a sonar. Era Giuliana. Hacía días que no nos veíamos y se puso a charlar de cosas triviales, como suelen hacer los amantes cuando no se entregan a actividades más divertidas. Pero no estaba de humor para tonterías, así que le hice saber que tenía la cabeza bastante ocupada con problemas del trabajo.

—Sigues siendo el mismo romántico de siempre, no sé cómo puedo soportarte.

—Ten paciencia, estoy en un momento muy delicado del caso.

—Vale, está bien... Ya sé de qué pasta estás hecho. Al menos echa un vistazo a tu correo electrónico: te he enviado un juego chulísimo, a lo mejor te ayuda a relajarte un poco.

Nos despedimos con las ñoñeces habituales y, como todavía tenía el ordenador encendido, miré el buzón del correo. Ahí estaba el mensaje de Giuliana, enviado a las 19:55, y había otros tres que aún no había abierto. Uno era un anuncio americano de viagra y pastillitas mágicas similares, el otro el boletín de un restaurante argentino y el tercero, que llegó a las 12.30 horas, tenía en el espacio del remitente un nombre desconocido.

En otras circunstancias lo habría borrado y lo habría marcado como spam, pero al fijarme en su dirección de correo me contuve porque el sufijo final «*.fr*» indicaba que era de un usuario que escribía desde Francia.

Abrí el mensaje, enviado desde la cuenta *albert.guichard@wanadoo.fr*. Estaba escrito en un dudoso italiano, pero comprensible, y las primeras líneas me hicieron dar un resoplido.

Gentil señor Perazzo

Quiera disculpar mi mal italiano, pero creo que entenderá igualement eso que le voy a decir. Me llamo Padre Lucien Lacombe, he sido alertado por el Padre Durand sobre los eventos en Saluzzo y Turín con el Maestro de Elva. Le escribo desde la computadora de un joven hermano de religión porque yo no estoy acostumbrado a utilizar Internet, y prefiero no llamar con teléfono por razones de seguridad. Si usted puede venir a Aix-en-Provence, le daré información sobre esta secta secreta, que pocos conocen todavía.

¡Me cago en la puta, cómo nos la han metido! pensé a la vez que aporreaba el escritorio. Se lo han cargado antes de que pudiera hablar. Pero las siguientes frases del correo electrónico alimentaron mi esperanza. Tal vez, incluso muerto, el Padre Lacombe se las había arreglado para señalar a sus asesinos.

Sin embargo, si no quiere perder el tiempo y tiene necesidad de saber pronto las noticias, le adelanto por adelantado algunas cosas trés important para identificar al Maestro y a sus secuaces sataniques. Por lo que me consta, el templio del diábolo donde ellos hacen reuniones secretas y misas negras es en pequeño pueblo de Val Varaita, fácil de llegar para los secuaces franceses por el porto del Agnello, pero no por invierno porque hay mucha nieve.

Por lo que había comprobado unos días antes en el valle del Po, a partir de los 800 metros ya había nieve a toneladas, así que había que descartar que el paso estuviera abierto. Los amiguitos de Satanás tenían que pasar a la fuerza por otro sitio para encontrarse con sus cofrades piamonteses. Seguí leyendo, esperando que el padre Lucien me hubiera podido dar más detalles.

La iglesia de Satanás creada por el Maestro de Elva non es particulièrement grande, tal vez 20 personas o tal vez un poco más, pero muy dangerosa porque ellos tienen muy buenas protecciones de arriba. Yo espero que las sospechas Padre Durand me ha referido al resguardo de las chicas desaparecidas no sean ciertas, pero temo que puede ser así. Por lo que he sabido, la secta teorizaba los sacrificios humanos y, quién sabe, tal vez hayan pasado a la acción.

Otro escalofrío recorrió mi espina dorsal. Siempre había creído que toda esa mierda sólo existía en las películas de terror de Dario Argento y en los cómics de Dylan Dog, pero ahora me sentía de repente metido en una mala novela de serie B; sólo faltaban los zombis y los vampiros. Sin embargo, parecía que el padre Lacombe creía de verdad en lo que había escrito y, por desgracia, su muerte, pocas horas después de enviar el correo electrónico, parecía confirmar todas y cada una de sus peores sospechas. Continué leyendo el mensaje.

> Desgraciadamente, sé muy poco de los miembros italianos de la secta, pero he conseguido identificar a su jefe francés, que es un artista muy original del que se cree que es una especie de riencarnation maligna del pintor de flamando Hans Clemer, más conocido commo el Maestro de Elva, que ciertamente no era satanista y nos ha dado hermosas pinturas frescas de temas religiosos.

Contuve la respiración. El padre Lacombe había llegado al quid de la cuestión. Terminé de leer las últimas líneas del correo que me había enviado el sacerdote francés horas antes de morir. Allí estaba lo que andaba buscando: una ciudad, una dirección, un nombre.

Capítulo 22

En la boca del lobo

El *garçon* de la *brasserie* La Belle Époque de la avenida Jean Jaurès me había dado unas indicaciones bastante precisas. Gracias a Dios, Gap no era una metrópolis y además el tipo era de origen italiano, por lo que, conmovido y compadeciéndose de mi francés de colegial, se desvivió por explicarme cómo llegar a aquella callejuela del barrio residencial, situado en una ladera, junto a la carretera de Orange hacía el valle del Ródano. Una agradable zona de chalecitos con jardín y de casitas pequeñoburguesas que no tenía nada de demoníaca; al contrario, encarnaba perfectamente el espíritu de la Francia profunda y provinciana, tan alejada del caos cosmopolita de París y Marsella.

En Francia, el día de la Inmaculada Concepción no es festivo, pero ese 8 de diciembre, la capital del departamento de Hautes-Alpes, en la Provenza, metida de lleno en el crudo invierno, estaba medio desierta de todas formas. Había llegado a la ciudad a media tarde, después de remontar el valle de Susa, cruzar el puerto de Montgenèvre, enterrado en la nieve a casi dos mil metros, y bajar por las curvas cerradas del lado francés hasta la fascinante ciudad fortificada de Briançon. Había estado allí por primera vez unos 20 años antes, cuando acababa de llegar a Italia. En aquellos días, incluso una excursión de un solo día a Briançon parecía una pequeña aventura en el extranjero. Entonces todavía existían las fronteras y el límite del país era más que una línea dibujada en los mapas. Había que detenerse en Clavière y mostrar la documentación a un aburrido carabinero, que normalmente apenas echaba un vistazo al pasaporte o al documento de identidad que le ponías delante para no paralizar la serpiente de coches que hacían cola ante la caseta.

Luego, un kilómetro más allá, antes de entrar en la población de Montgenèvre, llegaba el turno de plantarse ante los gendarmes franceses, que escrutaban el habitáculo con esa cara tan así de aquella manera y esa expresión de pocos amigos que te ponen los funcionarios de la République cuando dan con un turista italiano. Por último, estaba el rito del cambio de moneda, así que en cuanto llegábamos a la gran plaza extramuros de la ciudadela fortificada nos apresurábamos a ir al cambista más cercano para canjear unas devaluadas liras por los billetes mucho más sólidos de la Marianne y el gorro frigio. Ahora, pensaba, sólo te das cuenta de que has salido de Italia por los mensajes de texto que te envían las compañías telefónicas diciéndote «Bienvenido a Francia» y enumerando todos los servicios de pago que puedes disfrutar al otro lado de los Alpes. Milagros de la globalización.

Después de una frugal cena en la anónima *brasserie*, me fui al barrio periférico que bordea la avenida de Veynes. Había dejado el coche unos cientos de metros antes, porque un Alfa Romeo con matrícula italiana habría llamado demasiado la atención, y paseando por las callejuelas desiertas me dispuse a encontrar la casa que buscaba. La localicé a los diez minutos. No tenía nada de lúgubre, al contrario, lo único verdaderamente diabólico en aquellos parajes era el maldito frío que me oprimía las sienes, a pesar de que me había puesto un gorro de lana en la cabeza.

Me acerqué en la oscuridad y eché un vistazo al timbre de la puerta. Decía «Colombani». Que, naturalmente, se pronunciaba «Colombaní», un poco como aquel famoso futbolista de los años ochenta que tenía un apellido italiano acentuado a la francesa: «Platiní». Era el líder de la secta satánica. No Platini, por supuesto. Sino más bien Colombani, cuyo nombre de pila era Thierry y, según la información que había encontrado en internet, tenía cuarenta años, había nacido cerca de Lyon y estaba considerado como uno de los principales exponentes de la corriente neoimpresionista francesa. El padre Lacombe había mencionado su nombre antes de morir. Y me había dejado su dirección: Chemin de Clairfont 25, en Gap. O bien el pobre hombre había cometido un error o aquel chalecito de una sola planta, rodeado de un pequeño jardín, era en realidad el escondite del canalla que había secuestrado a Linda. Y a Lyudmila, Essaadia y Rehajoy.

Al parecer, había movimiento esa noche. Luces encendidas en el interior y algunos coches aparcados delante de la casa. Cuatro o cinco. Encendí un cigarrillo con las manos entumecidas por el frío y miré a mi alrededor con cautela. No había nadie en las inmediaciones. Sólo se oía el ladrido de un perro en las cercanías y el ruido lejano del tráfico en la avenida de Veynes. Afortunadamente, la calle estaba poco iluminada y los residentes parecían haberse atrincherado en el interior de sus casas con la intención de tragarse «El Gran Hermano» francés o alguna otra porquería televisiva de esas en horario de máxima audiencia.

Me di cuenta de que eran buenos coches, de gran cilindrada. Un Mercedes y un todoterreno Toyota tenían matrícula italiana. Junto a la serie alfanumérica reconocí el distintivo con las iniciales «CN» de Cuneo. Ya no había ninguna duda. Allí dentro debía estar teniendo lugar una especie de cumbre de jefazos de la secta satánica. Copié las matrículas y me acerqué, con más cuidado aún, a la valla del chalet. Eché una rápida ojeada a izquierda y derecha, luego me subí a la baja puerta cancela y en un santiamén estuve del otro lado esperando que no hubiera ningún sistema de alarma o un perro guardián al acecho.

Permanecí un par de minutos agachado sobre la hierba, junto a un seto. No oí nada. Me arrastré por el húmedo césped y llegué a una ventana, tapada por una cortina con motivos provenzales. Desde el interior, se oía de fondo una pieza de música clásica, así como el murmullo normal de gente a la mesa punteado por el sonido de los cubiertos al chocar con los platos. Me asomé lentamente por una esquina de la ventana, pero las cortinas no me permitieron ver nada. Gateando como un niño de pocos meses, me dirigí al lado opuesto del chalet buscando otras ventanas.

En la parte trasera se encontraba la puerta acristalada de la cocina. Miré dentro, pero estaba vacía. De repente vi una sombra y me dio el tiempo justo de apartarme. Una mujer de unos treinta y cinco años, rubia, bastante guapa, se acercó a la encimera y comprobó el contenido de la olla. Era una tipa de aspecto normal, que llevaba unos vaqueros y un suéter negro de cuello redondo. Tal vez la esposa de Colombani.

Me sorprendía este panorama de vida burguesa, en todos los sentidos igual a la de millones de otras existencias a lo largo y ancho del mundo. Una casita bonita, bien puesta, pero sin lujos. Una cena entre amigos. Música de fondo. La anfitriona revisando sus manjares. ¿Pero realmente sería esta la guarida de Satanás? ¿El escondite de una secta demoníaca que según el pobre padre Lacombe era muy peligrosa tanto por sus turbias intenciones como por la protección de altos vuelos de la que gozaba?

Es cierto que Dalle Vigne me había advertido de que el Mal se camufla y es aún más eficaz cuando asume la inocente apariencia de un cordero. Y no se nos presenta necesariamente con el uniforme que le hemos adjudicado a lo largo de los siglos: la cabeza de macho cabrío y patas con pezuñas. Y, qué demonios, había que reconocerlo: ¡Madame Colombani parecía una señora tan decente!

Ardía de impaciencia por ver la cara del pintor. Y también la de los demás invitados de la velada, especialmente los italianos. Por cien pavos, al día siguiente sería capaz de identificar a los propietarios del Mercedes y del todoterreno: sólo necesitaba una llamada telefónica al conocido policía de marras de Marchesini, que no desdeñaba redondear su sueldo de policía haciendo trabajos extra para los amigos.

Pero aparte de los propietarios, me hubiera gustado ver las caras de los otros invitados. Si hubiera sido de día, incluso podría haber intentado fotografiarlos de lejos, pero no iba preparado para hacerlo en la oscuridad.

Regresé hacia la fachada principal de la casa arrastrándome con los codos, como un puto leopardo. La verdad, lo hubiera hecho un poco mejor con veinte años y veinte kilos menos. Finalmente, me pareció ver una rendija entre las cortinas de otra ventana. Acerqué el ojo izquierdo, apoyando el pómulo en el cristal, que estaba helado. Alcancé a ver una pequeña chimenea encendida, frente a la cual dormía plácidamente un pastor alemán. Intenté mirar hacia la derecha, donde parecía que estaban los comensales. En la cabecera de la mesa volví a ver a Madame Colombani y a su lado a un hombre de tez bronceada vestido con una extraña túnica de estilo africano. Inmediatamente se me hizo que era el pintor. Tenía el pelo negro y bastante largo. Un pendiente brillaba en uno de sus lóbulos y me fijé en que llevaba en las muñecas unas extrañas pulseras de colores.

Me incliné un poco más. A su izquierda estaba sentada una elegante señora de mediana edad, por su forma de vestir habría apostado a que se trataba de una invitada italiana. A continuación, un tipo calvo con un gran bigote, camisa lila y una vistosa chaqueta a cuadros. Sin duda, un francés; al igual que la mujer que estaba a su lado, de aspecto bastante anodino. Seguí espiando, inclinándome peligrosamente hacia el centro de la ventana. Más allá había un tipo más joven, de unos treinta años como mucho. Era rubio, con un bigote pasado de moda, y bajo su sudadera negra se le adivinaba una importante masa muscular. Definitivamente un atleta o un fanático del gimnasio. Cerrando el lado de los que podía ver de frente, un señor mayor con el pelo blanco y gafas metálicas. Por su aspecto, él también me pareció italiano.

Luego había seis personas más de espaldas a mí, con lo que el número total de comensales era de trece. Dos mujeres y cuatro hombres. No pude distinguir sus caras. Parecían personas elegantes, de entre cuarenta y cincuenta años. Tal vez las mujeres un poco más jóvenes, al menos una bonita morena sentada a la izquierda, que por un momento había vuelto la cara hacia su vecino de asiento.

En la mesa, bien servida, vi muchas botellas de champán y vinos caros. Y un par de extraños candelabros, cada uno con siete velas negras encendidas. El ambiente parecía el de una cena normal entre amigos. Charla, bromas, risas. La eterna pregunta volvió a mi mente: ¿de verdad era posible que se encontrara ahí al completo la terrible y peligrosísima secta satánica de la que hablaba el bueno del padre Lacombe?

El pintor de la bata africana se levantó y se fue a buscar algo mientras los invitados seguían comiendo y llenando de vino las copas. La morena sacó una agendita de su bolso y luego le pidió algo al de al lado, que le entregó una hermosa pluma estilográfica, quizás una Montblanc. Tomó unas notas y se la devolvió. Mientras tanto, Colombani volvió con algo enrollado bajo el brazo. Lo abrió ante los ojos de los invitados. Era un lienzo.

Intenté mirar más de cerca, mientras desde el interior de la sala me llegaban los comentarios de aprobación de los comensales. Era una pintura de colores fuertes en la que predominaban el negro y el morado. Me pareció distinguir a un hombre grande y gordo, con cabeza de macho cabrío, poseyendo violentamente a una mujer atada a una especie de cruz. De repente, empujé sin querer un pequeño contenedor de reciclaje, haciéndolo caer con estrépito. El pastor alemán se despertó sobresaltado y empezó a ladrar. Salí como un rayo, salté sobre la pequeña valla y seguí corriendo por la calle desierta en dirección a mi coche. Durante unos instantes, el rostro sufriente de la mujer del cuadro se me quedó grabado en la retina, pero sólo cuando arranqué el Alfa y me alejé en dirección a Italia, conduciendo a toda velocidad a través de la noche, me di cuenta de que era un rostro conocido. Apenas la había observado una fracción de segundo, pero estaba seguro de que aquel rostro desfigurado por el dolor y el miedo reproducía los rasgos de Rehajoy Moreno, la primera chica desaparecida.

Capítulo 23

Pensamientos y palabras

Se había puesto a nevar otra vez y el cielo plomizo de mediados de diciembre se había convertido en una especie de manto lechoso que forraba cada centímetro cuadrado de los tejados ya blanqueados por los copos. Desde la ventana de mi casa, más allá de los bloques de apartamentos de Via Vanchiglia se adivinaba la masa oscura de la colina difuminada por la niebla gris. Estaba clavado frente a la ventana fumando distraídamente mi primer cigarrillo del día. Giuliana seguía en la cama. Dormía envuelta entre las mantas y su pelo rojo suelto sobre la almohada parecía un aura de fuego, aunque la chica no fuera precisamente Santa María Goretti.

El radiodespertador emitía las notas de una pegadiza canción de Giuliano Palma & the Bluebeaters:

Las palabras se dicen a gotas
como cuando llueve,
del silencio que surge luego
queda dentro de nosotros el eco.

Sí. Se dicen palabras. A menudo, demasiadas. Muchas veces a destiempo. Sólo por parlotear. Para darles un poco de aire a los dientes, como decía mi viejo amigo del colegio 'Pocho' Méndez. Sin embargo, desde hacía un par de días casi no tenía ganas de hablar. Incluso Giuliana se había dado cuenta. Y, atenta como son todas las mujeres, a las que les encanta cuidarte como si fueran las chicas de la Cruz Roja del alma, había insistido en saber qué me pasaba. No se lo había dicho. Demasiado difícil de explicar.

Se dicen palabras
que son astillas de rencor
como garras de buitres,
frías como cuchillas de afeitar.

No le había contado a nadie lo que había visto en Gap. Ni siquiera a Marchesini. Habría querido decírselo al fiscal Gianni Pinto, pero la filtración anterior, que le había costado la vida al padre Lacombe, me había frenado. No quería meter por medio a nadie más. No sabía qué hacer, pero tampoco podía permitirme perder el tiempo. Tal vez Linda y las otras chicas seguían todavía vivas y cada hora que pasaba podía significar el final para ellas. O, como mínimo, más sufrimientos difíciles de imaginar.

Se me había pasado por la cabeza involucrar en la historia a Alex Giacchero, el joven reportero de *La Voce di Saluzzo*, pero luego había desistido. Parecía un buen tipo, pero no estaba seguro de poder confiar en él del todo. Y no podía arriesgarme a que mandara todo al carajo sólo por una primicia. En resumidas cuentas, me encontraba solo. Me hubiera gustado charlar al menos con el profesor Dalle Vigne, pero todavía estaba en Rusia y no sabía con exactitud cuándo volvería.

Un sentimiento de desesperación se apoderó de mí. Habría querido pasar de todo y huir al Caribe, ahogar el recuerdo de las niñas desaparecidas y los adoradores del diablo en el mar azul de Cuba o de la Martinica. Pero no podía. Y no sólo porque tuviera en el banco más deudas que euros. Pensé en doña Pilar y en su mirada de perro apaleado. En los ojos tristes de Linda. En la expresión de terror de Rehajoy Moreno en el cuadro de ese satanista de mierda. Estaba tan cabreado que lo habría destrozado todo. Especialmente la jeta de Colombani y de sus acólitos disfrazados de gente respetable.

Apagué el radiodespertador y me arrastré hasta la cocina para preparar el café. Eran las ocho y cuarto. El policía amigo de Marchesini ya estaba en la oficina. Lo llamé a su portátil para asegurarme de que se estaba ocupando del tema. Ya se había embolsado cien pavos el día anterior, entregados dentro de un ejemplar de la *Gazzetta dello Sport* donde también le había metido un papel con los números de las dos matrículas que me interesaban. Contestó al tercer timbre.

—¡Hola, guapo, soy Héctor! ¿Cómo te va la vida?

—Bueee, Héctor, todo en orden, todo okey. Espera, que salgo un momento a fumar un cigarrillo.

Sonreí. Como si sus colegas no supieran que se sacaba unos cuartos despachando información a periodistas, investigadores, abogados y aseguradoras. Sólo que se estaban calladitos porque todos allí dentro, más o menos, tenían sus trapicheos. Y una mano lava a la otra. Después de treinta segundos, el agente comenzó a hablar de nuevo.

—Bueno, encontré lo que estabas buscando. El Mercedes está registrado a nombre de un tal Vincenzo de Verdi, nacido en Génova el 3 de febrero de 1950, residente en Piasco, en la provincia de Cuneo. El Toyota, a su vez, pertenece a una tal Rebecca Gerbaudo, nacida en Cuneo el 15 de abril de 1983, residente en Saluzzo, también en la provincia de Cuneo.

—¡Genial! Sabía que podía contar contigo.

—Pero a mí no me mezcles, ¿eh? Ya sabes que esto es información confidencial.

—Ya tendrías que saber que soy igual, igualito que los tres monitos: no veo, no oigo y sobre todo no hablo.

—Okey, Héctor, entonces hasta la próxima.

—Puedes estar seguro. Y me saludas a tu señora.

Giré entre los dedos el papel con los dos nombres. Con tan poca información no iba a llegar muy lejos. Podría buscar sus direcciones y plantarme a la intemperie delante de la casa de esos dos para vigilarlos, pero, y luego, ¿qué? Por la edad, imaginaba que Rebecca Gerbaudo podía ser la hermosa morena que había visto de espaldas, mientras que De Verdi debía ser el elegante septuagenario de las gafas metálicas. Decidí arriesgarme y llamé al periodista de La Voce.

—Hola, Alex, ¿qué hay?

—Qué tal, Perazzo. Todo bien, ¿y tú?

—Vamos tirando. ¿Tienes alguna noticia?

—No, nada en particular. Mi amigo el inspector se fue a la isla de Elba, pero sigue haciéndose el misterioso. Entre tú y yo, tengo la impresión de que no ha conseguido mucho. ¿Y tú? ¿Has descubierto algo?

—Estoy trabajando, pero nada nuevo. Escucha, necesito un gran favor: necesito que te informes sobre dos tipos, pero no me preguntes. Quizá no tengan nada que ver con el caso de las chicas desaparecidas.

—No será que quieres ocultarme algo, ¿eh?

—Es una pista que estoy siguiendo, pero por ahora no quiero columpiarme. Pero te juro que en cuanto haya algo concreto, serás el primero en saberlo. Te voy a conseguir una primicia del copón, no te preocupes.

Le di los dos nombres para que se informara sobre los propietarios de los dos coches que había visto en Gap. Prometió llamarme por la noche o enviarme un correo electrónico con lo que averiguara. Calenté el café y se lo llevé a Giuliana, que se estaba secando el pelo después de la ducha.

—¡Uy! ¿A qué se debe tanta amabilidad?

—¿Por qué? ¿No soy siempre amable?

—En realidad, no. Desde anoche no me diriges la palabra.

—Bueno, para algunas cosas no es necesario hablar, me parece.

—¡Oigan al *latin lover*! No te soporto cuando te pones en plan fanfarrón.

Sonreí. Me acerqué a ella y la besé en unos labios frescos, sin estar aún pringados de carmín. Me abrazó, dejando que el albornoz se abriera liberando sus generosos pechos.

—Eres un auténtico gilipollas —siseó, sonriendo—, pero me gustas de todos modos.

—Tal vez te gusto precisamente porque soy un gilipollas.

Me apartó, zafándose del abrazo.

—¡Vete a la mierda, Perazzo! Te resulta imposible ser agradable durante más de veinte segundos seguidos, ¿eh?

La acompañé al bar de San Salvario sorteando guardias, calles de dirección prohibida y coches en doble fila. No estaba realmente enfadada. De hecho, antes de salir del coche me dio otro beso en los labios moviendo la cabeza con resignación. Como estaba en la zona, di un salto a la casa de *doña* Pilar, pero no había nadie. La llamé, su teléfono móvil estaba apagado. En la calle me encontré con el subnormal de Nelson, como siempre vestido como un chicano en guerra con las otras bandas de Nueva York. Agarraba como un pulpo a una chiquilla menor de edad que parecía una veterana del concurso de Miss Zorra, con botas, vaqueros ajustadísimos, las tetas asomándole por una camiseta dos tallas más pequeñas de lo debido y una docena de capas de pintalabios tirando al color morado.

—Hola, Nelson, *¿cómo andas*[42]?

El joven respondió en italiano.

—Hola, detective, ¿qué haces por estos lares?

—Estaba buscando a la madre de Linda, pero no está.

—Debe estar en el trabajo. ¿Alguna noticia de Linda?

—Por desgracia, nada todavía, pero estoy trabajando en ello. ¿Esta es tu nueva novia?

—Más o menos. Se llama Samanta.

—Hola, Samanta, ¿también eres sudamericana?

—Naaaa, soy de Falchera.

—Un lugar agradable. ¿Y a qué te dedicas?

—Me dedico al marketing, pero en realidad me gustaría trabajar en el mundo del espectáculo.

—¿Teatro? ¿Cine?

—Naaaa, me atrae más la televisión: ya hice una prueba para Amigos, pero no me cogieron. Ahora voy a probar con

42 En español en el original (N. del T.)

Gran Hermano y mientras tanto trabajo un poco en una discoteca como gogó, ya sabes de qué va...

—Claro, y me parece una gran alternativa. Bueno, pues suerte y al toro entonces. Adiós, Nelson.

Los vi alejarse por la acera esquivando a los camellos africanos, a los vendedores marroquíes de baratijas, a las putas nigerianas y a las amas de casa árabes con velo que volvían del mercado con las bolsas de la compra. Hacía un frío espantoso, pero la aspirante a corista no renunciaba a los vaqueros de cintura baja de ordenanza, de los que brotaba un tatuaje justo por encima del culo. La vi metiendo folletos publicitarios en los buzones. No me había contado ninguna trola: al fin y al cabo, seguía siendo marketing.

Capítulo 24

El valle misterioso

El comentarista disparaba las palabras como una ametralladora, seguía la acción del partido como si le fuera la pensión en ello. Si le hubieran pagado a destajo, tantos pesos a tantas palabras por minuto, se habría hecho rico. Aquella tarde, el Boca Juniors jugaba contra un equipo colombiano en la Copa Libertadores y, sin nada mejor que hacer, me había metido en la página web de Radio Mitre para escuchar la crónica del partido a la vez que hojeaba un periódico. En el minuto 30 de la primera parte, los *xeneizes*[43] ya ganaban por 1-0 y todo hacía pensar que sería un paseo militar.

Estaba bastante reconcentrado acordándome de todas las aventuras que había vivido hacía ya muchos años a sólo unos cientos de metros del estadio donde se jugaba el partido, la mítica Bombonera, en el barrio de la Boca, así que tardé en darme cuenta del pequeño icono en la parte inferior de la pantalla que me avisaba de la llegada de un nuevo correo electrónico. Era Alex. Abrí el correo y empecé a leer.

---

43 Apelativo que en Argentina se concede a los seguidores del club Boca Juniors. El término procede de una vieja forma dialectal de nombrar a la ciudad de Génova (Italia), ya que ese club de fútbol fue creado por inmigrantes genoveses radicados en el barrio porteño de La Boca. (N. del T.)

Hola, Héctor, estás de suerte. Encontré mucho material sobre ese tal De Verdi en el archivo, porque es bastante conocido. Y he podido averiguar algunas cosas sobre la mujer sólo con un par de llamadas. Ya me explicarás por qué te interesan tanto estos dos personajes.

Pero vayamos por orden. De Verdi es un notario asquerosamente rico apasionado por el arte y el fútbol. De hecho, ha sido también presidente y patrocinador de un pequeño equipo de la provincia. Hacia finales de los años ochenta, se lanzó a la política, estuvo con el PSI, intentó ser alcalde de su ciudad, pero no lo consiguió. Unos años más tarde, se presentó a las elecciones provinciales por Forza Italia, pero también fue derrotado. Está casado con una profesora de inglés jubilada y tiene dos hijos que viven en Milán y en Génova. Además de una lujosa villa en Piasco, posee un apartamento en San Remo y una casa en la montaña, en Valmala, un valle secundario de Val Varaita. De hecho, más que una casa, me hablaron de una especie de pequeño castillo.

De golpe me retumbaron dentro de la cabeza las palabras del padre Lacombe: «El templio del diábolo donde ellos hacen reuniones secretas y misas negras es en pequeño pueblo de Val Varaita». ¿Por qué no? Tal vez el pequeño castillo del notario se encontraba en un lugar aislado donde las niñas secuestradas pudieran haber sido introducidas con facilidad y sin llamar la atención. Una idea que no había que descartar. Leí el resto del correo de Giacchero.

Por su parte, Rebecca Gerbaudo es la hija del propietario de un concesionario de coches de lujo de Saluzzo, otro tipo con mucha pasta. De niña ganó un par de concursos de belleza y, tras años de ser una de las chicas de la ciudad más pretendidas, se casó con el hijo de un pequeño industrial local: boda de cuento de hadas, luna de miel en la Polinesia, villa de ensueño en las colinas y -dicen- cuernos en abundancia. El matrimonio duró menos de dos años, ahora trabaja con su padre y vive sola en un elegante apartamento del centro histórico. Se le atribuyen varios ligues, pero nadie ha podido decirme si tiene una relación estable. No sé por qué necesitas información sobre estos dos elementos, pero espero haberte sido útil. Y recuerda nuestro pacto. Adiós.

Alex

La verdad es que Alex me había sido bastante útil, aunque la información que me había enviado, por sí sola, no me hubiera servido de mucho para aclarar las cosas sobre esos dos pájaros forrados de euros. Ahora sabía que los dos elementos que había vislumbrado en el chalecito de Gap eran adinerados miembros de la buena sociedad de Saluzzo, pero aquello que pudiera unirles al autodenominado Maestro de Elva seguía siendo un misterio. El único dato apreciable era el del castillito de De Verdi, que por la descripción podría corresponderse con la guarida de los satanistas.

Pensé que tal vez se imponía ya ir a echar un vistazo. Instintivamente tuve el impulso de advertir al doctor Pinto, pero un segundo después deseché la idea. A fin de cuentas, no tenía ninguna prueba de cargo contra De Verdi y Rebecca Gerbaudo; salvo que habían ido a cenar a casa de un pintor francés que pintaba lienzos de dudoso gusto, el parecido de la «modelo» con una de las chicas desaparecidas era totalmente opinable y, en cualquier caso, sólo se basaba en mi propio testimonio. Ni siquiera aquel justiciero Di Pietro de los tiempos de Manos Limpias habría ordenado un registro en base a elementos tan frágiles. Mejor sería hacer las cosas a mi manera.

El partido del Boca estaba llegando a su fin, con los amarillocelestes ganando por tres a cero. Un partido sin historia, los colombianos eran malos, y el locutor parecía casi arrepentido de no haber dejado las hipérboles y las metáforas rimbombantes para encuentros un poco más reñidos. Cambié de emisora, tecleando la dirección de Internet de Radio Capital, que casi siempre emitía buena música para mayores de 30 años, limitando al mínimo las cancioncillas insulsas de los niñatos surgidos de Amigos y X Factor. Pero qué digo de mayores de treinta, digamos más bien por encima de los cuarenta; de hecho, me quedé extasiado con la guitarra de Mike Rutherford en el solo de «Many too many» de Genesis, que triunfaba más bien a finales de los setenta. A la mañana siguiente me levanté temprano, saqué la Glock 17 de su paño lubricado, la limpié, llené el cargador con balas del calibre 9 y me metí otro de repuesto en el bolsillo del chaquetón. Como iba de visita a casa ajena, no era cosa de presentarse con las manos vacías.

Dos horas más tarde ya estaba peleándome con las curvas cerradas del valle de Varaita, en un día tan gris y sin luz que habría apostado a que ya estaba anocheciendo. Hacía un frío que pelaba y los montones de nieve sucia, acumulados a los lados de la carretera provincial, daban un toque más de tristeza y sordidez a un entorno ya por sí deprimente. Tras pasar por los pueblos de Venasca y Brossasco, miré el mapa. Para llegar a Valmala tendría que girar a la izquierda por una carretera local llena de curvas e internarme en un pequeño valle lateral, aún tan estrecho que resultaba agobiante. Con la influencia de la lengua materna en mi cabeza, no pude evitar pensar en lo que significaba el nombre en castellano: *val mala*, es decir «valle malo». Desde luego, no era un lugar alegre, y no me sorprendió lo que había leído en la Wikipedia antes de salir de Turín: el pequeño pueblo con sus aldeas, que hasta principios del siglo XX contaba con más de 800 habitantes, se había ido despoblando con el paso de las décadas hasta convertirse en poco más que un poblado fantasma con apenas cincuenta almas, en su mayoría ancianos que no habían querido abandonar sus viejas casas.

Sólo en los meses de verano la zona volvía a cobrar vida, cuando los veraneantes de la llanura subían hacia Val Varaita en busca de aire fresco, y cientos de coches con matrícula francesa circulaban por sus carreteras: hijos y sobrinos de los antiguos emigrantes que se fueron a buscar fortuna a Marsella, Niza, Aix-en-Provence y Lyon a principios del siglo pasado o después de la Segunda Guerra Mundial. Gente que no chapurreaba ni una palabra de italiano, como mucho algo de dialecto, pero que, como las golondrinas, cada año volvían a la casita o a la cabaña de sus antepasados y despertaban del letargo y del abandono a aquellos viejos y aislados caseríos. Al fin y al cabo, me había explicado una vez una especie de antropólogo alpino, las montañas siempre han unido más que dividido a los pueblos que vivían a caballo de los Alpes. Y desde la Edad Media, a un montañés del alto valle del Varaita le daba lo mismo ir al mercado de Saluzzo que al de Saint-Veran, del otro lado de la frontera, que entonces ni siquiera existía. Sutilezas, comentó el experto, que en Roma nunca han entendido. Y quizás ni siquiera en Turín.

En vez de eso, lo que yo no entendía era qué demonios pintaba el rico notario en un pequeño castillo perdido en ese agujero. Aunque, sin querer ofender a centros turísticos más prestigiosos y mundanos, como Limone Piemonte y Sestrière, bastaba con subir un poco más por el mismo valle, pasando por Sampeyre y Casteldefino, para encontrar pueblos pintorescos y aldeas encantadoras, aún no contaminadas por el turismo de masas o la urbanización descontrolada.

Un coche que bajaba en dirección contraria a la mía me distrajo de estas divagaciones. Ante la duda, bajé la mirada, intentando que no me reconocieran, pero al volante del viejo Fiat Uno sólo iba un jubilado de aspecto inofensivo. Dos curvas cerradas más arriba, me encontré en un pequeño cruce: un ramal subía hacia el santuario mariano de Valmala, el otro lado llevaba a unas aldeas con nombres extraños. En una de ellas, según la información que Alex Giacchero me había dado unas horas antes por teléfono, se encontraba el pequeño castillo de De Verdi.

Finalmente, lo avisté, a poca distancia de cuatro casas al borde de la carretera que habían conocido tiempos mejores y que ahora, con toda probabilidad, llevaban deshabitadas desde hacía años. Un lugar lúgubre e inhóspito. Tal vez en verano, con la luz del sol y el verde follaje de los árboles, aquel trozo de valle podía parecer incluso un bonito rincón alpino; pero ahora daba escalofríos. El pequeño castillo era un edificio grande y de aspecto sombrío, con pequeñas torres almenadas en las cuatro esquinas y un gran portón de madera en la fachada. Parecía más una granja fortificada que una verdadera casa solariega, y aunque el desgaste del tiempo había dejado sus huellas en los murallones de piedra, daba la impresión de ser un edificio sólido y compacto.

Aparqué el coche un poco más adelante, y, con cuidado de no hundirme en la nieve fresca, comencé a dar un rodeo tomando precauciones. Aparentemente no había nadie, ni dentro del castillo ni tampoco por la aldea. Ni un coche aparcado en el entorno, ni luces encendidas en el interior. Sólo el silencio de la montaña interrumpido por el motor de un coche lejano. Miré a mi alrededor, no había un alma. Pensé que un desconocido como yo merodeando en aquel lugar y husmeando cerca del pequeño castillo, no pasaba desapercibido y que tal vez sería mejor que volviera allí en cuanto oscureciera. Di unos pasos más haciendo como quien disfruta del panorama, luego volví al Alfa 147 y bajé lentamente al valle.

Estuve callejeando unas horas en Sampeyre, comí en un restaurante y leí el periódico en un bar atestado de jubilados que miraban con curiosidad tanto mi aspecto poco alpino como la cicatriz que sobresalía de mi camisa. Hacia las cinco de la tarde ya estaba oscuro. Volví a Valmala y, cuando estuve de nuevo frente al pequeño castillo, no supe si los escalofríos que sentía se debían más al frío de perros que hacía o por estar en aquel lugar fantasmagórico. Sólo se oía el ladrido de un perro a lo lejos. Había traído un par de cizallas en la mochila, pero la cerradura de la puerta principal me resultó un hueso demasiado duro de roer. Caminé alrededor del edificio. Las ventanas tenían barrotes, pero en la parte de detrás, con vistas a un oscuro bosque de alerces y abetos, encontré una pequeña puerta con un candado que parecía asequible.

Estuve trabajando en él durante un cuarto de hora, despotricando porque el cierre no cedía tan fácilmente como esperaba. De repente, el candado se rompió y la puerta se abrió sin esfuerzo. Encendí la linterna, saqué la Glock del bolsillo del chaquetón, respiré a pleno pulmón para armarme de valor y entré.

Capítulo 25

Pregúntale al polvo[44]

Oscuridad. Olor a cerrado y a moho. Y otros olores desagradables que no pude distinguir en ese momento. La puerta trasera conducía a una especie de sótano repleto de trastos: muebles viejos, herramientas de jardín, botellas vacías. Incluso había neumáticos de coche amontonados en un rincón junto a un par de resquebrajadas garrafas con revestimientos de paja medio podridos. Por lo visto, el notario De Verdi no era lo que se dice un maniático del orden, o al menos hacía largo tiempo que no iba a su residencia de la montaña.

Tal vez me había equivocado con lo del «templio del diábolo». Se me ocurrió que me había precipitado al tomar el castillo del notario por la misteriosa guarida de la secta satánica de Val Varaita mencionada por el padre Lacombe, y es que en realidad el valle era extenso y quizá la guarida de los satanistas era otra. ¿Quién podía garantizarme que había encontrado justo ese lugar? ¿El olfato de detective? A saber

44 *Pregúntale al polvo* es una novela del escritor italo-norteamericano John Fante. El título deriva de una frase de *Pan*, de Knut Hamsun, donde se dice: «El otro amaba como un esclavo, como un loco y como un mendigo. ¿Por qué? Pregúntale al polvo de la carretera y a las hojas que caen, pregúntale al misterioso Dios de la vida; nadie sabe tales cosas».

cuántas veces me la había tenido que envainar por confiar en mi olfato de Sherlock Holmes de cuarta... Se pusiera como se pusiera el asunto, ya estaba metido en el ajo y más me valía llegar hasta el fondo. Entre otras cosas porque además ahora había cometido un delito de allanamiento.

Subí tres escalones que conducían desde el sótano hasta otra puerta. Entré en una especie de pasillo empedrado y el haz de luz de la linterna iluminó un viejo aparador, un par de feos cuadros del siglo XIX y la cabeza disecada de un ciervo colgado en pared como trofeo. Me quedé quieto durante unos segundos, conteniendo la respiración: no oí nada. Un silencio inquietante, pues tampoco se oía ninguno de esos ruidos de fondo que suele haber normalmente en la ciudad: el motor de un coche, el traqueteo de un tranvía por la calle, la televisión encendida en el apartamento de al lado.

Me aventuré por el pasillo. La oscuridad era total y, al reflejarse entre el suelo y las paredes, la luz de la linterna creaba extraños juegos de sombras. Como policía que había visto de todo, sabía defenderme, y además empuñaba una pistola cargada, pero a cada paso sentía un incómodo escalofrío recorriéndome la espalda y sentía que las piernas me temblaban un poco, como cuando te fallan las fuerzas después de una larga carrera. En suma, que si hubiera sonado una música como la de Goblin en la película «Rojo oscuro», me temo que me habría meado las patas abajo. «¡Joder, Héctor!», susurré en voz baja, «¿qué te pasa? Me parece que te has vuelto un blandengue...»

Aun así, por mucho que intentara hacerme el valiente, hubiera preferido enfrentarme a una horda de carteristas de Porta Palazzo, a un enjambre de okupas anarquistas a la caza de Borghezio[45] o a una carga policial como cuando la del G8 en Génova. Cualquier cosa, con tal de que fuera al aire libre y mirando al enemigo cara a cara. En cambio, en aquel antro oscuro y maloliente, cada crujido me provocaba un sobresalto

45 Mario Borghezio es un político, ex europarlamentario, de la Liga Norte.

y el corazón se me salía por la garganta. Las ventanas estaban tapadas con cortinas polvorientas y esperaba que en cualquier momento surgiera de ellas un hombre lobo o un vampiro. El poder de la sugestión y de los cientos de películas de serie B que me había chupado en mi adolescencia. Si hubiera ido a los cineforums chic de la Recoleta, donde proyectaban a Ejzenštejn, Antonioni, Rohmer, la *Nouvelle Vague* y el *Cinema Novo* brasileño, probablemente hoy sería un acomplejado más en tratamiento con el psicoanalista de turno; pero al menos no tendría miedo de que pudieran aparecer ante mis ojos Frankenstein o el Hombre Lobo.

Avancé más. Agarré la Glock más fuerte, mientras que con la linterna aparté de golpe la cortina. No había una puta cosa allí, obviamente. Y me asombré de haberme dejado arrastrar por esa sutil inquietud que no suele tardar en desembocar en pánico. Respiré hondo llamándome mentalmente gilipollas. Luego bajé el arma y continué la inspección.

Aquello duró bastante. No miré el reloj, pero debía de haber pasado al menos una hora cuando terminé de revisar las habitaciones de arriba. Nada interesante. Un par de habitaciones con muebles viejos y mantas polvorientas, un baño espartano, un salón triste y desnudo con una gran chimenea y un par de sillones desvencijados, otra habitación grande y prácticamente vacía. Me aventuré por una chirriante escalera de madera con la intención de registrar el desván. Abrí la trampilla y por poco me asfixio: era el reino del polvo y el paraíso de las telarañas, de hecho, una gigantesca se me adhirió a la cara como una fina mortaja, haciéndome retroceder de un salto.

—¡Vaya mierda! —dije en voz alta, olvidando toda precaución.

Un trotecito repentino me hizo apuntar con mi pistola en plan Harry el Sucio, pero sólo era un ratón que se escabullía de allí por el jaleo que estaba montando. Giré la luz de la linterna 180 grados, iluminando aquel enorme ático surcado con grandes vigas de madera que sostenían el techo. No vi nada de interés, sólo viejos trastos amontonados de forma desordenada, revistas viejas, sillas rotas.

Volví a la planta baja. La casa estaba vacía, no había ni un alma ni signos evidentes de que alguien hubiera pasado por allí, al menos recientemente. Me acerqué a los postigos tratando de vislumbrar el exterior; estaba muy oscuro, pero la nieve reflejaba un poco de luz y me permitía distinguir la calle un trecho. Desierta. Al menos, en caso necesario podría escabullirme a la francesa sin temor a ser visto por algún curioso. Tenía las manos congeladas y no veía la hora de entrar en el coche con la calefacción a tope y un buen disco de John Coltrane metido en el reproductor de CD. Volví al salón central, que tenía una enorme chimenea al igual que la otra gran sala del primer piso, y miré a mi alrededor.

No quería rendirme ante la evidencia de que había metido la pata con la historia del «templio del diábolo» que había destapado aquel pobre cura. Porque, suponiendo que la guarida de los satanistas existiera realmente, ¿quién me decía que era efectivamente aquella choza achacosa del notario De Verdi? Me había dejado llevar por la hipótesis más cómoda, ahora me tocaba reanudar mi investigación y comprobar si había otras propiedades por el valle que pudieran pertenecer al susodicho, o quizás a la bella Rebecca Gerbaudo. O tal vez a otros seguidores de la secta, cuya identidad aún desconocía. Un puto berenjenal.

Mientras reflexionaba sobre mis problemas, pasé instintivamente el dedo por la madera de la encimera de la chimenea: también estaba llena de polvo. La iluminé mejor con mi linterna y me di cuenta de que en el lado derecho, donde reposaba un extraño candelabro de siete brazos, similar al que había visto en la casa de Colombani en Gap, la superficie estaba curiosamente limpia. Lo comprobé de cerca: ni una mota de polvo. Intenté mover el candelabro pero no se movía, estaba como pegado a la madera. Entonces intenté levantarlo y, al momento, se oyó el engranaje de algún dispositivo mecánico. Alumbré con la linterna la pared de la que procedía el ruido, pero lo único que vi fue un viejo arcón sobre el que colgaba un cuadro con una escena campestre.

Sin embargo, había escuchado, alto y claro, el sonido de un click. Empujé el mueble y aparté el cuadro, descubriendo una puerta oculta abierta en la pared, sin picaporte ni cerradura. Estaba claro que sólo podía abrirse mediante el mecanismo del candelabro. Empujé la puerta con el corazón latiendo a mil por hora y la adrenalina corriendo como loca por mis venas. Iluminé los escalones que bajan en espiral hacia el subsuelo. Si antes había estado temblando con escalofríos que me corrían por el espinazo, ahora tenía todo el cuerpo con piel de gallina. Sentí el latido de mis sienes y el instinto me decía que lo dejara todo y huyera lo más rápidamente posible. Y que me detuviera en la primera taberna que encontrara para meterme un litro enterito de tinto con el que olvidar esa casa maldita.

Respiré hondo un buen rato, intentando relajarme. Luego empujé el arcón hasta la mitad del umbral para evitar que la puerta se volviera a cerrar detrás de mí, y comencé a bajar los escalones lentamente. Sentí que me asfixiaba entre aquellas paredes en roca viva, mientras descendía hacia un antro que materializaba mis peores pesadillas de adolescente: estrecho, oscuro, misterioso. Seguí hundiéndome durante un par de minutos en las entrañas de la tierra y, a pesar del miedo, sentía menos frío que dentro de la casa. Entonces terminaron los escalones y frente a mí se abrió una especie de caverna que había sido toscamente tallada en la roca hasta darle la apariencia de una estancia. También vi dos puertas de madera basta.

Abrí la más grande y me encontré en una gran sala que no tenía nada de caverna subterránea. Por el contrario, parecía la nave de una pequeña iglesia, dividida por dos filas de columnas de ladrillo rojo y con el pavimento de piedra. *Il templio del diábolo*, pensé, mientras la angustia casi me impedía moverme. Me quedé allí, inmóvil, durante unos minutos, escudriñando la habitación con el haz de la linterna eléctrica. En las paredes entreví telas de terciopelo negro, antorchas apagadas, extraños símbolos cabalísticos y el dibujo de la estrella de cinco puntas. Como ignorante que soy, pensé al principio que era el emblema de las Brigadas Rojas; pero Dalle Vigne me había explicado que se llamaba pentáculo y que era un símbolo esotérico muy antiguo, adoptado en todo el mundo por los seguidores de las sectas demoníacas.

Avancé unos pasos hasta una pila bautismal de piedra. Estaba llena de un líquido rojo oscuro que parecía sangre, pero que desprendía un extraño olor a amoníaco. Probablemente esos charlatanes sólo habían utilizado un compuesto químico para colorear el agua. La nave central de aquella especie de iglesia estaba vacía, sin bancos ni mobiliario, mientras que en el suelo habían trazado círculos y otros diseños geométricos. Fui hacia adelante, hacia el ábside. Una losa de mármol estaba dispuesta a modo de altar, con cortinas negras, velas del mismo color y un libro grueso que llevaba el título de *La Bible satanique* escrito en caracteres góticos. Arriba, suspendida en el vacío y sujeta al techo por un cable de acero, vi una enorme cruz de madera en posición invertida.

Cuando el haz de luz pasó por encima del altar y llegó a la pared y al techo del ábside, me quedé literalmente sin aliento. Sentí un escalofrío tan fuerte que por un momento noté que la sangre se congelaba en mis venas. Había creído ver un fresco. Una pintura en el yeso de la pared como se ven otras parecidas a millares incluso en las viejas iglesias de pueblo. Pero un detalle me había erizado la piel. Me acerqué. Enfoqué el haz de la linterna en el punto que me había llamado la atención y me di cuenta con horror de que no me había equivocado.

Acababa de descubrir la cara de Linda.

Capítulo 26

El templo subterráneo

Era ella, no había duda. Los rasgos, los ojos, la expresión del rostro. Ese canalla de Colombani era jodidamente bueno. Me acerqué al fresco, que cubría varios metros cuadrados del ábside, y encendí una especie de gran cirio negro colocado detrás del altar satánico. Una luz temblorosa iluminó apenas la amplia superficie de la obra del pintor francés, el hombre que se creía la reencarnación maligna de Hans Clemer. Y fue un espectáculo. De los que te ponen la carne de gallina pero espectáculo al fin y al cabo. Siendo el patán que era, sabía poco de estas cosas, pero no pude evitar pensar que el arte es arte, incluso cuando satisface un instinto maligno.

Enseguida me acordé de la foto que Vera Caglieris me había enseñado unos días antes en su taller del Cuadrilátero Romano: la obra realizada por el Maestro de Elva quinientos años antes en la iglesia parroquial de la pequeña ciudad del valle del Maira. El parecido era total. Algo más que un parecido: Thierry Colombani no sólo se había inspirado en su lejano predecesor flamenco, lo había copiado a lo bruto, aunque con su propio e inconfundible sello. En el estilo, el color y la alternancia de luces y sombras, cada detalle del fresco diabólico recordaba al original. El tema era muy parecido, pero todo estaba del revés según la óptica blasfema de la filosofía satánica: como me había explicado el profesor Dalle Vigne, los adoradores del diablo utilizan más o menos las mismas liturgias cristianas, pero dando la vuelta a sus símbolos y significados para subrayar la negación de Dios y la sumisión del hombre a Satanás.

La *Crucifixión* de Hans Clemer estaba invertida de forma obscena. Donde en el fresco original recordaba las tres cruces con Jesús y los ladrones, ahora veía a tres muchachas crucificadas: desnudas, asustadas y doloridas, con los brazos atados por encima de la cabeza y las piernas abiertas en una pose vulgar, firmemente sujetas a cruces, que, al igual que la que pendía sobre el altar, estaban al revés. La mujer del centro era Linda y a sus lados reconocí las facciones de la rubia Lyudmila y la moruna Essaadia.

La cuarta desaparecida, la filipina Rehajoy Moreno, aparecía representada, en cambio, desplomada al pie de la cruz central, en una posición muy parecida a la que yo había creído ver en el cuadro que Colombani había mostrado a sus invitados unas noches antes. Al parecer, el lienzo era sólo un boceto preparatorio de la verdadera obra que el pintor satánico estaba completando en el terrible templo subterráneo de Valmala. Rehajoy también estaba desnuda. Con sus brazos se mantenía aferrada a la base de la cruz, mientras que detrás de ella un enorme demonio con cabeza de macho cabrío la poseía con furia animal. El rostro de la joven, deformado por el miedo y el dolor, estaba surcado de lágrimas y regueros de sangre.

Los cuerpos de las tres chicas crucificadas también estaban manchados de sangre y noté restos de líquido rojizo por todas partes. Al desplazar el haz de luz hacia otras partes del fresco, me di cuenta de que la escena estaba llena de decenas de figuras con ricas vestimentas renacentistas, tal como la iconografía de la época representaba a las figuras bíblicas. Los satanistas no deben brillar por su imaginación, porque la sangre y el sexo eran el leitmotiv de todo el cuadro.

En el fresco de Clemer, debajo a la izquierda, recuerdo muy bien haber visto a la Virgen llorosa, reconfortada por un apóstol y las mujeres piadosas. En la obra de Colombani, en cambio, reconocí una figura con los agradables rasgos de Rebecca Gerbaudo ocupada en hacerle un trabajito con la boca a un tipo colocado en tres cuartos, que bien podría haber sido el notario De Verdi. En cuanto a las otras mujeres, bueno... en este caso demostraban ser cualquier cosa menos piadosas y se dedicaban a enrevesadas contorsiones de carácter sáfico.

Rodeando a esos personajes principales se desarrollaba un frenético aquelarre de gentuza de aspecto vulgar, que se revolcaban de las formas más extrañas, haciendo gala de conocer bien el Kamasutra. Ya puestos, el atrevido pintor había incluido también algunos animalitos como guarnición: un gran perro, un caballo, una pitón. A medio camino entre las pesadillas de El Bosco y las viejas películas de Cicciolina, más o menos. A la derecha de la pintura, además de una pareja de jóvenes efebos apareándose entre sí y otra pareja de endemoniados desgarrándose mutuamente la carne a mordiscos, se veía a un tipo a caballo con ropa elegante.

En el original se trataba del oficial romano que ordena al soldado herir a Cristo enfilándole una lanza en el costado; pero en la «Colombani's version», con la pobre Linda ocupando el lugar de Jesús, les dejo que imaginen qué usaba en vez de la lanza... y también en vez del costado. El hombre de ropaje elegante se mostraba de espaldas dando la orden al soldado, y apenas se le podía ver el rostro, medio cubierto por una especie de turbante. Había algo en él que me resultaba familiar, creí reconocer algunos detalles: el perfil de la nariz, la oreja que sobresalía de su tocado, el mentón…

Sin embargo, por más que lo intenté, no pude identificar al misterioso personaje. Miré atentamente a los demás figurantes en aquella orgía delirante y lujuriosa, pero lo único que pude ver fueron muecas deformadas por el horror y el placer. Ningún otro rostro conocido, aparte de las chicas desaparecidas y la extraña pareja formada por Rebeca y el notario. Mirando más de cerca me parecía haber visto antes a una de las «mujeres pías», la más madura: tal vez fuera una de las presentes en la noche de la cena en casa de Colombani, pero no estaba seguro del todo.

Me alejé un par de metros de la pared, observando en medio del silencio más absoluto el extraño baile de sombras que producía la llama del cirio. De pronto volví a sentir escalofríos. Antes, al esforzarme por reconocer a los protagonistas de la macabra escena, casi me había olvidado del meollo de la investigación, todo lo que había detrás de aquella grandiosa, extraña y cruel obra de arte. Ahora había vuelto a ser consciente del horror: Linda y las otras tres chicas habían sido utilizadas como modelos involuntarios para dar rienda suelta a la locura del pintor francés. No había otra explicación. El dolor, el miedo y el sufrimiento pintados en sus rostros no podían ser sólo fruto de la técnica pictórica de Thierry Colombani. Percibí un realismo que me erizó la piel.

Pero había una pregunta que me retumbaba en la cabeza: ¿qué había pasado con las chicas? ¿Seguían vivas? Apagué el cirio y me puse a buscar otras puertas o pasadizos que pudieran conducir a la posible prisión subterránea, porque parecía poco probable que Linda y las demás hubieran sido escondidas en otro sitio. Si la orgía satánica había sido organizada para proporcionar a Colombani modelos vivos para su obra, entonces todo tuvo que haber tenido lugar en esa caverna bajo el castillo de De Verdi. Y era difícil imaginar que las chicas hubieran sido trasladadas fácilmente de un punto a otro del valle, con el riesgo de que pudieran escapar o atraer la atención de alguien.

Así que tal vez todavía estaban presas allí. ¿Pero dónde? Había revisado todo el edificio sin encontrar nada, ni siquiera señales recientes del paso de alguien. ¿Había otra madriguera secreta en cualquier otra parte? O quizás es que las celdas se habían construido aquí mismo debajo, excavadas en la roca, un lugar ideal para mantener en absoluto secreto a las personas secuestradas. Comencé a examinar las paredes del templo subterráneo iluminándolas con mi linterna y palpando las paredes en busca de algún dispositivo camuflado entre los ladrillos y la roca viva. No encontré nada.

Avancé hacia la puerta de entrada que conducía de nuevo a la caverna desde la que se subía por la escalera de caracol, e intenté abrir la otra puerta de madera, la que vi cuando había descendido una hora antes. A diferencia de la entrada del templo satánico, ésta estaba cerrada. Intenté golpearla un poco con la esperanza de que las viejas bisagras oxidadas cedieran bajo mi peso, pero la maldita resistió impasible a los más de 90 kilos que se le vinieron encima. El único resultado fue el daño que me hice en el hombro. Cada vez más nervioso, se me ocurrió disparar a la cerradura como siempre se ve en las películas de acción americanas, pero sabía por experiencia que no serviría de nada. De hecho, incluso existía el peligro de resultar herido por el rebote de la bala. Por no hablar de que un disparo podría haber atraído la atención de algún curioso, incluso en aquel lugar olvidado de la mano de Dios.

Ya no sabía qué diablos hacer. Quizá lo más lógico hubiera sido bajar al valle, hasta Saluzzo, y recurrir a la policía y los *carabinieri.* O alertar directamente al fiscal adjunto Gianni Pinto: los rostros de las cuatro chicas desaparecidas reproducidos en el fresco eran una prueba suficiente para obtener una orden del juez y llevar a cabo un verdadero registro en el interior del castillo. Y también para detener al notario como sospechoso de secuestro y agresión sexual. Sí, a no ser que regresara a aquel antro armado con una palanca o una ganzúa, la única alternativa era acudir a la policía. Quién sabe, tal vez incluso harían la vista gorda ante la intrusión ilegal que acababa de llevar a cabo.

A estas alturas ya estaba convencido: había ido demasiado lejos para mis limitadas posibilidades, mejor tirar la toalla y acudir a las autoridades antes de que el asunto tomara un cariz inmanejable. Sujetándome el hombro dolorido, subí lentamente la escalera de caracol, ansioso por salir de aquella maldita catacumba y respirar a pleno pulmón una bocanada de aire puro. Sólo se oía el arrastre de mis pies sobre los escalones de roca, pero cuando ya casi había llegado arriba, tuve la desagradable sensación de sentirme observado. Levanté la vista y reconocí la inconfundible mirada de los señores Smith & Wesson observándome a través de su más famosa creación del calibre 44.

Capítulo 27

Miedo

Diplomacia y mansedumbre no están entre mis principales virtudes, pero en determinadas circunstancias me vuelvo más pacífico que el Mahatma Gandhi. Cuando veo una gran pistola apuntando entre mis ojos, por ejemplo. Y si me doy cuenta de que bastaría la leve presión de un dedo para volarme la cara y que se estampara en la pared detrás de mí un hermoso mosaico de mechones de pelo, trozos de cerebro y fragmentos de huesos del cráneo. No precisamente mi tipo de arte favorito.

Así que, frente a ese bebé de la familia Smith & Wesson que me agitaban a pocos centímetros de la frente, no perdí el tiempo maldiciendo o haciendo preguntas estúpidas, como «¿quién eres?» «¿qué quieres?». Quien quiera que fuese el que estaba al otro lado del revólver tenía todas las credenciales en la mano para dictar la ley. Dejé caer con delicadeza la Glock sobre el umbral de piedra y alcé las manos por encima de la cabeza.

Entonces levanté tímidamente la mirada por encima de aquella arma de cañón largo y, detrás de una mano enguantada, la manga de un loden verde y una elegante bufanda a cuadros escoceses, vi el rostro de un hombre mayor con gafas de montura metálica. El notario De Verdi, supuse. Detrás de él, medio oculta en la oscuridad, percibí la silueta de una mujer. Tal vez Rebecca Gerbaudo. No dije una palabra y durante unos larguísimos segundos ellos tampoco hablaron. Sólo escuchaba mi jadeo y la respiración regular del viejo, que sostenía la pistola con mano firme.

Fue él quien rompió el incómodo silencio que se había instalado en tan absurda situación.

—Salga de ahí y no haga tonterías, o le volaré los sesos.

—No pienso hacerlo ni loco, pero usted tenga cuidado con ese cañón, tiene un gatillo bastante sensible.

Subí los dos últimos peldaños y entré en el salón de la planta baja del castillo, allí donde había descubierto el pasadizo secreto. Después de haberme obligado a alejarme de la puerta, De Verdi le hizo una señal a su acompañante, quien se apresuró a apoderarse de mi Glock, abandonada en la escalera de caracol. Era justamente Rebecca, la hermosa morena en la que me había fijado en aquella cena en casa de Colombani. Realmente fascinante..., a pesar de lo complicado de la situación, no pude evitar recordar cómo la había visto representada en el fresco satánico.

—Usted debe ser ese detective argentino —comentó el tipo.

—Y usted, si no me equivoco, es el notario De Verdi, mientras que la bella dama que le acompaña debe llamarse Rebecca Gerbaudo.

—Bueno, ahora que nos hemos presentado, podemos hablar con franqueza. Es usted un entrometido, señor Perazzo. Y esta vez ha metido las narices donde no debía.

—Qué quiere que le haga, ese es mi trabajo.

—Sí, realmente un oficio estupendo: olfatear coños y descubrir los cuernos de los demás acechando bajo las camas como una rata de alcantarilla. ¿No consiguió encontrar un trabajo más decente, señor Perazzo?

—Tiene razón, notario, como ocupación no es gran cosa. Pero a veces también me llegan encargos más interesantes, como por ejemplo averiguar qué ha pasado con una chica desaparecida.

Se echó a reír mirando a la mujer que estaba a su izquierda y que seguía enseñándome la Glock por el lado del cañón. Me asaltó un estremecimiento de amor propio, pero entonces pensé: dos pistolas contra mis manos desnudas, es impensable intentar darle un cabezazo al viejo aunque lo pillara distraído. Aumenté la dosis haciéndome el listillo.

—¿Por qué no me dice dónde se encuentran Linda y las otras chicas? Tal vez aún estemos a tiempo de salir todos de esto de forma honorable, sin involucrar a la policía y a los *carabinieri*.

Se puso a hacer muecas exageradas, acompañadas de la risa cristalina de Rebecca. Se miraron y parecían estar pasándoselo en grande, pero las armas me seguían apuntando directamente a la cabeza.

—¡La verdad es que es usted un payaso! Pero, ¿a quién cree que impresiona con esas gilipolleces?

—A nadie, sólo quería ponerles de buen humor.

—¡Basta ya! No tengo ganas de tonterías. Al parecer, aún no ha considerado la posibilidad de no volver a salir de esta casa... ¡o que tal vez lo haga con los pies por delante!

Esta vez permanecí en silencio. De repente se me habían quitado las ganas de hacerme el gracioso, la voz del notario y esos dos agujeros negros en el fondo de los cañones de las armas no presagiaban nada bueno. Bajé la mirada. Debo admitir que sentí cierto temor. Mejor dicho, estaba cagado de miedo.

Si De Verdi hubiera apretado el gatillo en ese momento, no habría sido difícil hacer desaparecer mi cadáver y hasta conducir mi coche a cientos de kilómetros de distancia, para despistar. Además, nadie sabía que yo estaba allí, en ese agujero del culo perdido en un valle secundario del valle de Varaita. Un asesinato facilito, facilito, en resumen. Sin grandes riesgos. Me había metido yo solito en la trampa como un ratón atraído por un cebo de queso. Intenté volver al ataque, al fin y al cabo, esa pareja desparejada no sabía que yo había llegado hasta allí sin decírselo a nadie.

—No creo que le convenga eliminarme. Dejé dicho dónde venía esta noche, y si no aparezco por la mañana, vivito y coleando, un amigo de confianza alertará a las autoridades y les entregará un sobre con todas las pruebas de sus crímenes.

De Verdi se volvió hacia Rebecca, que se encogió de hombros e hizo una mueca como diciendo que yo iba de farol. El notario volvió a la carga.

—Va a ser verdad que es usted bastante listillo. ¿Y sería tan amable de hacernos saber a quién avisarán en caso de que no vuelva?

—He dado órdenes de avisar al doctor Pinto, del juzgado de Saluzzo, que ya tiene un expediente sobre la desaparición de las cuatro chicas.

Estallaron en carcajadas, aún más descaradas que antes. Moviendo la cabeza, la mujer me miró con compasión, como si fuera un niño algo tontaina. Y esa fue más o menos la sensación que tuve, al ver cómo habían desmontado mi mentirijilla. Intenté arreglarlo, con resultados desastrosos.

—La policía y los *carabinieri* también serán avisados.

—Sí, y tal vez incluso la CIA, el KGB y el servicio secreto israelí. Perazzo, no sólo es usted un payaso, también es un estúpido imprudente. Juega a ser detective, pero ni siquiera es capaz de cuidarse las espaldas. Esto no es una película americana en la que los buenos siempre ganan al final porque 'los nuestros' acuden al rescate. Porque lo que pasa es que 'los nuestros' no siempre están del lado de los buenos.

—¿Qué quiere decir?

—Olvídelo, ya hemos perdido demasiado tiempo. Qué pena, usted casi me cae bien, pero ya sabe demasiadas cosas de nuestra secta. Se ha convertido en un peligro, como ese sacerdote francés.

—Lo mataron ustedes, ¿verdad?

—No haga preguntas, no está en posición de preguntar una mierda. Lo malo fue que los hermanos del otro lado de los Alpes actuaron tarde, se dieron cuenta después de que él se lo hubiera contado ya todo.

—¡No se saldrá con la tuya, De Verdi! Aunque me quiten de en medio, hay demasiadas pistas que conducen al Maestro de Elva. Igual que yo he podido llegar, también lo harán la policía y la justicia.

—No tiene que preocuparse por esos problemas, tenemos a la gente adecuada en el lugar adecuado. Adelante, dé la vuelta y baje por la escalera de caracol, caminando lentamente y manteniendo siempre las manos en alto. Si hace un movimiento indebido, le pego un balazo en la nuca.

En ese momento me di cuenta de que realmente todo había acabado. Querían llevarme abajo porque en la cueva el sonido de los disparos quedaría amortiguado por la roca y quizás existirían otros túneles o pasadizos secretos para desembarazarse de mi cadáver. Fue también en ese momento cuando me di cuenta de que Pilar no volvería a ver a su hija, porque las chicas también habían sido asesinadas. No quedaba otra posibilidad. Si este puñado de locos era capaz incluso de matar a un testigo, después de haber eliminado antes al pobre padre Lacombe, eso significaba que lo hacían porque tenían que encubrir delitos mucho más graves que el secuestro y la violación. También significaba que se sentían seguros contando cómplices de alto nivel: la gente adecuada en el lugar adecuado, como acababa de decir el notario.

Ya otras veces también me habían apuntado con una pistola e incluso me había encontrado en medio de un tiroteo a lo bestia, pero nunca me había sentido tan cerca de la muerte. Podría llegar en cualquier momento, incluso mientras bajaba el primer peldaño de la escalera. Bastaba con apretar ligeramente el gatillo de la Smith & Wesson para que lo único que quedara de Héctor Perazzo, expolicía y detective privado, fuera un recuerdo por parte de los pocos seres queridos que me quedaban en el mundo. Luego, cuando ellos también desaparecieran, nada. Ni siquiera una lápida en una tumba, porque quién sabe dónde me irían a enterrar. No es que me importara mucho, pero un poquito sí que me fastidiaba esa idea.

Bajé el primer escalón, sintiendo la presencia silenciosa del cañón a pocos centímetros de mi cuero cabelludo. Tenía las manos bien levantadas por encima de mi cabeza y sentí que mis piernas temblaban como las llamas de una hoguera. Casi estuve tentado de rezar: busqué en los rincones de mi cerebro para intentar recordar las palabras de las oraciones que mi madre me había enseñado de niño, pero en ese momento no se me venía nada a la cabeza. Bajé otro escalón, lentamente, como si alargar el tiempo de la agonía fuera a salvarme el pellejo.

Fue entonces cuando me surgió una rabia incontenible. ¡A tomar por saco! Si realmente iba a diñarla, mejor hacerlo de pie y cuanto antes, no esperar a cagarme encima en el momento en que a ese gilipollas le diera por apretar el gatillo. Di un paso más y luego fingí tropezar. Me dejé caer hacia atrás, agarré los tobillos del tipo con ambas manos y lo arrastré hacia abajo con todo mi peso, rodando por la escalera de caracol cavada en la roca. Mientras rodaba escalera abajo sin dejar de sujetar con fuerza las piernas de De Verdi, oí gritos, aullidos, palabrotas y luego un golpe seco.

Un disparo retumbó en la oscura caverna. Luego otro. No sabía si era el notario el que había disparado o si era mi Glock que empuñada Rebecca, pero eso me importaba un huevo. A esas alturas me consideraba hombre muerto y lo único que me importaba era vender cara mi piel y hacer el mayor daño posible a ese puto satanista, al que seguía arrastrando cuesta abajo como un saco de patatas hacia el final de la escalera. Tal vez me habían alcanzado, tal vez no. Sentía dolor por todo el cuerpo, golpeado por las continuas sacudidas sobre la roca viva, pero no soltaba mi presa. Rebotando con el culo en los últimos peldaños, herido y sangrando, llegué al final de la escalera.

Sin mirar siquiera, entre otras cosas porque estaba muy oscuro, di un par de codazos a ciegas detrás de mí, donde notaba el cuerpo del notario De Verdi. Dieron en el blanco, pero no escuché ni un gemido. Le di un par de puñetazos más, bien dados, en el pecho y en la cara, o al menos donde creía que estaban el pecho y la cara. Oí el sonido sordo de mis golpes, pero el hombre ya no reaccionaba. Tal vez se había desmayado en la caída. Desde arriba podía oír a la mujer gritando y llamando a su amigo. Tanteé el suelo a mi alrededor y por chiripa, que recordaría el resto de mi vida, sentí el acero helado de la pistola de De Verdi bajo mi mano. La olfateé: no había sido disparada. Así que, a no ser que el notario fuera un idiota que anduviera con un arma descargada, todavía tenía seis simpáticos supositorios en el tambor.

Rebecca Gerbaudo seguía llamando a su Vincenzo, amenazando con dispararme si no lo dejaba libre. De vez en cuando veía su silueta asomando por la pequeña puerta de la parte superior de la escalera, sin prestar atención a que la luz encendida detrás de ella recortaba su figura. Idiota, pensé. Apunté el cañón de la Smith & Wesson a la luz y apreté el gatillo. Fue como si hubiera explotado un mortero: amplificada por el estrecho entorno, la detonación retumbó como un trueno y la bala, al estrellarse contra el marco de la puerta del pasadizo secreto, estalló en un festival de astillas de piedra y fragmentos de madera.

Normalmente no suelo disparar contra las mujeres, aunque de vez en cuando alguna se lo merece. Pero esa bruja se lo había buscado, y pensando en la expresión de las pobres chicas reproducidas en el fresco de Colombani, lamenté no haber apuntado mejor. Subí un par de escalones sin hacer ruido y me detuve a escuchar. Silencio absoluto. Di unos pasos más y, por precaución, volví a disparar hacia la puerta. Otra vez el castillo pareció verse sacudido por un cañonazo, pero al cabo de unos instantes volvió a reinar una calma irreal.

Me asomé con cautela desde el pasadizo secreto y vi que el salón estaba vacío. Avancé con mi revólver apuntando al frente, decidido a acabar con todo lo que se moviera, pero afortunadamente no fue necesario. La puerta principal de la vieja mansión estaba abierta de par en par y cuando salí al exterior, sintiendo la agradable bofetada en el rostro de un aire gélido y puro, sólo vi un par de luces alejándose por la calle nevada.

Capítulo 28

Juego del destino

El notario De Verdi ya estaba paleando carbón en los hornos de su amigo Satanás. O se había roto el cuello en la aparatosa caída, o a lo mejor es que se dio demasiado fuerte en la puta calabaza. En cualquier caso, cuando volví a la caverna subterránea hacía rato que no respiraba. No era una gran pérdida para el género humano, pero a un servidor le complicaba no poco las cosas. Muerto y bien tieso no me serviría de mucho: hubiera preferido entregarlo vivo a los *carabinieri* y hacerle confesar.

Y ahora no sabía qué hacer con aquel cadáver en las manos. Si por lo que fuese llegara un entrometido, yo iba a quedar como un intruso y el notario como el bueno que murió defendiendo su propiedad. Lo más sensato habría sido largarse, entre otras cosas porque la bella Rebeca podía volver con refuerzos y yo no tenía ningunas ganas de verme envuelto en otro tiroteo. Pero había algo que me retenía en aquel lugar maldito, una carcoma que me roía el cerebro y me impedía salir de allí pitando. Respiré hondo y después, cojeando, volví hasta el almacén de trastos por el cual había entrado en la casa y me hice con una robusta barra de hierro medio oxidada que había por allí. Por último, con dificultad, bajé por enésima vez la escalera de caracol y me precipité hacia la puerta cerrada con llave.

No fue empresa fácil, pero esta vez, haciendo palanca con la barra, las viejas bisagras no resistieron mucho. Recogí mi linterna y empecé, preso de la ansiedad, a bajar por un túnel estrecho y oscuro, tendría poco más de metro y medio de altura, de manera que tuve que avanzar encorvado para no golpearme la cabeza con la bóveda de roca. Avancé unas decenas de metros. Había un tufo a aire viciado y a muerte. El hedor dulzón, nauseabundo e inconfundible de un organismo en descomposición.

Había un animal putrefacto allí dentro. O quizás un ser humano, la pestilencia es más o menos igual. Un hedor repugnante que sentía que penetraba en mi nariz, en mi boca, incluso en mis ojos y en cualquier otro orificio, como si quisiera envolver mis entrañas para no abandonarme nunca más. Sentí que los fideos del almuerzo se me ponían a bailar un tango en el estómago, entrelazados en un abrazo no muy romántico con los escalopines al vino blanco. Tenía ganas de vomitar, pero intenté recomponerme y seguir adelante. La angosta galería terminaba en una especie de cueva en forma de pirámide, y aunque estaba completamente oscuro, supuse que habría un respiradero arriba que daba al exterior, porque la pestilencia era menos insoportable que en el túnel.

Iluminé la cavidad e inmediatamente vi la entrada a una especie de cisterna subterránea protegida por una rejilla de hierro. Me asomé y fue como echar un vistazo al infierno. Los efluvios eran espantosos; a pesar de la profundidad del pozo, el haz de luz de la linterna iluminó el horror de cuerpos inmóviles, renegridos y ya putrefactos. Di un paso atrás como un rayo, como si aquella visión devastadora pudiera hacerme daño físico, y esta vez no pude resistir las arcadas. Después de vomitar hasta el alma me quedé allí, de rodillas, sacudido por escalofríos y con la frente bañada en sudor. Y durante unos minutos lo único que pude hacer fue llorar.

Había encontrado a Linda. Y también a Lyudmila, a Essaadia y a Rehajoy. Pensé en la pequeña peruana, en sus ojos tristes, en su corta e infeliz vida. Y también pensé en el rostro prematuramente envejecido de *doña* Pilar y en su mirada de india que ha visto ya demasiado. ¿Quién sabe si su corazón, seco y marchito por el sufrimiento, podría soportar la enésima bofetada del destino? También me acordé de los padres de la marroquí, ese hombre calvo y con bigotes y su mujer con el velo islámico y los ojos bajos. Gente sencilla a la que la globalización había arrojado desde el pasado de la tradición magrebí a la modernidad europea. Y traté de imaginar a los familiares de la muchacha ucraniana, esperando pacientemente en un pueblo cubierto de nieve una llamada telefónica, una carta, la transferencia del dinero necesario para salir adelante.

Historias como mil, como otras cien mil. Existencias humildes y subterráneas que el cruel juego del azar había unido para hacerlas llegar juntas a la cita final, estrechándolas en un abrazo mortal. Me negaba a creer que algún designio estuviera detrás de esta basura. Que en algún lugar existiera un «arquitecto» de la creación capaz de concebir o ni siquiera de asistir impasible al hecho repugnante de cuatro jóvenes vidas sacrificadas en nombre del egoísmo, de la perversidad, de la negación de todo principio humano. Era mejor refugiarse en la teoría de la fatalidad absoluta, del caos total que nos hace nacer, vivir y estirar la pata sin ninguna razón precisa, como una lombriz, un mosquito o una espiga de trigo. Engranajes microscópicos de un cosmos que nunca podremos llegar a comprender del todo.

Me puse en pie tratando de sacudirme un sopor que se asemejaba a la somnolencia o a ese estado de semiinconsciencia que se apodera de ti tras una mala borrachera, cuando los pensamientos se ponen a rebotar dentro de la cabeza y el cerebro anegado por el alcohol no puede seguir su ritmo. Me alejé tambaleándome de la cisterna de la muerte e intenté ganar la salida de aquel maldito lugar. Necesitaba aire fresco. Cuando estuve fuera respiré a pleno pulmón, recogí un puñado de nieve y me lo restregué por la cara, lo que me provocó un leve placer cuando sentí la sangre correr por los capilares incendiándome las mejillas y la frente.

El valle se había sumido en el silencio y la oscuridad. Di dos pasos, fui hasta mi coche: todo estaba bien. A aquellos canallas no se les había ocurrido pinchar mis neumáticos, quizás no habían tenido tiempo. Saqué el móvil del bolsillo, que había sobrevivido milagrosamente a la caída por la escalera de caracol, y llamé a Alex Giacchero.

—Hola, soy Héctor. ¿Te interesa tener la primicia de tu vida, aun a riesgo de ir a la trena?

Cuarenta minutos más tarde, mientras fumaba el enésimo pitillo sentado a la intemperie en un peldaño de la escalera de entrada al castillo, vi el Panda del periodista subiendo a duras penas por la última curva que conducía a la casa del notario. Con Alex iba un tipo de pelo largo y sucio aspecto que arrastraba una bolsa llena de objetivos y cámaras. En pocas palabras les expliqué lo que había sucedido, dejando los detalles para más tarde. Luego les conduje al templo subterráneo, pasando por encima del cadáver del notario.

Alex y el fotógrafo no abrieron la boca, se notaba que estaban cagados de miedo. Fuera por el ambiente poco simpático o porque se daban cuenta de que podían meterse en problemas de verdad, ya que estaban deambulando por la escena del crimen antes de que llegaran los *carabinieri*. Pero el instinto de periodista era más fuerte que la cagalera. Y mientras Giacchero miraba a su alrededor con aire asustado, el fotorreportero tomaba algunas fotografías. Cuando encendí las antorchas que iluminaban el fresco de Thierry Colombani, los dos se quedaron con la boca abierta. Pero la tournée turística por la casa del diablo no había hecho más que empezar.

—Espero que tengáis un estómago fuerte, porque no será un bello espectáculo.

Asintieron, cada vez más asustados. Los conduje por el pozo hasta la caverna piramidal donde estaban apilados los cuerpos de las víctimas. Giacchero no pudo llegar al borde de la cisterna y liberó su estómago en un rincón de la caverna, no muy lejos de mi montón de vómito. El fotógrafo, que se llamaba Lucio y era un poco más astuto que el joven reportero, se armó de valor y apuntó con su objetivo hacia aquel agujero negro que parecía la puerta del infierno. Tomó cinco o seis fotos sin siquiera mirar, sosteniendo la cámara con una mano. Con la otra se cubría la boca y la nariz, en un vano intento de protegerse del espantoso hedor de los cadáveres.

Volvimos atrás y me vi obligado a sostener a Giacchero, que todavía se sentía mal. El fotógrafo, en cambio, caminaba como un autómata con la mirada perdida en el infinito. Le pedí ver las fotos y, sin decir una palabra, me mostró las tomas en la pequeña pantalla de la Nikon digital. Las fotos eran pequeñas y demasiado deslavazadas por la luz del flash, pero se podía distinguir mejor el horror que sólo pude entrever cuando, una hora antes, me había asomado sólo unos instantes al pozo de la muerte. Cuerpos desnudos. Piernas, brazos, cabezas oscuras entre las que, semiocultas por la maraña de miembros, asomaban algunos mechones de pelo rubio. Era Lyudmila, la ucraniana. Los rostros estaban hinchados y deformados por el proceso de descomposición, al igual que la piel de los cuerpos, ahora oscura e inflada.

En esos pobres restos un buen forense habría podido «leer» sin dificultad la suerte de las cuatro desgraciadas: cuándo habían sido asesinadas, de qué modo, si habían sufrido o si la muerte había llegado instantáneamente, como una liberación. En mi corazón sólo esperaba que ahora estuvieran en un lugar menos apestoso que esta Tierra.

Capítulo 29

La mano de la justicia

El capitán de los *carabinieri* no salía de su asombro ante el espectáculo que acababa de ver. Caminaba nervioso, metiéndose en la boca pastillitas de menta una tras otra, quizá para ahuyentar el olor a cadáver que le atenazaba la garganta. Y seguía repitiendo, como un mantra: «La puta hostia...» No era un novato, pero la visión de aquellos cuerpos torturados le había sacudido como a un estudiante en su primera lección práctica de anatomía. El viejo sargento del cuartel de Sampeyre, por su parte, se retorcía su mostacho decimonónico y miraba a su alrededor con la mirada perdida.

Con la actitud del veterano que ya ha visto de todo y de todos los colores, yo estaba despatarrado en un sillón fumándome otro rubio, mientras Giacchero estaba hundido en el polvoriento sofá, pálido como un fantasma. Al fotógrafo lo habíamos largado a toda prisa a Saluzzo para que pudiera poner a salvo sus fotos antes de que la pasma pensara en confiscarle el equipo. Y mientras esperábamos, me lie con una botella de coñac que encontré en un armarito de la sala hasta que le vi el fondo: un Courvoisier de excelente añada, a costa del notario satánico. El alcohol a mí me había devuelto algo de valor, mientras que al jovenzuelo de La Voce di Saluzzo sólo había conseguido que potara otra vez.

Primero habían llegado los carabinieri del destacamento de Sampeyre, luego los de la compañía de Saluzzo, y ahora se esperaba a los especialistas de la unidad de operaciones de Cuneo, que iban a jugar a imitar al CSI dedicándose a las cuestiones científicas y a los análisis con el luminol. Por el amor de Dios, seguro todo eso eran cosas muy importantes, especialmente a efectos judiciales. Pero en aquel momento me parecieron sólo una inútil danza macabra en torno a los restos de las chicas, cuando los asesinos seguían todavía en libertad. Excepto De Verdi, por supuesto, pues de alguna manera ése ya había pagado su cuenta.

—Dentro de diez minutos el magistrado también estará aquí —me dijo el capitán, metiéndose otro caramelo de menta en la boca.

—¿El doctor Pinto? —pregunté.

—No, el doctor Severini. El procedimiento nos obliga a llamar al fiscal de guardia.

—Lástima, porque era Pinto quien se encargaba de las chicas desaparecidas, él ya conoce el caso.

—Si es así, después de cumplir con los trámites de rigor, seguramente Severini le pasará el expediente a su colega, no se preocupe.

—Verá, le aseguro que ya no me preocupa nada después de que me hayan hecho cosquillas en la nuca con una Smith & Wesson.

El magistrado de turno era un joven con gafas, con pinta del primero de la clase y de haber visto un cadáver sólo en los libros de medicina legal. Ahora tenía cinco en la chepa. Cuatro de ellos ni siquiera muy frescos. Con una pizca de satisfacción, lo vi palidecer cuando el capitán le explicó la situación y le invitó a bajar al túnel para ver la escena del crimen por sí mismo antes de retirar los cuerpos de las víctimas. Lo había infravalorado: Severini podía parecer un repelente empollón, pero demostró que tenía cojones de sobra para bajar a ese antro infernal.

Cuando volvió a subir, diez minutos después, estaba más blanco que Giacchero. Me acerqué a él con la botella de Courvoisier.

—Doctor, ¿quiere un trago que le levante el ánimo?

El capitán me fulminó con la mirada, pero después de observarme unos instantes con mirada de desconcierto, el magistrado gafotas asintió con la cabeza.

—Sí, tal vez algo fuerte me vendrá bien.

También él se sentó en un viejo sillón y permaneció en silencio durante unos minutos dándole vueltas a la copa de coñac que tenía en las manos. Luego se la tragó de un golpe y poco a poco su rostro recuperó un color casi normal.

—Entonces, ¿los ha encontrado usted? —preguntó, aludiendo a los cadáveres del pozo.

—Sí.

—Y al notario De Verdi, ¿qué es lo que le pasó?

—Se rompió el cuello al caer por la escalera. Estábamos luchando y lo arrastré hacia abajo.

—¿Y por qué se peleaban?

—Porque él y su cómplice, que luego huyó, querían liquidarme: me apuntaban con una pistola y pretendían tirarme a mí también al pozo, después de dispararme.

—¿Y el periodista?

—Él no tiene nada que ver. Lo llamé más tarde, cuando la cómplice de De Verdi se escapó.

—¿Y por qué no llamó antes a los *carabinieri*?

¡Joder! Parecía un novato, sin embargo ya me estaba interrogando como lo hubiera hecho Maigret en el Quai des Orfèvres. Y sin necesidad de hacerse traer una bandeja de cervezas y sándwiches rellenos de la Brasserie Dauphine. Pero, por suerte, uno tampoco era un marica recién salidito del seminario.

—Verá, doctor... después de presenciar ese horror estaba completamente en shock —dije, tratando de hacer que las lágrimas acudieran a mis ojos—. Incluso he vomitado. Así que la primera persona que me vino a la mente fue Giacchero, que me había ayudado con la investigación en estos últimos días. Sólo después pensé que debía llamar a los *carabinieri*... pero mientras tanto no tocamos nada, se lo aseguro.

—Ya veo. ¿Y usted qué hacía aquí, en la casa del notario De Verdi?

—Bueno, es una larga historia. Digamos que una serie de pistas me llevaron a pensar que las chicas podrían haber sido escondidas aquí... pero en realidad esperaba encontrarlas aún vivas.

—¿Y cómo entró en la vivienda?

¡Un verdadero gilipollas! Ahora resultaba que iba a ser el pobre Héctor el culpable, sólo por haber entrado en la casa del monstruo con métodos poco legales.

—Lo siento, doctor Severini —le espeté— entiendo que usted representa la ley y debe cumplir los artículos del código penal hasta el más mínimo detalle. Pero, ante los cadáveres de cuatro pobres chicas torturadas y asesinadas, ¿su primera preocupación es una cerradura forzada?

El capitán me miró de nuevo de mala hostia, buscando en vano otra pastilla de menta en la cajita ahora vacía. En cambio, el magistrado me miró largamente detrás de sus lentes de miope y luego se encogió de hombros.

—A fin de cuentas, tiene razón, ya nos preocuparemos después de la puerta... Que ya imagino que usted se la habría encontrado abierta.

Aquel tipo estaba empezando a gustarme. Aunque era joven e inexperto, se notaba que iba directo al grano, que no se enfrascaba en tecnicismos, como suelen hacer a menudo sus colegas. Mientras hablábamos, también llegaron los agentes del Departamento de Investigación Científica, quienes, tras ponerse sus mascarillas, guantes de látex y trajes blancos de cosmonautas, se introdujeron en el túnel cargados de extraños utensilios. Media hora más tarde, también llegó derrapando un Alfa negro con el doctor Gianni Pinto. El magistrado, elegantísimo con su loden verde oscuro y un sombrero a juego a lo Sherlock Holmes, entró en el pequeño castillo, respondiendo apenas al saludo reglamentario del capitán y los demás *carabinieri*. Saludó con un gesto a su colega más joven, miró a Giacchero con aire ligeramente disgustado y se vino directamente a mí. No parecía muy contento.

—Vamos a ver, Perazzo, ¿qué es la que ha liado?

—Le encontré las cuatro chicas desaparecidas —respondí secamente.

—Por lo que sé, encontró cuatro cadáveres a la espera de ser identificados. Y ha matado a un respetado profesional.

—Mire, De Verdi murió por su cuenta, cayendo por las escaleras mientras me apuntaba con una pistola. Y esos cuerpos son los de Linda y las otras jóvenes extranjeras, no le será difícil identificarlas.

—Ya veremos, ya veremos... De momento, el hecho es que usted ha actuado por su cuenta, en lugar de alertarme a mí o a los *carabinieri*, y eso no juega a su favor. No es como si estuviéramos en una película americana, donde los detectives privados actúan como si fueran los que mandan.

Permanecí en silencio, estupefacto por el comportamiento del magistrado. No es que esperara una medalla al valor, pero ahora sólo faltaba que el sospechoso fuera yo. Pinto parecía muy nervioso y había perdido el cortés aplomo que había demostrado las otras dos veces que nos habíamos visto. Tal vez, imaginé, refunfuñaba por no haberme escuchado y haber quedado en ridículo. Severini estaba a su lado sin decir una palabra, pero se notaba que le molestaba aquella intromisión.

Sin pedir permiso a su colega ni al capitán de los *carabinieri*, el doctor Pinto se fue por la escalera de caracol y descendió al subterráneo, indiferente a las idas y venidas de los agentes que realizaban las pruebas científicas. El oficial miró al magistrado de guardia, extendiendo los brazos, y luego lo siguió. Cada vez más molesto, Severini fue detrás de él y yo hice lo mismo. Alex Giacchero, cuyo rostro era ahora más verdoso que pálido, me indicó con un gesto que no volvería a bajar allí por nada del mundo.

Volví a entrar en el templo satánico. Con los focos de los *carabinieri* y toda esa gente que iba y venía, ya no sentía el miedo de unas horas antes, aunque el gigantesco fresco seguía conservando para mí su efecto siniestro. Observé de nuevo con repulsión el rostro de Linda, pintado con extraordinario realismo con una mueca entre el pánico y el dolor. Deseé que la madre nunca tuviera que ver la última expresión de su hija. Y que las autoridades judiciales destruyeran cuanto antes la abominable obra del pintor satánico.

Me acerqué a los magistrados y al oficial del Cuerpo armado, que examinaban escrupulosamente la delirante obra maestra de Thierry Colombani. Los tres me daban la espalda y, de repente, fue como si una mano invisible me hubiera dado un puñetazo en el estómago. Bajé la mirada con la respiración cortada. Luego, inspiré profundamente tratando de darme valor, levanté los ojos y volví a mirar. Me di cuenta con horror de que no me había equivocado.

Capítulo 30

Una mirada al abismo

Estaba tan cansado como una bestia de carga. De repente, la adrenalina que me había mantenido en pie se había evaporado y sentí encima todo el peso de una jornada para olvidar. Una jornada maldita que llevaría grabada en la memoria hasta el fin de mis días. Le pregunté a Giacchero la hora: medianoche. Si me hubiera dicho las tres de la mañana o a las nueve del día siguiente, habría sido lo mismo. Me parecía que había entrado en aquel maldito castillo hacía un mes.

Todo lo que había ocurrido antes de entrar en el templo y en la cámara de la muerte quedaba ahora muy lejos, como si perteneciera a una vida anterior. Me di cuenta de que llevaba doce horas sin comer y que mi almuerzo había acabado en el suelo de la caverna, pero la sola idea de tomar un trozo de pan me cerraba el estómago. El hedor a cadáver se me había quedado bien adherido y una buena ducha no sería suficiente para lavarlo. Tampoco una larga noche de sueño profundo sería suficiente para desterrar de mis retinas la imagen de esos cuerpos amontonados de cualquier manera, pudriéndose.

Cuando miras mucho al abismo, el abismo mira dentro ti, me dijo una vez Marchesini. Al parecer, un famoso filósofo alemán escribió eso: Niske, Fichte, Handke..., ahora no recuerdo el nombre. Pero esa fue más o menos la sensación que tuve esa larga noche, cuando la emoción dio paso al cansancio y al recuerdo. Me hubiera gustado seguir dándole al coñac para quedarme noqueado durante unas horas, pero pensé que aún tenía que chuparme más de setenta kilómetros para llegar a casa y desistí.

Los *carabinieri* del RIS[46] casi habían terminado sus comprobaciones, al menos por esa noche. En el exterior, a lo largo de la calle nevada, una macabra fila de coches fúnebres hacía ya cola, listos para transportar los restos de las infortunadas chicas al depósito de cadáveres de Saluzzo. ¿Quién sabe si los *carabinieri* habrían avisado ya a los familiares? Probablemente no, ya que todavía no se había certificado la identidad de los cuerpos. Debería haber llamado a *doña* Pilar, pero no tenía ganas y, como un cobarde, pospuse la dolorosa tarea hasta la mañana siguiente.

Vi al doctor Pinto saludar a Severini y al capitán de los *carabinieri* y dar instrucciones para el día siguiente. Luego se fue sin siquiera mirarme a la cara. El joven magistrado de guardia aparentaba estar deshecho y cabreado, pero se quedó para coordinar las actividades de los investigadores. Lo llevé aparte y le pregunté si podía hablar con él. Salimos al frío de la noche alpina.

—Perazzo, ¿no podríamos posponerlo hasta mañana? De todos modos, tendrá que acudir al juzgado a declarar.

—No, doctor Severini, tengo que decirle algo de suma importancia, aunque no sé por dónde empezar.

—Mire, es más de medianoche, todos estamos cansados, asqueados y traumatizados por lo ocurrido. Sea breve.

—¿Usted confía en el doctor Pinto?

—Pero, ¿qué está diciendo, Perazzo? ¿Se le ha ido la cabeza? Por supuesto que tengo confianza en él, es un colega más experimentado, muy bien considerado y apreciado por todos. ¿A dónde quiere llegar?

Se lo conté, juntando por primera vez las numerosas piezas del mosaico que ya poseía, pero que mi cerebro no

---

46 *Raggruppamento Investigazioni Scientifiche* (Grupo de Investigaciones Científicas). (N. del T.)

había sido capaz de ensamblar hasta unos minutos antes, cuando había descendido al templo satánico por última vez. Cuando vi a Gianni Pinto de espaldas a mí, de pie, mirando el fresco de Thierry Colombani. Fue entonces cuando las neuronas hicieron su trabajo, reelaborando datos dispersos que antes no me habían impresionado, pero que ahora, puestos unos al lado de otros, recomponían un cuadro preciso e inquietante. La primera pieza: el doctor Pinto, que al principio no junta los expedientes de las chicas desaparecidas y trata cada episodio como un caso aislado; que luego se niega a pedir los registros telefónicos y, finalmente, que envía a su inspector a perder el tiempo en la isla de Elba en lugar de seguir la pista del Maestro de Elva, de quien ya tenía conocimiento porque yo se la había proporcionado.

Y, además: el extraño accidente sufrido por el padre Lacombe, que fue atropellado justo al día siguiente de mi entrevista privada con el magistrado. Y luego las enigmáticas palabras del notario unas horas antes: «Tenemos a la gente adecuada en el lugar adecuado...». Por no hablar del hombre que había visto de espaldas en la casa del pintor en Gap, sentado junto a Rebecca: no me había fijado mucho en él en ese momento, pero en retrospectiva bien podría haber sido Pinto, que incluso había sacado su inseparable Montblanc del bolsillo. Y por último, lo que para mí fue la prueba reina: la figura representada de espaldas en el fresco pintado en el sótano. El oficial romano que, en el original del Maestro de Elva, ordena atormentar a Jesús con una lanza, mientras que en la obra de Colombani ordena una tortura más sobre la pobre Linda. Desde el principio me había parecido una silueta familiar, pero sólo cuando vi al magistrado de espaldas se me encendió la bombilla: misma fisonomía, mismo corte de oreja, misma línea de la mandíbula.

Severini me miró desconcertado, negando con la cabeza.

—¿Pero se da cuenta de lo que está insinuando?

—Me doy perfecta cuenta, pero trate de examinar los indicios sin pensar que se trata de uno de sus colegas. Verá que la cosa huele bastante a cuerno quemado.

—Mire, estoy convencido de que lo dice de buena fe, pero no puede pedirme que sospeche de un estimado colega sólo por una pluma estilográfica o un vago parecido en el cuadro de un pintor loco.

—¿Y el asesinato del Padre Lacombe? Yo había hablado de él sólo con Pinto.

—¿Sabe cuántas personas tienen acceso a las actas en una oficina judicial?

—No había actas ni documentos oficiales, sólo la denuncia de una fuente confidencial que su colega anotó en un cuaderno.

—De acuerdo, pero no olvide que la muerte del padre Lacombe también pudo ser un accidente.

—Doctor Severini, dígame con franqueza, ¿es usted tan garantista incluso cuando tiene que detener a un ladrón de gallinas o a un traficante de poca monta?

El magistrado enrojeció.

—¡No vuelva a atreverse a hacer tales insinuaciones! Yo intento aplicar la ley de forma imparcial e igual para todo el mundo.

Apartó la mirada, consciente del rollo que acababa de largar. Dio dos pasos con la mirada perdida en los coches fúnebres que esperaban su carga de muerte, luego me pidió un cigarrillo. Las bocanadas de humo se mezclaban con las del aliento que el frío hacía parecer como los bocadillos de los diálogos en los tebeos. Tiró la colilla sobre un montón de nieve y luego abrió los brazos en señal de rendición.

—Admitamos que tenga razón. ¿Qué cree que puedo hacer? Los indicios existen, es cierto, pero son un poco endebles. Especialmente para incriminar a un magistrado. No tiene ni idea del lío que se montaría.

—Me lo imagino perfectamente, pero también creo que usted es una persona honesta y escrupulosa y no dejará que un asunto tan sucio quede impune.

—¿Sabe lo que me dijo Pinto? Que mañana tengo que entregarle todas las actuaciones, ya que es él quien tiene los expedientes de la desaparición de las chicas.

—Ah, claro, para poder seguir saboteando la investigación. Doctor, usted es el único que puede detenerlo.

—Pero, ¿qué puedo hacer? Es cierto que, como fiscal de guardia, soy el encargado de la instrucción de los cuatro asesinatos y de la muerte del notario, pero si luego el fiscal jefe me ordena pasar las actuaciones a mi colega, tengo que obedecer.

—¿No puede hablar claro con su jefe?

—¿Y qué le digo? ¿Que su mejor hombre está a la cabeza de una banda de adoradores del diablo, que está involucrado en cuatro asesinatos rituales y que ha estado saboteando la investigación desde el principio? Parece que quiere usted que me trasladen a Oristano o a Gela...

—Severini, en la vida no basta con ser personas honestas, a veces hay que ensuciarse las manos y correr riesgos. Eso, o dejar que se salgan con la suya los Gianni Pinto de turno.

Resopló, dejando que otra bocanada de aliento flotara en el aire helado, luego se alejó en dirección a los *carabinieri* que lo esperaban con el motor del coche en marcha. Me quedé allí en la oscuridad de la noche, con las manos en los bolsillos, observando en silencio la silenciosa procesión del servicio funerario, que llevaban los cadáveres envueltos en bolsas de plástico hacia los coches fúnebres. Cuatro vidas rotas en la flor de la vida, envueltas en fardos sin forma y acompañadas únicamente por gusanos y moscas saprófagas. Finalmente cogí un cigarrillo, lo encendí sin poder reprimir una blasfemia.

Le hice una señal a Giacchero, que me siguió hasta el Alfa 147. Durante el trayecto no dijo una palabra y yo tampoco. Incluso la radio del coche permaneció en silencio, ya que no estaba para cancioncitas. Descargué al periodista frente a su casa en Saluzzo, limitándome a despedirlo con la mano. El asfalto de la carretera provincial estaba congelado, pero pisé el acelerador de todos modos conduciendo como un loco los kilómetros que me separaban de Turín. De milagro llegué sano y salvo. Si me hubiera estampado contra un poste en esos momentos, me la hubiera traído floja.

Capítulo 31

Turistas del horror

Hacía un par de días que ya no nevaba, pero el cementerio seguía tan blanco como un campo de algodón. Era Nochebuena, hacía frío y la helada cubría las copas de las tuyas y los cipreses con arabescos de escarcha que recordaban a los encajes de las viejas tías. Aquella mañana había un cierto ajetreo, ya que muchos aprovechaban las festividades para visitar las tumbas de sus familiares; sin embargo, el pequeño cortejo que marchaba detrás del féretro de Linda no pasaba desapercibido. Rostros oscuros, narices aguileñas y cabellos de ébano asomaban por entre bufandas, abrigos, chaquetones de plumas y gruesos gorros de lana, dando a la procesión un inconfundible carácter étnico.

Giuliana y yo éramos los únicos italianos, aparte del sacerdote encargado de bendecir los restos mortales antes del entierro: un anciano misionero que había vivido treinta años en los Andes. Enfundada en un largo abrigo negro, Viviane, la travesti brasileña, cerraba el cortejo detrás del coche fúnebre, que avanzaba a paso de persona. Me saludó con un gesto de la mano, que yo devolví con una media sonrisa. Giuliana, por su parte, se le acercó y la besó en la mejilla.

Doña Pilar seguía a los restos de su hija con su habitual expresión impasible, pero cuando bajaron el ataúd a la tumba, se desmayó. *Doña* Rigoberta y otra amiga tuvieron que sostenerla. Divisé en un rincón del cementerio a un hombre medio emboscado. Llevaba un ramo de flores en la mano y sus rasgos, que asomaban entre su bufanda y un ridículo gorro de lana, me resultaron familiares. Me fijé mejor, era el contable Vaudagna, el tímido bancario medio novio y amante de Linda. Tenía los ojos enrojecidos y un aspecto de perro apaleado. Me acerqué.

—Lo siento, la encontré, pero no llegué a tiempo.

—Pobre Linda... —murmuró.

Entonces rompió a llorar.

No tardaron mucho en identificar a la joven peruana en la maraña de cuerpos recuperados en el fondo del pozo. Su madre reconoció un colgante que llevaba al cuello y las pruebas de ADN despejaron cualquier duda de los investigadores. Tras la autopsia y las comprobaciones de rigor, el cuerpo permaneció varios días en una cámara frigorífica del depósito de Saluzzo, junto con los de Rehajoy, Lyudmila y Essaadia, hasta que las autoridades judiciales ordenaron su devolución a las familias.

Una vez más, Severini había demostrado que los tenía bien puestos. No sólo no había entregado las actuaciones de la investigación a su colega Pinto, sino que había seguido adelante con la instrucción del secuestro y asesinato de las chicas y había hecho detener a Rebecca Gerbaudo. Además de mi testimonio, había pruebas concretas contra la mujer: el examen de los registros telefónicos demostró que la noche del 11 de diciembre estaba en Valmala con De Verdi, y en la culata de mi Glock, que se encontró al día siguiente no lejos del castillo, el RIS había encontrado sus huellas dactilares. Llevaba un par de días en la cárcel, pero ante el juez que incoaba las diligencias previas no dijo ni pío.

Una discreta ayuda para desbloquear la investigación y hacer caer a Gianni Pinto llegó también por parte de La Voce di Saluzzo, que dos días después, cuando otros periódicos aún andaban a tientas en la oscuridad hablando de una «misteriosa masacre» y de «víctimas por identificar», salió con seis páginas en exclusiva con todo lujo de fotos y detalles del caso. Los artículos señalaban directamente a la secta satánica italo-francesa y al pintor que se hacía llamar el Maestro de Elva, y ponían de manifiesto las graves lagunas de la investigación realizada hasta el momento por parte de la fiscalía de Saluzzo, insinuando la hipótesis de un extraño encubrimiento en beneficio de los adoradores del diablo.

Obviamente, Giacchero había sido acusado de violar el secreto de sumario y la policía judicial había ido a incautar las fotos tomadas por Lucio. Pero igual de obvio es que los archivos digitales ya habían sido alojados *on line* en un servidor de Internet en las islas Fiji, donde ningún policía podía acceder a ellos. Así, de vez en cuando, La Voce sacaba una nueva imagen del templo satánico o del fresco maldito de Thierry Colombani. Alex había escrito dos artículos para un importante semanario nacional, y el fotógrafo había conseguido vender sus fotos a otra revista por un buen pellizco.

Si a nivel nacional el asunto de los sacrificios humanos había acaparado las portadas y la apertura de los telediarios en hora punta, en el pequeño Saluzzo aquello fue la leche. El fiscal jefe corría el riesgo de saltar de su puesto en cualquier momento, el intachable capitán de los *carabinieri* ya había sido trasladado a Locri, y la buena sociedad de la ciudad se había apresurado a distanciarse del antiguo notario De Verdi y de su amiguita Rebecca.

Oficialmente, el doctor Pinto estaba de permiso, pero fuentes bien informadas aseguraban que el Consejo Superior de la Magistratura ya le había abierto expediente por «incompatibilidad con el entorno»[47] y un par de influyentes colegas le habían aconsejado que dejara que se calmaran las aguas y presentar posteriormente su dimisión de la Fiscalía. Perro

47 Figura jurídica de la legislación italiana que castiga con el traslado forzoso a un funcionario cuando su permanencia perjudica el prestigio de la Administración, o se determina objetivamente la existencia de un peligro para el afectado mismo, o bien por gravísimas y excepcionales situaciones. (N. del T.)

no come perro y juez no come juez. Me hervía la sangre con la idea de que a ese hijo de puta le saliera la fiesta tan barata, pero no podía hacer nada al respecto. Ni siquiera mi testimonio pudo inculparle, y Severini tenía razón, era imposible basarse únicamente en sospechas y en su supuesto parecido con un personaje en el cuadro de Colombani.

La única que podría haberlo jodido todo era Rebecca Gerbaudo, que en el silencio de su celda de aislamiento seguía callada como un mueble. Según Giacchero, había bastante más de uno en la ciudad temblando y sin dormir por las noches temiendo que la bella satanista comenzara a largar. De hecho, se rumoreaba que ya se había depositado una gran suma a su nombre en un banco de Liechtenstein para convencerla bastante de que no traicionara a sus amigos. Me preguntaba si eso sería suficiente, ya que, por los cargos de conspiración para el secuestro, asesinato múltiple y ocultación de cadáveres, no se libraría con sólo un par de años de cárcel y un sermón del juez. Pero tal vez confiaba en el alegato de un buen abogado y en la manga ancha de la justicia italiana, siempre dispuesta a beneficiar al delincuente antes que a las víctimas.

La solución a mis disquisiciones llegó un par de días después de Navidad, cuando los funcionarios de prisiones encontraron a Gerbaudo ahorcada en los barrotes de su celda. Se indagó el asunto a nivel interno de la propia cárcel y se abrió una investigación judicial, pero habría apostado cien pavos contra un céntimo agujereado a que nunca se averiguaría cómo pudo llegar una gruesa cuerda al interior del centro penitenciario. Como de costumbre, el pez pequeño pagó por los grandes, un agente fue castigado y suspendido del servicio por unas semanas.

La muerte de Rebecca Gerbaudo supuso un enorme palo en las ruedas de la investigación del doctor Severini. La responsabilidad del secuestro y asesinato de las muchachas recayó en los dos fallecidos y se cerró el círculo. En cuanto al pintor francés, a las autoridades transalpinas no les gustó nada la intromisión de la justicia italiana en la vida privada de un ciudadano de la Républíque. La Fiscalía de Saluzzo había incoado una rogatoria internacional, pero sin hacerse demasiadas ilusiones.

—Perazzo —me confió, desconsolado—, con suerte, mis colegas de Gap me responderán en seis meses y, en el mejor de los casos, me concederán un interrogatorio a través de un intermediario, es decir, dirigido por un magistrado francés que no ha visto las actas y al que le importa un pito mi investigación. En cuanto a la solicitud internacional de arresto, ni siquiera me atrevo a presentarla con tan escasas pruebas en nuestro poder.

Sí, pintar frescos de mal gusto no es un delito. Ni siquiera si representan a las víctimas de un asesinato abominable. Además, ¿quién podría probar que Colombani era responsable de los crímenes de la secta satánica? Bastaba con decir que se lo había inventado todo, que la reproducción de la obra del Maestro de Elva era sólo fruto de la imaginación de un artista especialmente fantasioso. *Ars grazia artistorum* o algo parecido, como hubiera dicho mi amigo Marchesini, que sabe latín.

Además, incluso en Italia ya había quienes ensalzaban el espíritu creativo del pintor de Gap. Un fulano, un crítico de arte que siempre sale en la televisión insultando a todo el mundo, ya había comparado el fresco del castillo de Valmala con la Capilla Sixtina, «una obra de arte luciferina que, en su inversión de los roles tradicionales, constituye un himno a la libertad creadora del hombre, que es a la vez *faber* y prometeico». Pajas mentales de intelectual gilipollas, en definitiva. Pero como la madre de los idiotas siempre está embarazada, un par de periódicos lo secundaron. Y el Superintendente del Patrimonio Artístico y Cultural se apresuró a pedir que el fresco de Colombani se incluyera entre las obras de relevancia pública dignas de ser protegidas. Quién sabe lo que pensaría d*oña* Pilar de todo eso.

El subterráneo maldito seguía clausurado, pero durante los fines de semana ya se había producido el habitual peregrinaje de curiosos, dispuestos a inmortalizar la «casa de la masacre» con sus teléfonos móviles y sus cámaras fotográficas. Como si estuvieran hablando de un videojuego, padres modernos y cariñosos explicaban a sus obesos hijitos con *smartphone* en ristre, que allí se había producido una carnicería y que habían asesinado a cuatro chicas extracomunitarias.

—Imagínate, las crucificaron y las torturaron —me pareció oí por casualidad, antes de salir de allí asqueado— para representarlas en una especie de cuadro pintado en la pared.

—¿Pero no habría sido más rápido fotografiarlas con un teléfono móvil? —fue la pragmática respuesta de la criatura a la explicación de su padre.

Se lo comenté a Severini, que abrió los brazos con impotencia.

—Perazzo, le entiendo, pero ¿qué quiere que haga? No puedo poner a los *carabinieri* de guardia día y noche para mantener alejados a los curiosos. De hecho, en un par de semanas levantaré la clausura del edificio porque todas las pruebas científicas han sido realizadas ya y la familia de De Verdi ha solicitado la devolución de la casa.

Aquella noche fui a casa de Marchesini, pero ni siquiera cuando vi el fondo de la tercera botella de Barabaresco me pareció mejor el mundo.

Capítulo 32

Fuego

Corrí por la nieve recién caída, hundiéndome hasta las rodillas, echando el corazón por la boca. Estaba muy oscuro y no había luna, así que tuve que tener cuidado de no tropezar con las ramas más bajas. Cuando mis pulmones gritaron ¡basta!, me apoyé en el tronco de un alerce mirando por encima del hombro para ver si Beppe había conseguido seguirme. Llegó un minuto después, jadeando y maldiciendo contra esos demasiados cigarrillos.

—¡Maldita sea!, pensar que antes corría como Abebe Bikila.

—Sí, pero eso sería en el instituto. Quiero que sepas que, desde entonces, Gutenberg inventó la imprenta y el hombre ha llegado a la luna.

—¡Gaucho de los cojones! ¿Me estás llamando viejo?

—Claro que no, lo que pasa solamente es que eres joven de otra manera.

—¡Vete a la mierda, y yo también por hacerte caso!

Permanecimos un rato en silencio, jadeando con la lengua fuera como los perros. Ya ni siquiera sentía el frío, aunque antes de salir del coche el termómetro marcaba diez grados bajo cero. El bosque estaba desierto y en silencio, no se veía ni una sola estrella en el cielo. Según las previsiones meteorológicas, volvería a nevar antes del amanecer. Menos mal, pensé, así se borrarán todas las huellas.

Marchesini estaba a punto de encender un cigarrillo, pero le aconsejé que no lo hiciera.

—Todavía estamos muy cerca, nunca se sabe.

—Pero si llevamos media hora corriendo.

—Sí, pero con la nieve tan alta si hemos hecho doscientos metros ya es mucho. Aguanta otros diez minutos a que lleguemos al coche.

—Bueno, ¿puedo al menos echar un trago, o eso no está contemplado en el reglamento de los sargentos instructores de los Marines?

Sacó del bolsillo del chaquetón una petaca forrada de cuero y se echó dos tragos de whisky, luego me la pasó. Sentí cómo me bajaba el alcohol por la garganta y llegaba al estómago provocándome una agradable sensación de calor. Le hice una señal a mi amigo y reanudamos la marcha hacia el valle. Cuando llegamos a un claro, me di la vuelta y miré sobre las copas de los árboles. Vi un resplandor a lo lejos que se recortaba en la oscuridad. Beppe también se detuvo, asintiendo con la cabeza.

—Arde bien —comentó.

Descendimos durante otro cuarto de hora. Tenía las botas llenas de nieve y la camisa empapada en sudor, pero no me atreví a abrir mi chaquetón de plumas ni medio centímetro, porque con esa temperatura habría pillado una pulmonía de momento. Finalmente cruzamos la carretera. Antes de salir del bosque, miré a mi alrededor durante un buen rato, intentando agudizar el oído por si se oía el ruido de algún coche. Sabía que era una precaución inútil. Miré la hora: faltaban veinte minutos para la medianoche. No había nadie, todo el mundo estaría encerrado en su casa o en cualquier local, listos para descorchar el champán y dar la bienvenida al Año Nuevo. Nunca entendí esa emoción por envejecer.

Un par de curvas cerradas más abajo vi el Alfa 147 cubierto de hielo. Mientras me quitaba las botas, Marchesini se puso a raspar la escarcha del parabrisas con el rascador, luego arranqué el motor, encendí la calefacción a tope y en unos instantes conseguí un mínimo de visibilidad. Metí primera y nos dirigimos lentamente hacia el fondo del valle con cuidado de no derrapar en el asfalto helado. Encendí la radio, pero apenas se oían emisoras en aquellas quebradas. Sólo la RAI, que emitía un insulso programa de variedades a la espera de los cohetes de fin de año. Marchesini resopló ante los topicazos del presentador de turno y luego encendió su esperado cigarrillo echando el humo contra el cristal empañado.

—¡Dios!, qué buena fogata hemos hecho, ¿eh?

—Eso parece.

—¿Estás seguro de que no has dejado ninguna huella? ¿Y las garrafas de gasolina?

—Las tiré sobre la pila de muebles en cuanto empezaron a arder, se habrán derretido en un minuto.

—Yo no me he quitado los guantes de látex ni un momento, por si acaso.

—Bien hecho, aunque no creo que ni los sabuesos del CSI pudieran encontrar huellas en ese montón de ruinas chamuscadas.

Conduje en silencio durante unos minutos hasta llegar a la carretera provincial en el fondo del valle. Entonces detuve el coche en el arcén y eché otra mirada hacia la montaña que teníamos a la espalda. En medio de una oscuridad casi completa se veían a lo lejos lenguas de fuego que se elevaban detrás de una cresta. El incendio era enorme, como yo esperaba. Reanudamos la marcha pasando por los pueblos de Brossasco y Venasca. En el salpicadero el reloj marcaba las 23.58. En Piasco, Beppe volvió a la carga: «Podríamos parar en un bar y echar un trago, ¿no crees? Sólo para celebrar el Año Nuevo.

—Aparte de que no hay nada que celebrar, todavía estamos demasiado cerca: es mejor no dejarse ver por aquí.

—Eres un pelmazo. Y un histérico: pero ¿quién crees que nos va a mirar en Nochevieja?

—Ahora mismo nadie, pero cuando mañana se difunda la noticia del incendio, la gente se podría acordar de golpe de esos dos extraños individuos, uno viejo y el otro medio extranjero, que nunca habían visto por estos lares.

—Hijoputa extracomunitario, ya te daré yo con lo de viejo.

—Vamos, abuelete, tómate otro trago de whisky y brinda por el Año Nuevo, que, aunque luego resulte ser un asco, será menos malo que este otro que dejamos atrás.

Llegó la medianoche y de los altavoces brotaron gritos, vítores y cánticos estridentes. Marchesini dio un trago y me pasó la petaca.

—Mis mejores deseos, Beppe. Te has portado como un verdadero amigo.

—Déjate de chorradas. Ni siquiera yo podía aguantar ya más toda esa historia repugnante.

—Aun así, hay que tener huevos para venir hasta aquí a echarme una mano.

—Te aseguro que hay que tener todavía más para estar sentado aquí a tu lado mientras conduces como un desquiciado. ¿Quién te crees que eres, Fangio? ¡Ve más despacio, joder! ¿No ves que hay hielo en la carretera?

—Encima he hecho que te pierdas el cotillón de Nochevieja.

—Eso te lo agradeceré eternamente. ¿Tú me imaginas ahora mismo haciendo el trenecito con un sombrerito minúsculo en la cabeza y un matasuegras en la boca?

Nos reímos los dos sintiéndonos ya seguros. El coche cruzaba las sombras entre campos cubiertos de nieve e hileras de álamos desnudos y marchitos.

No había nadie en los alrededores. Pasaría otro par de horas antes de que se vieran volviendo a casa a los supervivientes de los atracones de Nochevieja. La radio había vuelto a captar mis emisoras favoritas y ahora estaba trasmitiendo una vieja canción de los Beatles:

Here comes the sun,
here comes the sun
and I say it's all right.

Para el sol tendría que esperar aún un poco más, ya que desde hacía días el cielo era una especie de manto gris sucio.

Y tampoco es que todo estuviera precisamente «all right». Pero en ese momento el alegre estribillo en la voz de George Harrison, en una de sus escasas interpretaciones vocales con los Fab Four, me pareció un buen augurio para los días venideros.

Capítulo 33

Diablos, cacerolas y tapaderas

Entre unas cosas y otras aún no me había fijado en el periódico, que había llegado a última hora de la mañana junto con las facturas de la luz y el gas y los folletos publicitarios de una fábrica de muebles que promocionaba su liquidación total. Había tirado la correspondencia sobre el asiento del Alfa y, como todos los sábados por la tarde, iba camino del hipódromo. Había regresado de Niza por la noche, estaba agotado por el viaje y por dos interminables días en los que había estado pegado a las culeras de la amante de un rico industrial farmacéutico.

Oficialmente, la mujer, una relaciones públicas de veintiocho años, ya multioperada pero lejos de ser un desecho, había ido a la Costa Azul para una reunión de empresas agroalimentarias. En realidad, bastaron unas horas de persecución para darme cuenta de que ese bombón estaba más interesada en los productos étnicos locales, en este caso un musculoso magrebí con cara de boxeador y físico de culturista que la acompañaba allá donde fuese. En particular, a una lujosa suite del Negresco. No había conseguido documentar con mi Nikon las evoluciones presuntamente eróticas de ambos en la habitación del cuarto piso con vistas a la Promenade des Anglais, pero al menos me había hecho con un centenar de otras instantáneas comprometedoras, robadas en la calle con la habilidad de un paparazzi: besos, abrazos, caricias, agarradas de culo e incluso un toque fugaz al paquete del boxeador. En resumen, un documento que decía mucho sobre la relación de ambos y que habría sido suficiente para que un servidor se ganara un sustancioso cheque y la amante infiel una buena patada en el culo.

Aquel sábado de principios de abril estaba bastante eufórico. Por fin hacía un bonito día de primavera, ¡menos mal! Por la carretera había visto las primeras hojas en los árboles y decenas de violetas floreciendo en los prados, una visión que me hizo sentir mejor. En la ciudad, el cambio de las estaciones sólo lo marcan las páginas del calendario, pero basta con alejarse un par de kilómetros del alud de hormigón y asfalto para reencontrar cierto atisbo de los ritmos de la naturaleza. Me sentía alegre, sobre todo cuando conseguía no pensar en la fea historia de unos meses antes, que todavía me perseguía un día sí y otro también.

Dos horas más tarde, ya estaba otra vez cabreado. Esa vieja maricona de Cortopassi me había vuelto a dar un soplo seguro para la tercera carrera: Mandrake ganador y Mazinga colocado. Le creí. Y, por supuesto, resultó ser un nuevo engaño. Otros cien euros tirados a la basura. Cuando lo vi pasar bajo la tribuna de camino a las caballerizas, alicaído como un perro apaleado, no tuve fuerzas ni para insultarlo: por lo visto, también a él le habían tocado el bolsillo. Me miró y abrió los brazos como quien se rinde. Balbucí una palabrota entre dientes y me fui rompiendo el boleto de la apuesta.

No es que ya hiciera calor, pero de todos modos mantuve la ventanilla medio bajada con la ilusión de respirar un aire más puro de lo normal. Conduje despacio disfrutando del panorama de los campos, que habían vuelto a ser verdes, y de los bosques de Stupinigi, que recuperaban su forma y colorido. En un semáforo se me acercó contoneándose la prostituta africana de rigor, semidesnuda como una gogó del Billionaire.

—¡Hola, guapo! ¿Quieres venir hacer amor?

—Tesoro, siempre me pillas cuando estoy a dos velas.

—Vamos, sólo veinte euros...

—¿Pero hasta hace poco no eran treinta?

—Sí, pero ahora pocos clientes, nadie viene ya follar, así yo baja precios.

—Qué se le va a hacer, es la crisis financiera internacional, la burbuja especulativa. Todos tenemos que apretarnos el cinturón.

Me despedí de la pava, que se quedó intrigada, y me alejé silbando hacia la ciudad. El tráfico de siempre, los rostros cabreados de siempre aprisionados tras un parabrisas, los semáforos de siempre regulados al estilo de Turín: en cuanto se dispara el verde, el siguiente ya se está poniendo en amarillo. Decidí no enfadarme. Quemarse la sangre encajado entre cuatro chapas es probablemente una de las actitudes más estúpidas de las que caracterizan a la raza humana. Aproveché el exceso de rojos para mirar distraídamente la correspondencia que había dejado en el asiento.

Factura de ENEL: más o menos el consumo de electricidad habitual, porque casi nunca estaba en casa. Factura de Telecom: noté un aumento debido a un par de llamadas que hice a la Argentina para saludar a un viejo colega al que habían hecho abuelo (¿abuelo? joder, sí, otro golpe a mi eterno espíritu de Peter Pan...) y a una amiga enferma. Como suele ocurrir, nos habíamos alargado hablando y los minutos habían discurrido como los granos en un reloj de arena. Manuela, la amiga enferma, me había preguntado si tenía Skype, pero no entendí de qué me hablaba: «No, no tengo televisión por satélite porque de todas formas la veo muy poco...» le había contestado.

Los anuncios de la tienda de muebles acabaron arrugados en el asiento trasero y al final me encontré con el ejemplar de La Stampa entre las manos. Me salté las páginas de política y me concentré en el deporte. Estaba a punto de echar un vistazo al artículo sobre el Torino FC, pero entre tanto se había puesto en verde y detrás de mí se organizó un estrepitoso concierto de claxons; así que tuve que meter la primera y renunciar a satisfacer mi curiosidad.

Volví a coger el periódico media hora más tarde, ya en casa. Desde la ventana se podía observar la luz del crepúsculo que aún iluminaba los tejados de la ciudad y, aunque ya había refrescado, dejé los cristales abiertos un rato. Hojeé el diario sorbiendo una lata de cerveza. Se me vino a la cabeza la idea de llamar a Giuliana para celebrar mi regreso de la Costa Azul y sobre todo ante la inminente trasfusión de pasta fresca en mi desangrada cuenta bancaria, pero de pronto mis ojos se sintieron atraídos por el titular de la cabecera de una de las páginas de la sección nacional.

Titular: «Gran afluencia en el funeral del magistrado muerto de infarto». Subtítulo: «Centenares de personas rinden homenaje al fiscal Pinto, fallecido en el tribunal de Cassino». Entradilla: «Las exequias fueron presididas por el abad de Montecassino con la presencia de las autoridades civiles y religiosas». Ilustrando el artículo había una foto en la que se veía el féretro llevado entre la multitud, y una foto del exayudante fiscal de Saluzzo.

Palidecí. Gianni Pinto, que un mes después del descubrimiento de los cadáveres de las muchachas había sido trasladado a una pequeña oficina judicial de la Ciociaria[48], había estirado la pata. Muerto y tieso. Fulminado por un infarto, decía el periódico, mientras participaba en una vista en una sala del tribunal de Cassino. Me precipité al ordenador para buscar en Internet la página del Messaggero con el fin de encontrar más noticias. Busqué en el archivo del periódico y encontré artículos publicados dos días antes que hablaban del fallecimiento. La noticia había caído como una bomba, sea por las circunstancias de la muerte —un magistrado «caído» en el ejercicio de sus funciones con la toga puesta— sea por los comentarios que meses antes habían acompañado el traslado de Pinto a la Fiscalía de Casino.

48 Zona rural y apartada al sureste de Roma. (N. del T.)

El diario del Lazio recogía también el comentario de circunstancias del presidente del tribunal («Aunque lo conocía desde hace pocos meses, puedo afirmar que perdemos un amigo y un magistrado de gran valor») y el más osado del fiscal jefe, su superior directo: «Nunca sabremos si su corazón ha cedido ante el dolor de aquellas injustas acusaciones, pero, está claro, los rumores y aquellas insinuaciones no han beneficiado precisamente a la salud de nuestro querido colega». Injustas acusaciones, los cojones, pensé. Pero la verdad es que probablemente todo el mundo creía que, en toda aquella jodida historia de Saluzzo, Pinto habría, como mucho, pecado de ingenuidad. Ni siquiera Severini, el juez encargado de la instrucción, se mostraba ya tan seguro del fundamento de mis acusaciones.

El canalla se había librado, se había escapado casi de rositas y ahora le hacían incluso solemnes funerales en la abadía de Montecassino en presencia de autoridades civiles y militares y del populacho lloroso.

—Beppe, ¿has visto la noticia del funeral de Pinto? —le pregunté.

—Leída y releída. Incluso intenté llamarte ayer, pero tenías el móvil fuera de cobertura.

—Estaba en Francia por trabajo. Lo llevaba casi siempre apagado. Y a ti ¿qué te parece como ha terminado el asunto?

—Bueno, que, tratándose de un adorador de Satanás, yo diría que el diablo fabrica las cacerolas, pero no las tapaderas…[49]»

—Venga, Beppe, lo digo en serio. ¿No te parece una vergüenza? Le hacen un funeral en la iglesia y ya están rehabilitando su figura diciendo que son las malas lenguas las que lo han matado.

—OK, sí, apesta. Pero ya la ha palmado. Quizás donde no llega la justicia de los hombres entra la del Padre eterno.

—Vale, él y De Verdi ya lo han pagado de alguna manera.

---

49 Expresión italiana que viene a significar que «el diablo no está en todos los detalles», o también que «tira la piedra y esconde la mano». (N. del T.)

Pero todo el mundo seguirá pensando que Pinto era un caballero y no la gentuza que nosotros sabemos que era.

—¿Y qué quieres que hagamos, Héctor? Así funciona el mundo. ¿No serás tan ingenuo como para creer que en la vida real se dan los finales felices de las películas americanas?

—No, pero... ¡la hostia puta! No estaría mal que la verdad saliera a la luz por una vez.

—Gaucho, a mí no me tienes que convencer. ¿Quieres un consejo? Intenta creerte que, desde allá arriba, alguien se lo ha hecho pagar y que si las cosas han sido así será por alguna lógica que se nos escapa a nosotros, pobres mortales.

—¿Ahora te pones en plan místico? No va contigo.

—Y yo qué sé... Sólo puedo decirte que en cuanto acabe el artículo que estoy escribiendo me bajo al bar y me meto un Negroni bien cargado para celebrar la muerte de ese cerdo. Sea como sea, ahora el mundo apestará un poco menos.

—¿Pues sabes qué te digo? Que es una buena idea.

Puse un disco de John Coltrane en el aparato de CD, encendí un cigarrillo y telefoneé a Giuliana.

—¡Hola, chica! ¿A qué hora terminas?

—Héctor, qué sorpresa.

—Si te viene bien, podríamos ir a tomar algo y luego al cine a ver aquella película americana de la que me hablabas el otro día.

—¿Lo dices en serio? Mira que es una película romántica, de las que siempre huyes como de la peste.

—OK, entonces la veremos abrazados como los dos novietes de Peynet[50].

Al otro lado del teléfono noté un silencio cargado de estupor.

—¿Estás seguro de que te encuentras bien? ¿Te ha pasado algo por casualidad?

—No, tesoro, no me ha sucedido nada. Nada en absoluto.

FIN

50 Raymond Peynet, dibujante humorístico francés que popularizó los personajes de dos enamorados en sus viñetas. (N. del T.)

Concluyó la impresión de este libro por encomienda de Almuzara el 1 de febrero de 2023. Tal día de 1945 nace en la ciudad de Turín Ferruccio Mazzola, entrenador y jugador de fútbol que fuera hijo del mítico Valentino Mazzola, símbolo del Grande Torino, considerado el equipo más temible de la década de 1940.